カリスマ社長の溺愛シンデレラ
～平凡な私が玉の輿に乗った話～

有允ひろみ

Hiromi Yuuin

Eternity
BUNKO

目次

カリスマ社長の溺愛シンデレラ
〜平凡な私が玉の輿に乗った話〜　5

書き下ろし番外編
カリスマ社長との激愛妊婦生活　327

カリスマ社長の溺愛シンデレラ
～平凡な私が玉の輿に乗った話～

東京駅の北西に位置する「ホライゾン東京」は、日本屈指のオフィス街に建つ最高級のラグジュアリーホテルだ。今年で創業六十二年目を迎える老舗《しにせ》で、客室数は二百十七室。世界的に権威のあるトラベルガイドで五つ星を獲得し、顧客には国内はもとより世界各国のＶＩＰがいる。

このホテルに最高級の愛着を持って働いている川口璃々《かわぐちりり》は「常に笑顔で明るく」がモットーの客室清掃係だ。

時刻は午前七時三十分。

初夏の日差しがキラキラと眩《まぶ》しい金曜日。璃々は意気揚々《いきようよう》と朝の街を闊歩《かっぽ》する。

スーツやオフィスカジュアルを着た人達が大勢行き来する中、璃々はストライプのカットソーと紺色のコットンパンツ姿だ。

（嬉しい、楽しい、やる気満々～！）

璃々は現在二十三歳。

ウキウキで出勤してきたわけは、今日からエグゼクティブフロアにある客室の清掃を任されるようになったから。そこは長期滞在のＶＩＰが使用している各種スイートルームがあり、その担当になるのは璃々が「ホライゾン東京」で働き始めた時からの夢だったのだ。

「おはようございます！」

従業員入口から建物の中に入り、ランドリー部の窓口でクリーニングされた制服を受け取る。

制服は係によってデザインが異なっており、今から四年前にいっせいにリニューアルされた。

フロントなど、直接ゲストと関わるスタッフの制服は、白と黒がメインカラーになっており、そこにワインレッドやダークブルーなどの色を使った小物が加えられる。

璃々が普段着る客室清掃係の制服は、全体が黒でステンカラーの襟《えり》と袖《そで》の折り返し部分だけ白だ。ボトムスは黒一色だが、キュロットかパンツスタイルのどちらかを選ぶ事ができた。

そこにワインレッドのポケットチーフが加わり、必要に応じて同色のエプロンとウエストバッグがつく。同業他社の制服と比べても格段におしゃれだし、身に着けるだけでやる気が二割増しになるほど着心地がいい。

「おはようございます！」

ロッカー室のドアを開け、中にいる同僚達と挨拶《あいさつ》を交わす。

ホテルの現場スタッフは、シフト制で勤務している人が多い。

璃々もその一人で、休みの日は土日祝日関係なく、だいたい週に二日だ。勤務時間は午前八時から午後五時の固定で、よほどの事がない限り残業はない。

それというのも、璃々は「クリーニングワーク」という清掃専門会社からの派遣社員であり、勤務時間は同社と「ホライゾン東京」の契約内容に基づいているからだ。

「クリーニングワーク」からは璃々のほかにもスタッフが多数派遣されてきているし、聞くところによると派遣会社ごとに担当する時間帯が異なるらしい。いずれにせよ「ホライゾン東京」は派遣先の中でもトップクラスの待遇の良さで、璃々にとってここで働ける事は喜びでしかなかった。

ロッカーのドアについた鏡を覗き込み、肩までの髪の毛をお団子ヘアにまとめる。

丸っこい目に常に口角が上がった口元。笑うと若干たれ目気味になる顔は、人に対してまったくといっていいほど警戒心を抱かせない。

昔から素肌にだけは自信があり、普段あまりメイクはせず色つきのリップクリームと薄いアイラインだけで済ませている。

鏡で襟《えり》の具合をチェックし、おくれ毛をすべてヘアピンで留めた。

（よし、これで準備オッケー。いざ、エグゼクティブフロアに出陣！）

頭の中で気合を入れ、ベッドメイク用のリネンやアメニティなどを載せたワゴンとともにエレベーターで最上階を目指す。今日担当するのは「ホライゾンスイート」と名付けられた客室で、広さが八十平米《へいべい》もある。

このサイズの部屋だと、通常清掃は二人がかりで行う。

けれど、ペアを組むはずの人が昨夜からの腹痛でお休みとなり、急遽《きゅうきょ》璃々一人で作業する事になった。

客室マネージャーの桂《かつら》から助《すけ》っ人《と》の提案をされたが、璃々はあえてそれを辞退した。

（だって、憧れの部屋だもの。一度くらい、一人きりの時間を味わいたいよね）

桂は五十代のベテランホテルマンであり、璃々とは比較的気心が知れている。こんな願ってもないチャンスを得られたのも、彼が璃々のワークスキルを高く評価してくれているおかげだ。

二十三階に到着し、ペールブラウンのカーペットが敷かれた廊下を行く。

目指す角部屋の前に到着し、中にゲストがいない事を確認してから入口のドアを開けた。

ストッパーでドアを固定し、逸《はや》る気持ちを抑えながらワゴンを押してリビングまで進む。

見えてきた景色は、これまでに見たどの客室よりも広く、息を呑むほど格調高い。

「ああ、憧れのホライゾンスイート……！　なんて素敵なの。さすが雰囲気も空気も違う」

正面に見えるテラスを配した窓の外には、都心のパノラマビューが広がっている。

室内の壁は落ち着いたクリーム色で、マホガニーのインテリアはすべてイタリア製だ。

一言で言えばゴージャスかつ、シック。

ラグジュアリー感溢《あふ》れる部屋の佇《たたず》まいは、きっと世界中のセレブリティを満足させるに違いない。

璃々はワゴンをリビングルームの端に置き、大きく深呼吸をした。軽くステップを踏みながら窓のカーテンを開け、部屋いっぱいに陽光を取り込む。

窓の外は部屋の三方向を囲む広々としたテラスになっていた。

「素敵すぎる……この部屋自体がパワースポットみたい！」

この部屋に泊まっているゲストは、長期滞在の日本人男性だと聞かされている。

『お忍びでいらっしゃるから、中で見聞きした事はくれぐれも内密に』

桂からそう言われ、いやが上にも緊張が高まる。立場上、彼はそれがどんな人物であるか知っているはずだが、その口ぶりからしてゲストはかなりのＶＩＰに違いない。

清掃にかける時間は、たっぷり一時間。

璃々は円形の鏡に映る自分を見て、拳《こぶし》を握りしめた。

「よし、客室清掃係、川口璃々。いつも以上に頑張るぞ！　ピッカピカに磨《みが》き上げて、ゲストをびっくりさせちゃおう！」

そう言うと、拳《こぶし》を天井《てんじょう》に向かって突き上げる。

フロントなどと違い、客室清掃係は直接ゲストと関わる機会はほとんどない。だが、客室を介して繋がっていると感じるからこそ、丁寧な仕事をしてゲストに心地よい時間を過ごしてほしいと思っている。

ホテルという日常から少し離れた空間を楽しんでもらいたい。

璃々は心を込めて仕事をすれば、きっとゲストにもその気持ちが伝わると信じている。

手始めに全室のゴミ箱を空《から》にし、リネンやタオルなどを専用のクリーニングボックスの中に入れる。ワゴンから新しくリネン類を取り出し、それぞれの位置にセットして少し離れた位置から出来栄えをチェックした。

「いつもながら、うちのリネンは肌触り抜群だなぁ」

「ホライゾン東京」はリネンや従業員の制服などのすべてを自社でクリーニングしており、担当するランドリー部門の仕事ぶりには定評がある。

むろん、各部署のスタッフもプロ意識が高く、同業他社に比べても頭ひとつ抜きん出ている。

それは日頃から社員教育に力を入れ、スタッフであると同時に人としても常に成長を目指す社風があってこそのものだ。

ベッドメイクを済ませたあとはバスルームを掃除し、水切りをしている間にトイレ清掃に取り掛かった。掃除はテンポよく、時間を有効に使いながら進めるのが理想だ。

部屋の一画には横長の執務机が置かれ、正面の壁には大型の鏡が取り付けてある。

業務用の掃除機をスタートさせて、ベッドルームから順に床の細かな塵《ちり》を徹底的に吸い上げていく。それを済ませると再度バスルームに戻り、水滴ひとつ残らないように天《てん》井《じょう》から壁までピカピカに磨《みが》き上げる。

大理石の床も同様にしたあと、洗面台のアメニティのチェックをした。

「ホライゾン東京」で用意されているものは、すべて英国のオーガニックブランドのもので部屋のディフューザーも同じ会社のものを使用している。

「いい香り……。うちのホテルの備品って本当に最高。ここに泊まるだけで本物のお姫様になった気分を味わえるよね」

ホテルに対するよくある苦情のひとつに「室内の匂いが気になった」というのがある。

しかし「ホライゾン東京」に限ってはそんな声はめったに聞かないし、璃々も清掃係としてその点は特に注意して日々メンテナンスを行っていた。

特別鼻が利くわけではないが、仕事柄、匂いに関しては人一倍気にかけるようにしている。

「床掃除よし！　それにしても、ぜんぜん散らかってないし汚れてないなぁ」

ひととおり清掃を終えると、璃々は感心したように呟く。

「ホライゾン東京」で働き始めて五年目になるが、部屋の状態を見ればゲストの性格が多少なりともわかるようになった。

綺麗好きな人や、散らかっていてもまったく気にしない人。

ホテルを公共のものと捉《とら》えている人と、完全に私物化してしまう人。

アトラクションと勘違いして、ベッドで飛んだり跳ねたりするのはまだ序の口で、壁や天井《てんじょう》を破壊して高額な弁償金を請求される人もいた。

この部屋を使っている人は、間違いなく几帳面で気遣いのある人だ。

ゴミの捨て方も丁寧で、テーブルの上も綺麗に片付いている。

もしかすると凄腕のビジネスパーソン？

もしくは、悠々自適に暮らす白髪のご隠居とか。

いや、来る時にランドリー係から託されたゲストのスーツには、若い男性が身に着けそうなネクタイが添えられていた。

（若くてリッチな億万長者ってとこ？　御曹司かな？　それとも起業して大成功を収めた実業家だったりして）

いずれにせよ、ここまで綺麗に片付いていると、少々手持ち無沙汰だ。もちろん、だからといって手を抜いたりしないし、清掃作業にかける熱量は散らかり放題の部屋と変わらない。

ただそうはいっても、手間がかからない分作業時間は短くて済んでしまう。時計を見ると、掃除を始めてからまだ四十分しか経っていない。

「あとはウォークインクローゼットの整理整頓をして、と」

璃々はクリーニングから戻ってきたスーツを持ってベッドルームに向かった。入口横の壁にあるウォークインクローゼットの扉を開け、スーツをハンガーパイプに掛ける。ゲストの私物が置かれたそこは、今回のように依頼がある時以外は開けない決まりになっている。

用事を済ませるついでにチラリと中の棚を見ると、ちょうど目の高さにキラキラ光るハイヒールが置かれているのを見つけた。

よく見ると、それは透明なガラスでできており、表面にはたくさんのクリスタルで美しい模様が描かれている。

璃々は吸い寄せられるようにガラスの靴に近づき、笑みを浮かべた。

「素敵……まるでシンデレラの靴みたい」

この靴にはそう思わせる気品と魅力があった。

「いいなぁ。この靴に似合うのは、同じくらいキラキラのドレスだよね。髪はアップスタイルにして、綺麗にメイクもして――」

気分はまるで舞踏会に行く前のシンデレラだ。

璃々はガラスの靴を見つめながら、夢いっぱいの想像を広げていく。

虐《しいた》げられ、日々掃除と洗濯に明け暮れる自分のもとに、ある日魔法使いのおばあさんがやって来る。そして、おばあさんの魔法で美しく変身させられ、白馬の豪華な馬車で王子様の待つ舞踏会に出かけるのだ。

「王子様――私の運命の人、あなたはどこにいらっしゃるの？」

璃々はシンデレラのつもりになって、空想の中の王子様に呼びかける。

「早く迎えにいらして。私は、あなたが迎えに来てくれるのを待っているのですよ」

「ここだ。ほら、迎えに来たよ――」

いきなり背後から声をかけられ、そのままバックハグをされた。

「きゃあっ！」

突然の事に驚いて声を上げる。ハグを解こうと腕を振り上げた途端、どこかに手が当たり、バランスを崩して倒れそうになる。その背中を支えられると同時に何かが割れる音が聞こえた。

「大丈夫か？」

音に反応する暇もなく、鼻先から二十センチのところに見える顔が話しかけてきた。

凛々《りり》しい眉に、やや切れ長な目。その見る者を圧倒するほどの美男には、見覚えがあった。

それが誰だかわかった途端、璃々は目を剥《む》いて息を呑んだ。

「み、三上《みかみ》社長っ⁉」

類《たぐい》まれな容姿と存在感を放つ彼は、「ホライゾン東京」の社長にしてＣＥＯの三上恭《きょう》平《へい》だ。

どうして彼がここに？

（まさか、三上社長がここに長期滞在中のゲストなの？）

璃々は混乱しつつ、周囲に視線を彷徨《さまよ》わせた。

すると、目の前の棚にあったはずのガラスの靴がない。

あわてて下を向き、一瞬で血の気が引く。

そこに粉々に割れたガラスの靴の破片が散らばっていた。

「……ガ、ガラスの靴が……！」

「ああ、粉々だな」

「も、申し訳ありません！　私、とんでもない粗相を――」

璃々は三上の腕を離れ、深く頭を下げる。そして、すぐにしゃがみ込んで破片を拾おうとした。

「あぶない！　怪我をするぞ」

三上に手首を握られ、ハッとして顔を上げた。深みのある黒茶色の瞳と目が合い、そのままじっと見つめられる。

その強い目力に圧倒され、璃々は瞬《まばた》きすらできないまま彼の目を見つめ返した。

「ほ、本当に……申し訳ありません……ませんでした。あの、靴が……すごく綺麗で、つい見惚れてしまって……」

話す声が上ずり、身体が震える。

いったい、どう詫びればいいのか……

話し始めたのはいいが、動揺してうまく喋《しゃべ》る事ができない。すると、三上が指で璃々の顎《あご》をクイ、と上向かせてきた。彼の顔は、身長百五十六センチの璃々よりも三十センチくらい上にある。

「君、名前は？」

顔をグッと近づけられ、思わずあとずさりしたが、すぐに背中が棚に当たって動けなくなる。

「か、川口璃々と申します」

璃々が名乗ると、三上の視線が一瞬だけ胸元のネームプレートに移った。

「川口璃々、か……。いい名前だ」

「あ……ありがとうございます」

三上が僅《わず》かに目を細めながら、璃々にじっと視線を這《は》わせてくる。その目は怒っているようには見えない。けれど、いったいなぜこんなにジロジロ見られているのだろう？

璃々は怯《おび》えながら彼の視線を受け続ける。

「ここで働き始めて、どれくらいになるんだ？」

「こっ……今年で、ご、五年目になります」

「ふむ……じゃあ、僕よりも一年先輩ってわけだ」

顎《あご》を持つ三上の指が、璃々の首をそっと撫でた。

「ひっ……！」

思わず声が出て、身体が少しだけ前のめりになる。そのせいで三上との距離がより近くなった。

「じゃあ当然、寄託物等の取扱いについての約款《やっかん》は頭に入っているね？」

「は、はい、もちろんですっ……！」

寄託物等の取扱い・第十五条――

ゲストが客室内に持ち込んだ貴重品について、ホテル側の故意又は過失により破損が生じた時は、ホテル側がその損害を賠償する。ただし、ゲストからあらかじめ貴重品の種類及び価額の明告のなかったものについては、ホテル側に故意又は重大な過失がある場合を除き十五万円を限度とする。

璃々はそれを要約して唱え、唇をきつく結んだ。

ガラスの靴を落としたのは自分だし、賠償は免《まぬが》れない。

仮に三上がガラスの靴の所持をホテル側に伝えていなかったとしても、璃々がしでかした事は重大な過失にあたるだろう。

璃々の頭の中に、最悪の事態が思い浮かぶ。

それだけはダメだ！　璃々は勢い込んで三上に訴えかけた。

「あのっ……私、どんな事をしてでも靴の弁償をします！」

「君が？」

「はい。ちなみに、ガラスの靴はおいくらくらいするものなんでしょうか？」

「あの靴はブライダルフェアのシンボルとしてホテル内に展示する予定のものだ」

チャペルのリニューアルオープンの件なら璃々も知っているし、その記念として開催されるフェアはかなり大規模なものになると聞かされている。

そんな大事なフェアのシンボルを壊してしまったなんて……。

璃々は三上を見つめながらいっそう青くなり、事の重大さに唇を震わせた。

「チャペルリニューアルは僕が提案して、直接関わって進めている一大プロジェクトだ。当然、そのシンボルとなるガラスの靴も僕自身が制作に関わった特注品だ。それを、君個人が弁償すると言うのか？」

三上に問われ、璃々は彼に顎《あご》を持たれたまま頷いた。

「君はホテルの従業員だろう？　だったら、まずは上司に報告してホテル側が損害の賠償をすれば済む話だ」

「私は従業員ではなくて『クリーニングワーク』からの派遣社員です」

たとえホテル側が賠償して事なきを得ても、損害金額を計上されるし、璃々は間違いなくクビになるだろう。

「ホライゾン東京」の人事部が多額の損害をもたらした璃々をこのまま働かせてくれるとは思えないし、そうでなくても「クリーニングワーク」側が人員の交代を申し出るはずだ。

「私ここを辞めたくないんです！　ようやく『ホライゾン東京』で働く夢が叶ったのに……どうか、お願いします――」

話しているうちに、危うく涙が零れそうになる。

璃々は顔を俯《うつむ》け、急いで瞬《まばた》きをして涙を振り払った。

「夢か。じゃあ、どうしてそんな夢を持つようになったのか、教えてもらえるかな？」

三上が興味深そうな顔でそう訊《たず》ねてくる。なぜそんな事を聞かれるのか不思議に思いつつも、璃々は藁《わら》にもすがる気持ちで話し始めた。

「私が小さい頃、一度だけここに泊まった事があるんです。両親は、もう十五年前に離婚していますが、その時はまだすごく仲がよくて……」

　宿泊した当時、「ホライゾン東京」では夏休み用にさまざまなイベントが実施されており、璃々は親子三人でそれに参加しにきたのだ。

「素敵な部屋と美味《おい》しい食事――本当に楽しくて、何もかもが夢のようでした。スタッフの皆さんもとても優しくしてくれて、その時の記憶は今もはっきりと残っています。私にとって家族との一番幸せな思い出はここに泊まった時の事なんです」

　その時の光景が頭に思い浮かび、璃々は我知らず口元に笑みを浮かべた。

「このホテルには私の夢が詰まっているんです。お金を貯めて、おしゃれしてショッピングをしてみたいし、レストランで食事したり、素敵なラウンジでお酒だって飲んでみたい。そして、もう一度、ゲストとしてここに泊まりたい。それに、私、いつか素敵な人とここで結婚式を挙げるのが夢なんです……」

　璃々にとって「ホライゾン東京」は、憧れの場所であり幸せの象徴だった。

　三上は微笑みを浮かべながら、じっと璃々の話を聞いている。

　つい熱く語ってしまい、璃々は急に自分の発言が恥ずかしくなって下を向いた。

「わかった。君がそこまで言うなら、靴の破損については会社には言わないでおこう。そもそもこの状況は、僕が君を驚かせたせいだから弁償も必要ない」

「えっ？　でも――」

言われた事に驚き、璃々は目を大きく見開いて顔を上げた。

「実は声をかける前、隠れて君の仕事を見させてもらっていたんだ。君は、すべての過程を手際よく完璧にこなしていたね。そんな優秀な人材をクビにしたりしないよ」

三上が呆然とする璃々の手を強く握り、目をじっと見つめてきた。

近すぎる距離と慣れないスキンシップのせいで、心臓がバクバクする。

「え……でも、この靴って、相当高価なものですよね？　弁償しなくていいなんて、そんな事はできませんっ」

「気にするな」

「気にしますよ！　何か償《つぐな》う方法はありませんか？　私にできる事ならなんでもしますから」

勢い込んでそう訴える璃々に、三上が何やら思案顔をする。

「なるほど。君は僕が思っている以上に真面目で律儀な女性なんだな」

彼はおもむろに璃々の顔に手を伸ばし、掌《てのひら》で頬をすくい上げた。

「ひとつ聞くが、君は今、恋人がいるか？」

「いっ……いいえ、恋人はいませんし、いた事もありません」

またしても余計な事を言ってしまい、璃々はしまったとばかりに渋い顔で口を噤《つぐ》んだ。

「ほう、だったらキスは未経験？」

「……はい」

蚊の鳴くような声で返事をした途端、三上が満面の笑みを浮かべた。彼は色気たっぷりの視線を璃々に注《そそ》ぎながら、鼻の先ほどの近さに顔を近づけてきた。

璃々は彼の圧倒的な魅力に呑み込まれ、身動きができなくなる。

「では、償《つぐな》いに君のファーストキスをもらおうか」

「へ？」

思わず首を傾げると同時に、唇を重ねられる。

いったい、何が起こっているのか――

何も考えられないまま固まっていると、三上に腕に背中と膝裏をすくわれ、あっという間にベッドまで連れていかれた。

仰向けの状態でベッドの上に寝かせられているうちに、三上の舌が璃々の口の中に入ってくる。唇の内側をゆっくりとなぞられ、気がつけば身体全体が熱く火照《ほて》っていた。

抱き寄せてくる腕に力を込められ、璃々はいつの間にか閉じていた目をゆっくりと瞬《また》かせた。目の前にある三上の瞳がまるで宝石のように綺麗だ。

それに魅入られた璃々は、うっとりと目を閉じて彼にされるままキスを受け続ける。

「とても柔らかくて気持ちのいい唇だな」

唇が離れ、呟《つぶや》くようにそう言われた。

ハッと我に返り、大きく目を開けた先に三上の微笑んだ顔がある。

「し、失礼しますっ！」

璃々は弾《はじ》けたポップコーンのようにベッドから起き上がり、転がるようにして床に下りた。

頭の中は真っ白で、処理能力を完全に失っている。

とりあえず、ここから逃げなければ——璃々は大急ぎで三上に背を向けると、脱兎《だっと》のごとくベッドルームから逃げ出したのだった。


その日、自宅アパートに帰り着いた璃々は、靴を脱ぐなり床にうずくまってわなわなと身を震わせた。

「嘘だ嘘だ……あれは夢？　ううん、確かに現実だった！　だけど、なんであんな事……ああ、何がなんだかわからない～！」

そのままズルズルと冷蔵庫の前まで移動し、中から緑茶を入れたドリンクボトルを出してがぶ飲みする。

冷えたお茶が胃袋に落ちていくのを感じて、璃々はようやく少しだけ落ち着きを取り戻した。

いったい、自分に何が起きたのか……

ガラスの靴を粉々にしてしまった事以外は、何ひとつ理解できない。

「なんのつもり？　いきなりキスとか、ぜったいにおかしいよね？　しかも、それが靴を壊した償《つぐな》いだなんて……そんなのあり？　あり得ないよね!?」

ベッドで三上にキスをされたあと、璃々は自分史上最速で道具を片付けてホライゾンスイートから逃げ出した。それだけならまだしも、焦るあまり、割れたガラスの靴を放置したままにしてきてしまったのだ。

（何やってんのよ！　貴重な品を壊した上に、それをほったらかしにしたまま逃げるなんて……。おまけにファーストキスまで奪われて、拒《こば》むどころかうっとりして受け入れちゃったりして――）

我ながら、なんという事をしでかしてしまったのだろう！

悔やんでも悔やみきれないし、情けなさすぎて言葉も出ない。

今日一日、なんとか何食わぬ顔をして仕事を続け……たつもりだったが、同僚達からは様子が変だと怪しまれてしまった。

だいたい、どうして大人しくキスを受け入れてしまったのだろう？

普通ならビンタしてセクハラ行為だと怒鳴りつけてもいいくらいだ。

（だけど、相手は社長だし、もともと非はこっちにあるわけだし……。だからって、ファーストキスを奪われていいわけないよね？　でも、あの時はそんなの考えられないほど頭の中も身体もフワフワ飛んでるみたいになって……)

のろのろと立ち上がり、リビングのテーブルの前に腰を落ち着ける。

ついさっきコンビニで買ってきた豚丼入りのエコバッグをかたわらに置き、今一度首を傾げた。

三上の事は派遣先の社長として以前から知っていた。もちろん、彼がとびきり優秀なイケメンエリートである事も承知している。

けれど、ただそれだけ。何度かホテル内を歩いている三上を見かけた事はあるが、当然話す機会もなければ、近くで挨拶《あいさつ》を交わした事すらなかった。

以前、親しい同僚と話している時、冗談で「あんなイケメン社長が恋人だったらなぁ」と言った事はあるが、本気でそう思っていたわけではない。

それどころか、璃々は特別イケメン好きでもないし、玉の輿《こし》を狙うなんて考えを持った事すらなかった。

それなのに、どうして好きでもない男性に唇を奪われて無抵抗でいたのか……

「……もしかして、三上社長にキスされて恋に落ちちゃったとか?」

ふいにそんな考えが頭をよぎり、あわてて首を横に振って否定する。

「まさか!　そんな事あるわけない!　たった一度のキスで心を奪われちゃうとか……ない、よね?」

言いながら、知らず知らずのうちに指で唇を摘まんだ。

（ううん、あれは一度じゃなかった……。何度も何度も……私、なんで拒《こば》まなかったの？　償《つぐな》いって言われたから？　それとも、社長とのキスがすごく甘かったから……？）

まるで小鳥がエサをついばむようなキスや、蜂蜜を口の中に流し込まれるみたいなディープなキス。どれもはじめての経験だったのに、うまくリードされて気がつけば無抵抗のままベッドの上で寝そべっていた。

あの時の三上からは獰猛《どうもう》な雄の匂いがした。男性経験がない自分がそうはっきりと感じたのだから、これはもう間違いない。

（……って事は、三上社長はあの時私を一人の女性として見ていたのかな？　もしあのままキスをやめずにいたらどうなっていたんだろう……）

摘まんだ唇が、いつの間にか熱く火照《ほて》っている。

璃々は急いで唇から指を離した。

「――って、やめやめ！　そんなわけないでしょ。何考えてんのよ、まったくもう……お腹空《す》いてるとロクな事考えないよね」

自分自身にそう言い聞かせ、エコバッグから豚丼を取り出す。

店内で温めてもらったから、すぐに食べられるし電気代もかからない。割り箸《ばし》を割り、いただきますを言って最初のひと口を食べた。

「美味《お》しい〜。やっぱこれだよねぇ」

璃々がハマっている豚丼は、甘辛ソースが絶品で豚肉もふっくらとして柔らかい。期間限定だからいつもあるわけではないが、毎年この時期になると食べたくなってしまう。期もっとも普段の璃々はもっぱら自炊専門で、外食はもちろんコンビニすら滅多に行かない。

けれど、今日はなんといってもエグゼクティブフロアの担当第一日目だし、いろいろあって疲労困憊《ひろうこんぱい》だった。そんな自分を労《ねぎら》おうと、奮発して六百円のコンビニ飯を買ったのだ。

我ながらつくづく安上がりだと思うが、本当に美味《お》しいのだから仕方がない。

もりもりと食べ進め、唇についたソースを舌先で舐《な》めとった。それをきっかけに、またもや三上の顔が思い浮かび、唇にキスの感触が蘇《よみがえ》ってくる。

「もうっ……なんでまた思い浮かべちゃうのよ。あれは償《つぐな》い！　三上社長が私なんかを本気で相手にするわけないでしょ！」

三上はまだ三十代前半の独身で、誰が見ても納得の美男だ。そんな地位もお金もあるハイスペックな彼が、何を好き好んで自分のような非モテ女子を相手にするだろうか。

あれは、あくまでガラスの靴を割った償《つぐな》いとしてのキスだ。

(でも、償《つぐな》いがファーストキスだなんて……)

確かにファーストキスはたった一度のものだし、特別な意味のあるものには違いない。けれど、だからといって、あれほど高価なガラスの靴を割った代償になるだろうか？とびきり美人のファーストキスならわかるが、璃々はごく普通のどこにでもいる一般女性だ。

（やっぱりきちんと弁償したほうがいいよね。そのほうがすっきりするし、負い目を感じながら働くなんて、ストレスでしかないよ）

弁償するとなると今以上に節約生活を強《し》いられる事になるし、六百円のプチ贅沢《ぜいたく》も今日で最後になるだろう。

けれど、ビクビクしながら働くより遥《はる》かにましだ。それに、その程度でへこたれるような弱い自分ではない。もし仮に「ホライゾン東京」での仕事を失う事になっても、また働かせてもらえるよう努力すればいいのだ。

「どんな結果になっても、頑張るしかない。私にはそれしかできないもの」

璃々はそう固く決心すると、いつも以上にしっかりと味わいながら、残りの豚丼を黙々と食べ進めるのだった。

次の日出勤すると、ロッカー室がやけに賑《にぎ》わっていた。

何事かと思い仲のいい同じ客室清掃係の春日《かすが》詩織《しおり》に訊《たず》ねると、話題は三上に関する噂話だった。

「さっき聞いたばかりなんだけど、三上社長って田丸果歩《たまるかほ》と付き合ってるんじゃないかって噂なのよ」

詩織が小声でそう言うと、周りにいる同僚達が揃って首を縦に振った。

「えっ……田丸果歩って、女優の？」

「そうそう。ついこの間、うちに出入りしてる配送業者の人が一緒にいるところを見かけたんだって。周りにも気づいてる人が大勢いたっていうし、そのうち写真週刊誌に載るかもね。まあ、彼女の所属事務所って大手だから、揉み消されちゃう可能性大だけど」

「へ、へえ……」

璃々は着替えをしながら、今自分の中で気になる人ナンバーワンの話題に耳を傾けた。

「三上社長ってさ、なんかミステリアスっていうか謎めいてるよね」

別の同僚が話に加わり、さらにもう一人情報通と言われる古参社員の河北《かわきた》が口を挟んでくる。

「あれだけのイケメンだし、実はもう妻子持ちだっていう噂だってあるのよ」

「嘘っ……ほんとに？」

「ほんとよぉ。……いい？　ここだけの話よ……実は奥さんは日本人じゃなくて、子供と一緒に海外の別宅に住んでるって話まであるんだから」

「マジで!?　そういえば三上社長ってどこに住んでるの？」

「さあ……たぶん都心のタワマンとかじゃないかな？　それはともかく、三上社長って優しそうじゃない？　だけど、ああ見えて実は結構なドSで、別宅住まいなのはそれが原因なんじゃないかって説もあるのよ」

「え～！　本当だったらちょっとショック～。でも、以前海外にいたわけだし、あり得なくはないか」

同僚達の会話を聞き、璃々は一人表情を強張《こわば》らせる。

「ちょっと、璃々。どうかしたの？　なんだか固まっちゃってるけど……」

「へ？　あ……ううん、なんでもないの」

詩織に見とがめられ、咄嗟《とっさ》に作り笑顔で誤魔化す。

「もしかして川口さんも隠れ三上社長ファンだったりして～」

「いるいる、興味なさそうにしてて実は本気で玉の輿《こし》狙ってる人～！」

皆にはやし立てられ、璃々はどう返そうかと笑いながら逡巡《しゅんじゅん》する。その時、唯一インカムをつけていた河北がイヤーモニターを押さえた。

「はい、わかりました。今ここにいますから、伝えます——川口さん、桂マネージャーがお呼びよ。今すぐに事務局に行ってちょうだい」

「はいっ！」

璃々は渡りに船とばかりに、そそくさとロッカー室を出て事務局に向かった。

（なんだろう……）

璃々は歩きながら首をひねった。

（なんにせよ、ちょうどよかった。桂マネージャーに昨日の事を報告して、どうすればいいか相談しよう）

彼は直属の上司だし、ホテル内で一番頼れる存在だ。さすがにキスの件は伏せておくつもりだが、自分が犯したミスについて報告して、対処法を教えてもらおうと決心する。

事務局に行き、桂のデスクに向かう。すると、パーティションの向こうから桂がひょっこりと顔を出した。

立ち上がった彼は、璃々に手招きしながらミーティングルームのほうを指した。事務局では話せない内容なのだろうか？

璃々は桂のあとをついて部屋に入った。

「おはようございます。あの、桂マネージャー……」

「はいはい、とりあえず座ろうか」

桂が長テーブルの角の席を示した。

璃々は角を挟んで桂の斜め前の椅子を引き、神妙な面持《おもも》ちで腰を下ろす。どう切り出そうかと思っていると、桂が先に口を開いた。

「実は今朝一番に連絡があって、三上社長が君を部屋の専属清掃係にしたいと言ってきたんだ」

「えっ！　三上社長が私を部屋の専属清掃係に？」

オウム返しに訊《たず》ねると、桂が口の前に人差し指を立てて「しーっ」と言った。

「す、すみません」

「いや、三上社長があの部屋に住んでいる事は、ごく一部の人間にしか知らされていないからね」

桂が言うには、知っているのは数人の役員と部長のほかは、エグゼクティブフロアのコンシェルジュとフロア専用のラウンジにいる従業員くらいらしい。

「なんでまた、そこまで秘密にしてるんでしょう」

「ご自身のプライベートを守りたいのと、おそらく一ゲストとしてホテルサービスのチェックをしようというお気持ちがあるんだと思う」

なるほど、そういえば以前、海外の番組で大会社の社長が見習い社員のふりをして従業員の仕事ぶりをチェックする、というのを見た事がある。

「三上社長は、昨日の君の仕事に対する姿勢や手際の良さを大層気に入ったそうだ。おかげで川口さんをエグゼクティブフロアの担当に抜擢《ばってき》した私まで褒《ほ》められたよ」

桂が興奮気味にそう話し、少しずれた眼鏡を指で押し上げる。

一方、璃々はどうして自分があの部屋の専属清掃係に指名されたのかわからずに困惑するばかりだ。

「あの部屋に近づけるのは、事情を知っている者のほかは専任の客室清掃係だけだ。それに抜擢《ばってき》されるなんて本当にすごい。それだけ川口さんの清掃係としてのスキルが高いという事だよ」

桂が嬉しそうに相好《そうごう》を崩す。これ以上ないくらい厚い信頼を寄せられ、璃々はガラスの靴の件を言い出しにくくなってしまった。

「とにかく、三上社長は川口さんの仕事ぶりを高く評価されたんだ。いやぁ、直属の上司として私も鼻が高いよ」

そう言って桂は、注意事項を書いた紙を渡してくる。

清掃時間は午前十時から午後零時。ただし、清掃にあたるのは二人ペアではなく璃々一人で、三上の事はもちろん専属担当になったいきさつも一切口外してはならないとあった。

「え、私一人、ですか？」

「その代わり、清掃時間は二時間に増えたからね。くれぐれも、見落としがないようにお願いするよ」

二人ペアならまだしも、自分だけだなんて……！

いったいなぜ一人で作業をさせられるのだろう？　もしかして、償《つぐな》いはあれだけではなかったのでは……。そうであれば、また昨日と同じような状況に陥《おちい》らないとも限らない。

そう考えた璃々は、青くなって今一度桂に自分の失態を打ち明けようとした。

「あの、桂マネージャー……」

「まあ、そう硬くならずに、これまでどおり真面目にやってくれたらいいんだ。川口さんなら大丈夫。私はそう信じてるよ」

表情の強張《こわば》りを緊張と取り違えたのか、桂が璃々の目を見ながらにっこりする。そこまで見込まれては、もう引き受けるよりほかない。

「ま……任せてください。桂マネージャーのご期待に沿えるよう、心して取り組みます」

璃々の言葉に、桂が大きく頷きながら立ち上がった。

「よく言った！　じゃ、さっそくお願いするよ。今日は昨日と同じで午前八時からスタートで。専属の件は、あとで私から皆に言っておくから」

「はい、お願いします」

時刻は午前八時十分前。

璃々は退室すると、すぐに準備をしてエグゼクティブフロアに向かった。

（もしかして、三上社長はお部屋にいらっしゃるのかな……ああ、気まずすぎる！）

いったい何を思って彼は自分を専属の清掃係にしたのだろう？

本当に仕事を評価してくれた結果なのか、それとも昨日の出来事が関係しているのか……

ならば、やはり弁償を申し出て、正当な埋め合わせをすべきだろう。

エレベーターを降りて「ホライゾンスイート」に向かいながら、璃々はなるべく冷静でいようと呼吸を整える。

エグゼクティブフロアの廊下はゆったりとしており、カートが二台並んでも余裕ですれ違う事ができた。もっともこのフロアは客室数が少なく、そんな機会はめったにない。

歩き進め「ホライゾンスイート」のドアの前に立つ。

昨日はドアノブに「掃除してください」と書かれたルームプレートがかけてあったが、今日は何もかけられていない。つまり三上が中にいるという事だ。

恐る恐るドアをノックすると、中から「どうぞ」という三上の声が聞こえてきた。

覚悟を決めてドアを開け、カートを押しながら中に入る。

すると、三上が廊下の向こうからやってきてカートを引いてくれた。

「ドアを閉めてくれるかな？　掃除の前に少し話したいから」

そう言われ、璃々はドアストッパーを置こうとした動きを止めた。

「はい」と返事をしてリビングに向かい、部屋の真ん中でかしこまる。

「昨日は、ちょっと油断した隙に見事に逃げられたな。僕から逃げ出した女性は君がはじめてだよ」

三上が話しながら璃々の前まで来て立ち止まった。いきなり昨日の件を持ち出され、否応《いやおう》なく彼とのキスを思い出してしまう。

璃々は頬を赤く染めつつも、なんとか頭を切り替えて表情を引き締めた。

理由はどうあれ、挨拶《あいさつ》もしないまま部屋から逃げ出したのは確かだ。

「申し訳ありませんでした。あの時は気が動転してしまって……」

「いや、謝るのは僕のほうだ。同意なしに君のファーストキスを奪ったんだから」

三上の低くのびやかな声が、やけに耳の奥に響く。

人と話す時は極力目を合わせるよう心掛けているが、さすがにこんな近くでは彼の顔をまともに見る事ができない。

璃々は早々に視線を下に向けて、唇を固く結んだ。

「だが、君はまた僕のところに来てくれた。それは僕の事を許してくれている、と受け取っていいのかな?」

指先で前髪をそっと摘まれ、思わず身体がピクリと跳ね上がった。

「ゆ、許すも何も、自分にできる事をすると言ったのは私ですから。ただ、私がこの部屋の専属清掃係になったと聞いたので、その理由が気になっていて――」

「もちろん、君の清掃係としてのスキルを高く評価したからだ。ふむ……その顔は、もしかして昨日の件でまだ償《つぐな》いをさせられるとでも思ったのか？」

ズバリと指摘され、璃々はたじたじして口ごもる。

「そ、それは……」

「やはりそうか。そんな心配は無用だ」

専属に選ばれた理由が三上に仕事を評価されたからとわかり、璃々は素直に嬉しく思った。

けれど、本当にキスだけで償《つぐな》いを終わらせてしまってもいいのだろうか？

璃々は今ひとつ懸念を拭えないまま、三上の顔をまっすぐに見た。その顔を見た彼が、僅《わず》かに口元を綻《ほころ》ばせる。

「昨日も言ったとおり、あの靴をオーダーしたのは僕個人であって、持ち主は僕だ。その僕が言うんだから、もう気にしなくていい。それに、君はもう十分償《つぐな》ってくれたはずだろう？」

三上が意味ありげな顔をして璃々の唇をじっと見つめてくる。

途端にキスの感触が唇に蘇《よみがえ》り、璃々は視線を泳がせた。

一晩中いろいろと悩み抜き、何年かかっても弁償すると決めたし、仕事をクビになる覚悟もした。

それなのに、三上は償《つぐな》いを昨日で終わらせてくれたばかりか、自分をこの部屋の専属清掃係に指名してくれた。いくらファーストキスを奪われたとはいえ、これではどう考えても申し訳なさすぎる。

「だったら、私で何かお役に立てる事はありませんか？　体力なら自信がありますし、使いっぱしりでもなんでもします！」

璃々は勢い込んで、そう訊《たず》ねた。

「必要なものがあれば自分で買いに行くし、何かあればエグゼクティブフロア専属のコンシェルジュがいる」

「――で、ですよね」

思案顔で黙り込むと、三上が腰を落として璃々の顔を覗き込んできた。

「だが、君がそこまで言うのなら、君にしかできない事をしてもらおうかな」

その言葉に、璃々は思わずぱあっと顔を輝かせた。けれど、ニンマリと微笑んでいる彼の顔を見て、あわてて掌《てのひら》で口元を覆《おお》う。

「キ、キス以外でお願いします！」

言いながら顔が赤くなるのが、はっきりとわかった。

「なんだ、もうキスはダメなのか。それなら、明日一日、僕に付き合ってもらおうかな。君は明日と明後日《あさって》は休みだろう？」

仕事は週休二日制で、基本的に連日で休める。ホテルの清掃係という仕事上、祝日や曜日など関係ないが、今回はたまたま土日が休みに当たっていた。

「はい、確かにそうですが……」

社長ともあろう人が、なぜ一派遣社員のスケジュールなんか把握しているのだろう。璃々が怪訝《けげん》な顔をしていると、三上が僅《わず》かに片方の眉尻を上げた。

「何か予定でもあるのか？」

「い……いえ、何もありません」

「では決まりだ。明日、僕とデートしよう」

「デ、デート!?」

「時間は午前九時。待ち合わせ場所はこの部屋だ。もちろんデート代はぜんぶ僕が持つし、特に何も準備はいらない」

そう言うなり三上の手が伸びてきて顔を上向きにされた。同時に腰を強く引かれて、向き合った状態で身体がぴったりと密着する。屈《かが》み込むようにして顔を近づけられ、互いの鼻先までほんの数センチの距離になった。

「どうだ？　僕の誘いに応じてくれるか？」

見つめてくる三上の視線が、璃々の目から唇に移った。思わせぶりな目つきに、頬があり得ないほど熱くなってくる。

「キッ……キスはダメですよ！　さっき、そう言ったはずです！」

「だが、今はもう気が変わってるかもしれないだろう？」

「そ……そんな、まだ三分も経ってませんよ」

「そうか？　君とのキスを待ち望む身としては、一分が一時間にも感じられるんだが」

「な……何をおっしゃってるのか、わかりませんっ……」

　三上はイケメンである上に仕事もできて、社長に就任して以来業績はうなぎのぼりだ。そんなカリスマ社長の彼が、一介の客室清掃係相手に何を言い出すのだろう？

きっと、からかい半分の言動に違いない——そう思い精一杯抵抗をするけれど、三上の熱い吐息を唇に感じて、早くも気持ちがくじけそうになっている。

「わからない？　じゃあ率直に言おうか。僕は君とキスがしたい。君が僕にキスを返してくれるまで何度もキスをしたいと思ってる。わかったかな？」

「わっ……わかりません！　ぜんぜん、まったくもって理解不能です！」

　璃々は言い終えるなり屈《かが》み込んで身をよじり、なんとか三上の腕の中から逃れた。体勢を整える間もなく走り出し、リネンカートの陰に身を隠す。

「ふっ、また逃げられたか。君はなかなかすばしっこいな」

　璃々はカートの陰から顔を出し、なんとも言えない表情を浮かべた。この場合、なんと返せば正解なのだろう？

璃々が思案している間に、三上が少しだけ乱れたスーツの襟《えり》を正した。

「だが、今度捕まえたらぜったいに逃がさないから覚悟しておくように。それじゃ、あとは任せたよ」

そう話す顔が、いつの間にかビジネスライクになっている。

「はい、かしこまりました」

璃々は即座に姿勢を正し、仕事モードで返事をした。

「ああ、そういえば——」

三上がカートに近づき、何かしら探すようなしぐさをする。

「何かご入用ですか？」

アメニティの不足でもあったのかと彼のほうに一歩近づいた途端、カート越しに三上が急に璃々の腰に手を伸ばしてきた。

逃げる暇もなく一気に距離を縮められ、腰と顎《あご》をしっかりと捉《とら》えられてしまう。

「捕まえた。覚悟はいい？」

「えっ？　わわっ……んっ、ん……」

答える暇もないまま、半ば強引に唇を重ねられた。

キスを拒絶してから五分と経っていないのに、もう足元をすくわれるような事態に陥《おちい》ってしまうなんて……

馬鹿なの？　いくらなんでも、隙がありすぎでしょ！

頭の中で、自分自身にツッコミを入れる声が聞こえてきた。

今すぐに逃げださないと！

そう思うものの、もうすでに彼の唇に囚《とら》われて抵抗すらできなくなっている。

璃々は早々に白旗を揚げた。そして己の不甲斐なさを情けなく思いながらも、三上とのキスに溺《おぼ》れていくのだった。


次の日の朝、璃々は目覚まし時計が鳴る前に目を覚まし、かれこれもう一時間近くベッドの上で鬱々《うつうつ》としている。

一度ならず二度までも三上に唇を奪われてしまった。

『今日のところはこれで終わりだ。残念だが、これ以上続けると約束の時間に遅れてしまう』

そう言われて、はじめて自分が彼の背中に手を回している事に気づく始末。

恥ずかしい事この上ないし、チョロすぎて自分で自分を蹴り飛ばしたいくらいだ。

イケメンハイスペック男子の三上にとって、恋愛経験ゼロの璃々を手玉に取る事など赤子の手をひねるより簡単だろう。

（何やってんのよ、もう！　私の貞操観念はどこに行っちゃったの？）

璃々はベッドの中でジタバタともがいた。

そもそも、噂で聞いた女優の田丸果歩との関係はどうなのだろう？

もし事実なら、いったいどういうつもりで自分にキスをしたり、デートに誘ったりするのか……

彼の真意は測りかねるし、いろいろと疑問はある。だが、今日のデートがガラスの靴を壊してしまった償《つぐな》いという事だけは、はっきりしていた。

（もう二度とキスなんかしない……それだけは肝に銘じておかなきゃ！）

そう固く決心すると、璃々は勢いよくベッドから起き上がった。顔を洗い髪の毛を梳《と》かしながら、今日のデートについて考える。

（でも、いったいどこに行って何をするの？）

恋愛経験がない璃々にとって、デート自体が未知の世界だ。

三上ほどハイスペックな男性なら、行き先も豪華なところに違いないし、食事をするにしても高級レストランだと思われる。

璃々が普段出かける先は、せいぜい最寄り駅近くのショッピングセンターだし、食事はもっぱらフードコートだ。

当然、クローゼットの中には、三上とのデートに着ていけるようなきちんとした洋服など一着もない。たった一日で準備できるはずもなく、誰かに相談しようにも、どう説明していいかわからないまま朝を迎えてしまった。

まずは何か口にしようと思ったが、緊張のせいか牛乳しか喉を通らない。

ベッドの上に手持ちの服を並べ、その中で一番マシだと思える洋服を着て諸々《もろもろ》の準備を済ませた。

約束の時刻まで、あと四十分。

璃々のアパートから勤務先までは、電車で二駅。ドアツードアで三十分くらいだ。

（少し早いけど、家にいてもソワソワしてちっとも落ち着かない）

一足しかない白色のパンプスを履いて、同色のスカートが汚れていないか確認する。シューズボックスの上に置いた鏡で空色のシャツブラウスの襟《えり》元をピンと引っ張って伸ばした。

「よし、行こう」

徒歩五分の最寄り駅に向かい、ちょうどやってきた電車に乗り込んで一息つく。

土曜日だからか、周りは家族連れやカップルが多く、皆それぞれにおしゃれだ。

（そういえば、もうずいぶん洋服とか買ってないなぁ）

今穿いているひざ丈のスカートは、確か三年くらい前に買ったものだと記憶している。

璃々は物持ちがいいほうだし、特に物欲もない。メイク用品はプチプラ専門だし、休みの日はもっぱら家でのんびりして過ごす。

別にそれでなんの不満もなく生活できている。けれどそれでは出会いがあるはずもなく、生涯独身の未来しか見えてこない事に気づいた。

三上にも話したとおり、いつか誰かと出会って結婚したいと思っている。しかし、その夢はあまりにも漠然として現実味がない。三上という強烈なオーラを持つ男性に関わったせいか、急に自分の女子力の低さを思い知った気がする。

(なんだか、ものすごく帰りたくなってきた……)

脳裏に思い浮かぶのは、見るからにおしゃれでセレブ感溢《あふ》れる三上と、その横にいる庶民感丸出しの自分だ。

並びがおかしいし、アンバランスな事この上ない。

セレブリティの休日がどんなものかわからないが、とにかく大人しくしていたほうがいいだろう。

だが、油断するとまたキスをされて彼の掌《てのひら》の上で転がされてしまう可能性大だ。

(あんないかにも恋愛慣れしたイケメン相手に、私なんかが太刀《たち》打《う》ちできるわけないよ)

弱音を吐いている間にホテルの最寄り駅に到着する。

いつもなら明るく元気に従業員入口のドアを開けるところだが、今日は仕事ではないし妙にうしろめたい。

今の時間帯は比較的人の出入りは少ないが、万が一見つかったら忘れ物をしたふりをしてやりすごそうと決めた。

足早に廊下を歩き、コソコソと無人の従業員用エレベーターに乗る。

幸い、ノンストップでエグゼクティブフロアまで辿《たど》り着き、壁の端から廊下をそっと盗み見た。

（誰もいない。今がチャンス！）

壁沿いに素早く移動し「ホライゾンスイート」の入口の前に立つ。時刻を確認すると、約束の午前九時より十分近く早い。しかし、今さらどこかで時間を潰すわけにもいかず、仕方なくドアを小さくノックした。

すると思いのほか早くドアが開き、三上が顔を覗かせた。

「やあ、早いね」

三上がにっこりと微笑んで璃々を部屋の中に招き入れた。今日の彼はグリーンがかったグレーのスーツに身を包み、フォーマルでありながらリラックス感のある出で立ちをしている。

「すみません、ちょっと時間調整がうまくできなくて……」

「いいよ。それだけ僕に早く会いたかったたって事だろう？　僕だってそうだ」

「えっ……と、と……」

手を取られ、リビングに連れていかれる。すると、驚いた事に見知らぬ美女がソファに脚を組んで座っていた。

「あ、あの……」

状況が呑み込めず戸惑っていると、美女が立ち上がって璃々のほうに近づいてきた。

彼女は三上同様、モデル並みにスタイルがいい。

「こちらが恭平のデートのお相手の川口璃々さん？」

「そうだ。川口さん、こちらは僕の友人でスタイリスト兼メイクアップアーティストのマキだ。今日ここに来てもらったのは、君のコーディネートをしてもらうためだよ」

「私の？」

マキがにっこりと微笑み、璃々に手を差し出してきた。ハイヒール姿の彼女は、身長が三上と同じくらいある。

「はじめまして、マキで～す」

「は、はじめまして。川口璃々です」

「じゃあ、さっそく取り掛かるわね。恭平、ちょっと向こうに行っててくれる？」

マキが三上をリビングから追い払い、璃々は彼女と二人きりになった。大きな鏡のついたドレッサーの前に座らされ、髪の毛を櫛梳《くしけず》ってもらう。

「マキさん、なんだかすごくいい香りがしますね」

マキから上品な香水の香りがして、璃々は思わず鼻をクンと鳴らした。

「わかる？　いいでしょ、これ。調香師のカレが作ったオリジナルの香りよ」

マキが璃々のほうに身を寄せ、自分の首元を掌《てのひら》でそっと扇《あお》いだ。

「グリーンフローラルですね。すごく素敵な香りです」

「でしょ？　よかったらあとで分けてあげる。――今夜、恭平とベッドに入る前につけるといいわ。これ、秘密だけど媚薬成分も入ってるから」

耳元でそう囁《ささや》かれ、璃々は仰天《ぎょうてん》して目を真ん丸にする。

「わ、わ……私はそんなんじゃないですからっ……」

璃々が顔を赤くして首を横に振ると、マキが長い睫毛《まつげ》を揺らめかせながら唇を窄《すぼ》めた。

「そうなの？　じゃあ、まだこれからの二人なのね。初々《ういうい》しくていいわぁ。今後の展開を楽しみにしてるわね～」

マキがダイヤ柄のメイクボックスを取り出し、ドレッサーの上に置いた。

中は三段式のスライドトレイになっており、収納されているものはすべて高級コスメのブランド品だ。

ドレッサーの鏡は横幅も広く、部屋全体が見渡せるようになっている。

いったいこれから何が始まるのだろう？

璃々は戦々恐々《せんせんきょうきょう》としながら、鏡の中の自分を見つめ続ける。

「まずは、ネイルからいくわね」

マキに手を取られ、丁寧に爪を整えてもらった。

今までネイルケアなどまともにした事がない璃々は、それだけで緊張してしまう。

「もっとリラックスしていいのよ。肌、すごくきめが細かいのね。指の形も綺麗」

「仕事柄、油断するとすぐ手が荒れるので、しょっちゅうクリームを塗ってケアだけはしてるんです」

「だからこんなにしっとりしてるのね。お仕事もあるだろうから、すぐにオフできるものにしておくわね」

ベージュピンクのグラデーションの先に、ほんの少しだけシルバーのラメが入る。いつかテレビで見た事のある過程を経て、璃々の指先にほんのりと可愛らしい色が宿った。

「素敵……こんなのはじめてです」

「爪に色を載せるだけでも、気分がだいぶ上がるでしょ? さて、次は顔ね。璃々ちゃんって色白よねぇ。日焼け対策はバッチリしてる感じ?」

「はい。メイクはほとんどしませんが、日焼け止めクリームだけは年中塗ってます」

「いい心掛けね。ルージュを引かないなら、リップクリームもUVカットのものを使ったほうがいいわよ」

「今度買う時は、そういう商品を選ぶ事にします」

話しながら眉をカットされ、顔にベースメイクを施《ほどこ》される。続いてコンシーラーでそばかすをカバーしてもらい、この時点でかなり垢抜《あか》けた感じになった。

目元にはオレンジ系のアイシャドウを載せ、唇にも同色のマットなルージュを塗る。

「璃々ちゃんの髪色って、もとからこんな深みのある茶色なの？　いい感じねぇ」

「ありがとうございます。この色のせいで、毛髪検査では、いつも先生に渋い顔をされましたけど」

楽しく会話しながら髪の毛の長さを整えてもらい、ヘアアイロンで緩いウェービーヘアにセットしてもらった。

その結果、さっきまでの見慣れたすっぴん顔が大人びた違う人の顔になった。

よく見たら確かに自分に違いない。だが、パッと見ただけでは誰なのかわからないレベルだ。

「これが私……？」

鏡を見て呆気に取られていると、背後からマキが肩をポンと叩いてきた。

「そうよ。ね？　びっくりするくらい変わるでしょ。璃々ちゃんは顔のパーツが綺麗だから特にメイクで別人になれるタイプね」

「私、自分は化粧映えしない顔だって思ってました」

璃々がそう言うと、マキが人差し指を立ててそれを横に振った。

「私に言わせれば、化粧映えしない顔なんてこの世に存在しないの。どんな女性でも、メイクひとつでどうにでも変わるのよ。もちろん、ヘアスタイルも超大事。ま、これは男にも言える事だけど」

鏡越しにパチリとウインクするマキの喉元には、大きな喉ぼとけがある。

璃々はマキの言葉に深く頷きながら、性別を超えた彼女の美貌と人あたりのよさに感じ入った。

仕上げのシェーディングパウダーを顔になじませると、もはや別人級の美人顔になった。

「マキさん、すごいです！　ヘアメイクだけで、人ってこんなに変わるんですね。なんだか気持ちまでウキウキしてきました」

璃々が興奮して声を弾《はず》ませると、マキが胸に手を当ててにっこりする。

「そう言ってくれると嬉しいわ。まさにそれが私の仕事であり、生き甲斐だもの。はい、あとはそれを着たらいつでもデートに出かけられるわよ」

マキが部屋を出ていき、璃々は恐る恐るハンガーラックに近寄った。彼女が用意してくれたのは、品のいい華やかさがあるヴィンテージライクの花柄のワンピースだ。

それに合わせたミント色のバッグとモカベージュのハイヒールも用意されている。

璃々は着ているものを脱いで、着替えをした。そして、おずおずと鏡を振り返り、そこに映る自分自身を見て小さく歓声を上げる。

「わぁ……まさに馬子《まご》にも衣裳って感じ」

これほどおしゃれをしたのは、いつ以来だろう？

少なくとも、こんなに素敵な服を着たのははじめてだ。

璃々が鏡の前で感嘆の声を上げていると、マキが三上とともにリビングに戻ってきた。

「あらぁ、かっわいいぃ～！　美人さ～ん！」

璃々を見るなり、マキが飛び上がって手を叩いた。

「さすが私！　璃々ちゃん、そのワンピ、すっごく似合ってるわよ。街中を歩いたら読者モデルとしてスカウトされちゃいそう」

マキが嬉々として話しながら、いち早く璃々のもとに駆け寄ってきた。三上はそのうしろにおり、璃々を見て満足そうな表情を浮かべている。

「ありがとうございます。ぜんぶ、マキさんのおかげです」

「どういたしまして。でも、このワンピースを選んだのは恭平なの。昨日いきなりうちの店にやってきて、入荷したてのイチオシを目ざとく見つけてお買い上げしてくれたのよ」

「お買い上げ……」

マキ曰《いわ》く、彼女は都内の繁華街でブティック兼美容サロンを開いているのだという。

手渡された名刺を見ると、場所は都心を代表する高級商業地だ。

「恭平が女性にそこまでするなんてはじめてだから、びっくりしちゃった。いい？　今の璃々ちゃんは、普段のあなたとは別人なの。背筋をシャンと伸ばして堂々と振る舞いなさい。じゃ、用事も終わったし邪魔だろうから、私はとっとと帰らせてもらうわね～」

マキが早々に帰ってしまうと、璃々は急に心細くなって鏡の前でソワソワと落ち着きを失くした。

今日は休みだから、リネンカートに身を隠す事もできない。

ありもしないスカートの皺《しわ》を伸ばしていると、三上が一歩近づいてきて改めて璃々の全身を眺めた。

「思ったとおり、よく似合う」

ごく自然な感じで顎《あご》を持たれ、顔が上を向いた。

璃々は咄嗟《とっさ》に唇を固く閉じて、若干仰《の》け反《ぞ》るような姿勢を取る。三上はさらに歩を進め、璃々の正面で立ち止まった。

「警戒しなくても大丈夫だ。せっかく塗ったルージュを、出かける前にはがしてしまうわけにはいかないからね」

三上が璃々の不自然に閉じた唇を見て、ニッと笑った。

「べ、別に警戒なんか……」

「心配しなくても、しかるべき時にたっぷりと奪わせてもらうよ」

「なっ……なんですか、それ。まるで私がキスを期待してるような言い方――」

「そういうふうに聞こえたなら、失礼した。だが、君はさっきから僕の唇ばかり見て、かなり気にしてる様子だった。だから、てっきり僕とキスしたいんだと思ってね」

三上が璃々の上に屈《かが》み込むようにして、グッと顔を近づけてきた。璃々はますます背中を反《そ》らせる事になり、彼に腰を支えられる。

「そ……そんな事思ってません」

間近で見つめられ、唇にそっと息を吹きかけられた。

「それは残念。もししたくなったら、いつでも言ってくれ」

背中を引き寄せられ、傾いていた身体がまっすぐになる。早くも彼のペースに巻き込まれそうになり、璃々はなんとか落ち着こうとして小さく咳払いをした。

「あの、このワンピース、三上社長が買ったものだってマキさんが言ってましたけど――」

「そうだ。僕が今日のデートのために用意した。もちろん、バッグや靴も含めて君にプレゼントするよ。デートの費用はぜんぶ僕が持つと言っただろう？」

「確かにそうおっしゃいましたけど、これってかなり高価なものなんじゃ……」

「そう難しく考えるな。今日は一日僕に付き合ってくれるんだろう？　さあ、そろそろ出かけよう。まずは美味《おい》しいランチをご馳走するよ」

三上が左腕を璃々に差し出し、そこに手をかけるよう促《うなが》してくる。

璃々は戸惑いつつも、彼の言うとおりにした。

「今日の君は僕のデート相手だろう？　それにしては距離が遠すぎる。もっと近寄ってくれるかな？」

「は、はい」

璃々が三上の身体にギリギリ触れない程度に近づくと、彼はそれを見越していたかのように自分から寄り添ってきた。その結果、ぴったりと身を寄せ合う事になってしまう。

「うん、いい感じだ。ほら、どこから見てもお似合いのカップルだろう？」

斜め前を見ると、ちょうどドレッサーの鏡に自分達が映っている。

彼の言うとおり、かなりいい感じだ。今の自分なら三上と一緒でも違和感はないし、どこへ連れていかれても場違いな感じはしないだろう。

しかし、如何《いかん》せんこのような状況に慣れていないせいか、無意識に肩が窄《すぼ》まってしまう。

「マキも言ってただろう？　今の君はいつもの君じゃない。自信を持って堂々と振る舞えばいい」

「は……はい」

デート中、三上に恥をかかせないように気をつけなければ――そうしないと、償《つぐな》いどころか、さらに迷惑をかける事になってしまう。

璃々は自分にそう言い聞かせ、顎《あご》を上げて背筋をシャンと伸ばした。

「よろしい。ところで、あまり踵《かかと》の高い靴を履き慣れていないようだが、足は痛くないか？」

「はい、大丈夫です。この靴、すごく革が柔らかくてまったく痛くありません」

「そうか。一応言っておくが、ここから一歩踏み出したら『ホライゾン東京』の客室清掃係としての川口璃々はいったん忘れるように」

三上にエスコートされながら入口のドアまで歩き、廊下に出る。

てっきり業務用エレベーターに向かうと思っていた璃々は、迷う事なく共有スペースのほうに歩き出した三上に戸惑う。

「えっ……三上社長、そっちに行くと人に見られちゃいますよ」

進行方向にはコンシェルジュデスクとエグゼクティブフロア専用のラウンジがある。当然従業員がいるし、三上と自分が一緒にいるところを見られてしまう。

「大丈夫だ。このフロアに常駐してる従業員は全員プロフェッショナルだし、ここで見たり聞いたりした事に関しては決して口外しない」

「そ、それはわかっています。そうじゃなくて、私と一緒なのを見られるのがまずいんじゃないかと……」

「別にまずくはない。まあ、僕が女性をエスコートしているのを見たら、このフロアを含めた全従業員が驚くだろうな」

「だ、だったら――」

「だが今の君を見て、誰が〝川口璃々〟だと気づく？　自分から名乗るなら別だが、黙っていれば誰も君だとわからない。そうじゃないか？」

三上に言われ、璃々は上品に揺らめくワンピースの裾《すそ》を見た。

なるほど、今の自分は我ながら誰かと思うほどの変身を遂《と》げているし、黙っていればぜったいにわからないレベルだ。周囲も、まさか三上のデート相手が一介の客室清掃係だなんて想像すらしないだろう。

「逆に、僕がエグゼクティブフロアから女性を連れて下りてきたのを見たら、何も知らないスタッフは、君をスイートルームに泊まっているゲストだと思うんじゃないかな」

「わ、私がスイートルームのゲスト……!?」

思わず大きな声を出してしまい、あわてて口を噤《つぐ》む。もしそう思われるとしたら、なおさら正体がバレてしまうような行動は慎《つつし》まなければならない。

「僕がうまくエスコートするから、君は何も心配はいらないよ。ただ、僕の事を呼ぶ時に『三上社長』はやめてくれ。いいね？」

「わかりました。では、なんとお呼びすればいいですか？」

「デートをするくらいの関係だから〝恭平〟か〝恭平さん〟だな」

「し、下の名前で……？」

「そうだ。僕も二人きりの時は君を〝璃々〟と呼ばせてもらう。ほら、もうすぐラウンジの前を通るぞ。このフロアにいる従業員にとって、君は僕が『ホライゾンスイート』に招待したエレガントなレディだ。そのつもりで」

三上に囁《ささや》かれ、璃々は改めて気持ちを引き締めた。

彼のデートの相手を務めるのだから、それにふさわしいレディに見えるような振る舞いをしなければならない。

そう思いながらラウンジを通り過ぎ、コンシェルジュデスクの前を歩く。

三上がデスクにいる男性に声をかけ、コンシェルジュが二人に向かって「行ってらっしゃいませ」と言って一礼した。彼は必要以上にこちらを見たりせず、まったく圧を感じさせない。エグゼクティブフロアのゲストにとって、彼は必要不可欠でありながら、まるで空気のようにその存在を意識させない控えめな雰囲気を纏《まと》っていた。

（さすがエグゼクティブフロアのコンシェルジュだなぁ）

感心しながら三上とともに誰もいないエレベーターに乗り込む。彼はレストランのある六階のボタンを押し、璃々ににっこりと笑いかけた。

「璃々は『笹倉《ささくら》』で食事した事はあるか？」

実際に目を見つめられながら〝璃々〟と呼ばれ、耳朶《じだ》がじんわりと熱くなる。

「いいえ、ありません。以前、店舗の清掃を担当していた時に入った事はあります」

「笹倉」というのは「ホライゾン東京」の六階にある日本料理店で、ゆったりとした店内には個室が八室ある。

「そうか。今日のランチは『笹倉』の個室を予約してある」

「え！　『笹倉』でランチを？」

清掃中に同店のランチメニューを見た事があるが、昼の会席膳ともなると一人当たり三万円以上もする。

「料理長とは顔見知りか？」

「はい、一応……」

「ほかの店舗の従業員とは？」

「ほとんどの人と顔見知りです。あと、前にチャペルと宴会場の清掃をした事があるので、そこにいる人達もだいたいは知ってます」

ここの清掃員として働く事が決まった時、璃々は大いに喜んだ。そして「クリーニングワーク」の社長に頼み込んで、できるだけいろいろな部署を担当できるよう希望したのだ。

「なるほど、璃々は顔が広いんだな。だが、それだけ見た目の印象が違えば、気づかれずに済むだろう」

璃々はもちろん「ホライゾン東京」で働く者は、徹底してホテル従業員としての接客マナーを教え込まれる。担当業務により内容は違ってくるが、全従業員共通の注意事項のひとつとして、ゲストのプライベートを大事にする、というのがあった。

ゲストの要望があれば別だが、そうでなければ常にほどよい距離を保ち立場をわきまえた言動を心掛ける。「ホライゾン東京」が五つ星ホテルなのは、従業員のプロ意識が格段に高い事も理由のひとつだった。

おそらく、ホテル内のどこへ行っても不躾《ぶしつけ》な視線を浴びる事はないだろう。ましてや個室で食事をするとなると、接する従業員も限られてくる。そうであれば正体がバレる確率はかなり低い。

（きっと大丈夫……でも、やっぱりドキドキする～！）

何せ、こんなシチュエーションははじめてで、いろいろな意味でどうにも落ち着かない。

途中の階でエレベーターが停まり、ビジネスパーソンらしい男性が乗り込んできた。彼はチラリとこちらを見て軽く会釈《えしゃく》をしたあと、すぐに操作盤に向き直って一階のボタンを押した。

「ホライゾン東京」のリピーターには全国はもとより世界各国のエリートも多くいる。通常の部屋でも一泊六万円以上するが、彼等は好んでここを予約してそれぞれにホテルライフを楽しむ。

施設内には各種ミーティングルームやパーティ等のレセプションが行えるホールもあ

り、宿泊客は優先的にそこを利用できる。そのため企業単位の顧客も多く、時には政府関係者の重要な話し合いの場になる事もあった。

六階に到着し、フロアに出る。すると、三上が自身の腕にかけている璃々の手に掌《てのひら》を重ねてきた。

「今の男性、璃々をずっと見てたね」

「そうでしたか？　気づきませんでした」

「僕を気にしながらチラチラ見てたな。璃々が可愛いから気になったんだろう」

「そんな事、はじめて言われました……」

璃々は恐縮して頬を赤く染めた。そんな璃々を、三上がにこやかな顔で見つめる。

「今の璃々には楚々《そそ》とした魅力がある。男性の中にはそういった女性を特に好む者が多くいるし、かく言う僕もその一人だ」

事もなげにそんな台詞《せりふ》を言った三上は、璃々を連れて「笹倉」の暖簾《のれん》をくぐった。

控えていた和服姿の係員に案内され、店の一番奥の個室に入る。そこは外の風景を見ながら食事ができるため、特に人気の高い部屋だ。

「すごい……。まさか自分がお客さんとして、ここに来られるなんて思ってもみませんでした」

璃々は部屋をぐるりと見回しながら、心の中で歓声を上げた。

「時間はたっぷりあるから、ゆっくりしていこう」

三上は事前にコース料理を予約しており、先付《さきづけ》の鱧《はも》料理など、魚介を中心にした料理が次々と運ばれてきた。

どうやら三上がまとめて持ってくるように頼んでいたらしい。

彼は料理の説明に耳を傾け、時折詳しい産地などを訊《たず》ねている。係の男性はその都度的確に返事をし、最後に「ごゆっくりお召し上がりください」と言って下がっていった。

「接客態度も返事の内容も、理想的だ。気配りもできていたように思うが、璃々はどう感じた？」

「私もそう思いました。声のトーンも佇《たたず》まいも落ち着いていて、好感が持てます。今の人も顔見知りですけど、前に話した時、いつも開店前に料理長に詳しく素材や産地の事を聞いて勉強してるって言ってました」

「なるほど……勉強熱心なのはとてもいい事だ。さあ、食べようか」

「はい、いただきます」

璃々は改めて料理を見て目を輝かせた。

料理は細部にわたって手が掛けられており、食べる前からウキウキとした気分になる。

「すごい……お皿も素敵だし、食べるのがもったいないくらいです」

使われている食材は、今が旬の鱧《はも》にイサキ、車エビにウニなどだ。

次々に料理を食べ進め、その味わい深さに嘆息する。

璃々が特に気に入ったのは色鮮やかな手毬《てまり》寿司だ。素材が新鮮なのはもちろん、光沢のある信楽焼《しがらきやき》の皿や添えられている飾り葉ひとつとっても気遣いが感じられる。

「気に入ったなら、お代わりを頼んだらいい」

「ほんとですか？　ありがとうございます！」

璃々は心底喜んで相好《そうごう》を崩した。

「これ、お子さんにも喜ばれそうですね。誕生日祝いの席とかで、こうやって大皿に載せて家族みんなで食べたら楽しそう。お子様メニューも嬉しいですけど、大人と同じお皿のものを一緒に食べるのも特別でいいかな、なんて」

「ふむ……子供の誕生日祝いか。新しい祝い膳として考えてみてもいいかもしれないな。今度料理長と相談してみよう。璃々、いい提案をしてくれてありがとう」

三上がにこやかな顔をしながら、璃々に向かって軽く頭を下げた。

「そ、そんな……私はただ、思った事を言っただけですよ」

「たとえそうであっても、意見を提供してもらって、それがアイデアが浮かぶきっかけになった事は確かだ」

「わ、私なんかのお喋《しゃべ》りが役に立ったんなら、よかったです」

璃々は彼の言葉を嬉しく思いつつ、本鮪《ほんまぐろ》の手毬《てまり》寿司を口に入れた。

「ん～、美味《おい》しい～」

美味《おい》しすぎて、ほっぺたが落ちそうだ。璃々が頬を掌《てのひら》で押さえていると、三上が箸《はし》を止めてじっと見つめてくる。

「璃々は本当に美味《おい》しそうに食べるね。見ているだけで嬉しくなるし、もっといろいろとご馳走したくなる」

「私、食べるのが好きなんです。特に、こうしてゆっくり時間をかけて美味《おい》しいものを食べるのって最高です。昔はなかなかそうできなかったから……」

空《から》になった小鉢を見ながら、璃々はかつての自分の生活を口にした。

両親が離婚して、璃々は母親に引き取られた。璃々の母はとても愛情深い人で、二人きりの暮らしではあったが寂しいと思った記憶は一切ない。

しかし、離婚から四年後に母は亡くなってしまった。父は健在だったが、すでに新しい家庭で子供を儲《もう》けており璃々の引き取りを渋った。母方に頼る親戚はなく、結果的に璃々は父方の親戚の家を転々として過ごす事になったのだ。

「ちゃんと食べさせてもらっていたし、量も十分でした。でも、今思い返してもひとつとして味を覚えている料理がないんです。きっと料理を味わう心の余裕がなかったんでしょうね——」

当時の璃々にとって、食事はできる限り早く済ませなければならないもののひとつだった。居候《いそうろう》させてもらえるだけでもありがたいのだから、極力迷惑をかけないよう、居候《いそうろう》先の家族の邪魔をしないよう心掛けて暮らすのが一番の重要事項だったのだ。

三上にそう話した璃々は、口元に笑みを浮かべた。

「別にそうするように言われていたわけじゃないし、私が勝手にそうしていただけなんですけど。六年間で二年ずつ、それぞれ違う叔父の家族と暮らしました。でも、いつも自分は家族の一員じゃない、本当はこの家にいるべき存在じゃないんだって思いながら暮らしてました」

実父は毎月一定の金額を親戚宅に渡しており、生活する上で物理的に困った事はなかった。

けれど、その六年間は幸せを感じるのが難しい時期だったのは確かだ。

三上が気遣わしげな顔をしているのを見て、璃々は白い歯を見せてにっこりする。

「でも、高校を卒業して一人暮らしを始めてからは、ゆっくり食事ができるようになりました。それが嬉しくて、今でも家で『いただきます』を言うと自然と笑顔になっちゃうんですよね」

もりもりと食べ進め、新たに運ばれてきた食後のアプリコットアイスクリームを半分ほど平らげる。その美味《おい》しさに頬を緩めていると、三上が手をつける前のアイスクリームをすくって璃々の前に差し出してきた。

　これはいささかハードルが高い行為だったが、璃々は思い切って口を開け、彼のスプーンからアイスクリームを食べた。

「美味《おい》しい？」

「はい、とっても」

「そうか……うん、いい顔だ。今、一瞬ヒナの世話をする親鳥の気持ちになった」

「ヒ、ヒナって……！」

　三上が朗《ほが》らかに笑い、璃々もついつられて同じように笑い声を上げる。

「やっぱり、いいですね。誰かと一緒にご飯を食べるのって」

　璃々が言うと、三上は一瞬思案顔をしたあと納得したように頷いた。

「そうだな。璃々に言われて、今はじめてその事に気づいた」

「はじめて、ですか？　でも三上――いいえ、恭平さんは社長だし、たくさんの人と会食する機会がありますよね？」

「会食は仕事の一環だ。商談目的だと味わう余裕なんかないし、ただ機械的に料理を口にしているだけだ」

「そうなんですね。だけど、プライベートの交友関係も広そうだし……あ、そういえば伺おうと思っていた事があるんです。質問してもいいですか？」

　璃々は片手を上げて、三上を真剣な顔で見つめた。

「もちろん、なんなりと」

「では、あの……女優の田丸果歩さんと、お付き合いされているっていうのは本当ですか？　先日デートしているところを見た人がいるらしいんですが……」

「果歩と僕が？　ああ、確かに先月果歩に会ったが、二人きりじゃない。彼女の職業柄、会う時はいつも複数だ。果歩とは幼馴染《おさななじみ》で今でもたまに会って話したりするが、付き合ってはいない」

三上が言うには、その日は共通の友人の結婚式だったらしい。見られたのは、おそらく二次会に流れる途中で、たまたま二人で話しながら歩いていた時だろうとの事だった。

「幼馴染《おさななじみ》……」

「そうだ。念のため言っておくが、僕と果歩の間には何もない。これまで恋愛感情なんか持った事ないし、彼女には長年付き合っている恋人がいる。ああ、これはオフレコだぞ」

三上が唇に人差し指を置いた。そんな何気ない仕草に、うっかり胸がときめいてしまう。

「ほかに聞きたい事は？」

水を向けられたが、内容が内容なだけにかなり聞きづらい。璃々が躊躇《ちゅうちょ》していると、それを三上に気づかれてしまった。

「何かあるんだろう？　遠慮せずに聞いていいよ」

「そ……そうですか。じゃあ……」

彼に促《うなが》され、璃々はおずおずと口を開いた。

「恭平さんに関して、噂話を聞いたんです……その、実は妻子持ちだとか、奥様は外国の方で海外の別宅に住んでらっしゃるとか。それと、別居の原因は恭平さんが結構なドSだからだって……あの、本当のところはどうなんですか？」

言葉を選びながら、至極真面目な顔で訊《たず》ねたつもりだ。けれど三上は璃々が話し終えるなり、ぷっと噴き出して可笑《おか》しそうに笑いだした。

愉快そうに笑う三上に、璃々はどう反応したものかと一人あたふたする。

「す、すみません。あくまでも噂として耳に挟んだだけですから！」

「謝らなくていいよ。いろいろ言われているのは知っていたが、僕がドSの妻子持ちで、別居中？　これははじめて聞いたな。嘘の噂を立てられないためにも、これからは、もっと従業員とのコミュニケーションを取ったほうがいいね。ふむ……璃々と話すと、いろいろと考えさせられるよ」

三上が持っていたスプーンでアイスクリームをすくい、口に入れる。

(か、間接キス……！)

失礼な質問をした申し訳なさと、間接キスの衝撃のせいでにわかに落ち着かなくなった。

璃々がキョトキョトしているのに気づいたのか、三上が手にしたスプーンを置いてニヤリと笑った。

「璃々は僕の事をどう思った？　いかにもドSの妻子持ちって感じがするかな？」

「い……いえ、それは、あの……」

「僕には妻子なんかいないし、恋人もいない。もしいたら、今こうして璃々とデートなんかしてない。もちろんキスもダメだね。いくら海外生活が長いとはいえ、唇にするキスはさすがにあり得ない」

口元をじっと見つめられ、心臓が跳ねる。唇を結ぼうとするものの、なぜか逆に半開きになってそのまま閉じる事ができなくなってしまった。

「そもそも僕はこれまで、自分の人生に『結婚』は存在しないものだと思って生きてきた。赤の他人の二人が愛を誓い合って子供をなす――簡単なようで極めて難しい。子供ができたら、なおさら事が複雑になる。うちの両親がいい例だ」

三上曰《いわ》く、彼の両親も離婚しており、今はそれぞれが海外に移住して、ほぼ絶縁状態であるらしい。

「それでも、僕が中学を卒業するまでは離婚せずに我慢していたな。だが、両親はほとんど家を空《あ》けていたし、仲が険悪なのは子供ながらにずいぶん前からわかっていた。両方から直接『お前さえ生まれなかったらとっくに離婚してた』なんて言われてたしね」

「そんな事って……」

てっきり三上は幸せな家庭で育ったものだと思っていたが、そうではなかった。

璃々は自分の勝手な思い込みを反省するとともに、彼の両親に対して強い憤《いきどお》りを感じた。

「ひどいだろう？　おかげで生まれた事に罪悪感を抱いてた時期もあったな。だけど、今はもう両親に対してなんの感情もないし、今後関わろうとも思わない。結婚は人生の墓場だと言われたりするが、あながち嘘ではないと思うよ」

三上が、それまでとは打って変わった冷めた表情を浮かべながらそう切り捨てた。

「でも、新しいチャペルの件は恭平さんが中心になっているんですよね？」

「そうだ。だが、仕事とプライベートはまったくの別ものだろう。結婚したくないからといってウェディングの仕事に携《たずさ》われないわけじゃない」

「それはそうですけど……」

璃々は三上と違い、両親が離婚していても人並み以上の結婚願望がある。とりあえず、彼には妻子がいない事だけはわかった。

璃々は密かに安堵して、口元を綻《ほころ》ばせる。

「さあ、そろそろ行こうか。まだデートは始まったばかりだ」

デザートのアイスクリームと同時に運ばれてきた熱いお茶を飲み、ごちそうさまを言って三上とともに席を立つ。

店を出ると、今度はエスカレーターで四階のショッピングエリアに向かった。そこは二年前に改装されており、入っている店舗も半数以上新しいものに変わっている。

歩き出す際にさりげなく手を出されて、璃々は深く考えずに手を繋いだ。

すぐにハッと気がついて、ドキドキが止まらなくなる。

どうしてこうも簡単に三上のペースに乗せられてしまうのだろう？　わかっていても抵抗する気にならないどころか、流れに身を任せてしまってもいいと思っているふしがある。

自分のような恋愛経験ゼロの女など、彼の手にかかれば簡単に操れてしまう人形と同じなのかもしれない。

そんなふうに考えて、繋いだ手が強張《こわば》りそうになる。

（私、いつの間にかデートを楽しんじゃってる。ほんと、チョロいったらないな）

気を引き締めて周囲を見回すと、日曜日という事もあり平日よりも人が多い。途中、カートを押しながら歩いている詩織とすれ違い、全身に緊張が走る。

（し、詩織！　なんでこんなところにいるの？）

同じ客室清掃係だから、特別な事でもなければ彼女がショッピングエリアで作業をする事はないはずだが……

詩織は三上に気づいて一瞬驚いた表情を見せたが、さりげなく視線を逸らし、軽く頭を下げて去って行った。

まさか詩織に出くわすとは思わなかった。いくら別人みたいに変身していても、彼女とは毎日のように顔を合わせて話す仲だ。璃々はドキドキしながら、そっとうしろを振り返って見る。そこに、詩織の姿はもうなかった。

（本当に誰も私だって気づかないんだ……）

璃々は、ようやく安堵してホッと胸を撫で下ろした。

『今の璃々ちゃんは、普段のあなたとは別人なの。背筋をシャンと伸ばして堂々と振る舞いなさい』

マキの言葉が頭の中に蘇《よみがえ》り、璃々は俯《うつむ》きがちだった顔を上げて姿勢を正した。そして、改めて三上にふさわしいレディであろうと自分を奮《ふる》い立たせる。

「さあ、ここに入ろう」

三上に手を引かれ、世界中から選りすぐったレディースファッションを扱うセレクトショップに入った。店内にいた上品な中年女性が「いらっしゃいませ」と言って、穏やかに微笑みかけてくる。

「一緒に璃々に似合いそうな服を見つけよう。何か気に入ったものがあれば、言ってくれ」

オフホワイトの壁際に並べられた洋服は、比較的カジュアルなものからフォーマルなものまでいろいろと揃っている。

販売員の女性達は璃々達を遠巻きに見守り、声をかければすぐに来て的確に商品の説明をしてくれた。

「素敵な洋服ばかりですね」

璃々は三上とともにそれらを眺めながら、ワクワクと心躍らせた。

「せっかくだし、いいと思うものをどんどん試着してみたらいい。このレースのドレスはどうかな。君にぴったりだと思うが」

三上が指したのはシルバーグレーのドレスワンピースだ。総レースで、生地《きじ》には美しい光沢がある。

「これなら、今後、何かの祝いの席にも着て行けるし実用的だろう?」

「えっ……でも――」

試着なんかしたら、買わなくてはいけない雰囲気にならないだろうか?

値札を見ようにも、このタイミングでチェックするのはさすがに恥ずかしかった。

「遠慮せずに、とりあえず合わせてみたらいい。もちろん、気に入ったものがあればプレゼントするよ」

三上が合図すると、マネージャーがやって来て二人を店の奥に案内してくれた。そこは広さが三十平米《へいべい》以上あるゆったりとしたフィッティングルームで、カーテンで部屋が二分されている。

「プレ……そんな、受け取れません」

　すでにデート用のワンピースや食事代を出してもらっている。これ以上何かを買ってもらう理由などない。璃々が小声でそう言うと、三上が眉尻を下げてにっこりする。

「璃々は欲がないな。だが、これからまだ予定があるし、その時は着替えてもらうつもりなんだ。それに、僕は璃々のファッションショーを見てみたい。今日は一日、僕に付き合ってくれる約束だったね？」

　眉尻を下げたまま、窺うように小首を傾げられる。

　年上のイケメンがそんな仕草をするなんて……。

　当然抗《あらが》えるはずもなく、璃々は胸の高鳴りを抑えつつ小さく頷いた。

「わ、わかりました、試着します」

　若干頬を赤らめながら靴を脱ぎ、カーテンの陰に半分身を隠した。

　そこは横長のフィッティングスペースになっており、さっきチェックした洋服がすべて壁際のハンガーラックにかかっている。

　三上がフィッティングスペースの前に据えられた革張りのソファに腰かけた。すると、すぐに女性店員がやってきて、ソファ横の丸テーブルにグラスワインを置く。

　彼女は用事を済ませると速やかに退出し、すぐに璃々と三上の二人だけになった。

「じゃあ、始めようか」

三上が手を振り、璃々は頷いてカーテンを閉じた。

（よし、やるからには気合を入れなきゃ）

璃々はずらりと並んだ洋服の前に立つ。こんなふうにたくさんの服をいっぺんに試着するのははじめてだ。

（どれから着ようかな？　コーディネートとか得意じゃないんだけどな）

ファッションに興味がないわけではないが、我ながらあまりセンスがあるとは思えない。

だから買うのはいつも無難なデザインと色合いのものばかりで、気がつけばクローゼットの中は同じような洋服ばかりになっていた。

迷った末に、手前から順に着てみる事にする。こっそり値札をチェックしてみると、ブラウス一枚が四万円もした！

（高っ！　これ一枚で二カ月食べられる！）

さらに見てみると、三上が勧めてくれたシルバーグレーのドレスワンピースは二十四万円だった。

ラウンドカラーで形はシンプルだが、肩口や裾《すそ》のカットがレースの模様に合わせたラインになっており繊細な仕事が見事だ。

（嘘っ……こんな高い服、着た事ない……。っていうか、もしかして今着てるワンピースもそれくらいするって事？）

つい厚意に甘えてしまったが、これはいくらなんでも高額すぎる。いったいどうしたらいいものか。それに、きっと返すと言っても、三上は受け取ってくれない気がした。

（とりあえず、ここは試着だけにしてもらおう）

覚悟を決め、四万円のブラウスを着て、その横にかかっているスカートを穿く。普段触った事もない上質な生地《きじ》を気にするあまり、着替えるのにやたらと時間がかかってしまう。

着替え終わってカーテンの外に出ると、三上が璃々を見て一瞬動きを止めた。

「……ど、どうですか？」

普段着ているものと桁違いに高価な洋服だから、着こなせていなくても仕方がない。

璃々が苦笑して後ずさると、三上が大股で歩み寄ってきた。

「すごく似合う。さっきのワンピースもいいが、こういった清楚な洋服もいいね」

彼は璃々の手を取り、左右に大きく広げるようなポーズを取らせた。

「これはぜったいに買いだ。今度これを着て一緒に美術館に行くっていうのもいいな。じゃ、次の洋服を着て見せて」

「え、あ、はい……」

期待を込めた目で見つめられ、璃々はまたカーテンの内側に入った。

（今度はこれを着て美術館？　それって、またデートするって事？　まさかね——というか、本当にこれを買うつもりじゃないよね？）

首をひねりつつ着ているものを脱ぎ、次の洋服を試着する。

璃々は正面の鏡に映る自分を、まじまじと見つめた。

バルーンスリーブの白カットソーに、薄いサーモンピンクのフレアスカート。気がつけば、自然と笑みが零れていた。

（可愛い……。いいな、こんな感じの洋服って着た事なかった）

はにかみながら再びカーテンを開けて一歩前に出る。すると、待ち構えていた様子の三上が顔を上げるなり、璃々を見て目を見張った。

「今度はすごくエレガントだ。そうだ、このまま少し待ってて」

三上が店に出ていき、すぐに新しい洋服を手にして戻ってきた。

「ちょっとこれを合わせてみて」

彼は璃々に薄いベージュのジャケットを着せかけ、襟《えり》を整えてくれた。ショート丈のトレンチコートのようなデザインのジャケットを合わせた途端、それまでのエレガントな雰囲気がカジュアルなものに変わった。

「うわぁ、さっきと印象がぜんぜん違いますね」

「テイストが違うものを組み合わせると、面白いだろう？　これなら足元はスニーカーでもいいかもしれないな」

自分では到底思いつかないコーディネートを見て、璃々は目をパチクリさせながら鏡に映る自分を見つめた。

「今度は、あの白レースのスカートを、こっちのニットに合わせてみてくれないか？」

三上がハンガーラックにかかった洋服を指して、璃々にリクエストしてくる。

洋服はもっぱらウィンドウショッピングだし、買うとしてもまずは値段重視だ。あとはできるだけなんにでも合う無難なデザインを選び、洗濯の仕方や長く着られそうな生《き》地《じ》かどうかをチェックする。そんな日常から、あまりにもかけ離れている。まるで、いつかテレビで見たハリウッド映画みたいだ。

カーテンの内側に並んでいる洋服はまだ十着以上ある。さっきまでは戸惑うばかりだったけれど、いつの間にか璃々もファッションショーを楽しんでいた。

璃々はワクワクした気持ちでハンガーラックにかかっている洋服に手を伸ばす。

(洋服選びが、こんなに楽しいなんて知らなかった！)

それからしばらく、璃々は服を着ては三上に披露《ひろう》し、また次の服に着替えるのを繰り返した。

最後に、三上が最初に選んだシルバーグレーのドレスワンピースを着て鏡の前に立つ。ぜんぶの中で、それが一番高額で身体のラインがよくわかるデザインだ。

璃々は特別スタイルがいいわけではないし、胸も普通サイズだ。普段仕事で身体を動かしているせいか、ウエストは割と細く、手脚も引き締まっているが、ただそれだけ。自慢するほどのものではないし、グラマラスとはほど遠い体型だ。けれど、上質なドレスワンピースのおかげか、それがかえって楚々《そそ》としたイメージを強く感じさせてくれている。

三上の言うとおり、シルバーグレーのドレスワンピースは璃々によく似合っていた。

（さすが、三上社長って女性の洋服選びにも長《た》けてるんだな）

レース生地《きじ》は思った以上に着心地がよく柔らかで、どこをさわってもまったくチクチクしない。

（素敵……まるでプリンセスになった気分……）

普段の自分ならいざ知らず、今はマキの手によって別人になっている。

それ相応の手間暇をかけて自分を磨《みが》き上げれば、こんなに見違えるようなレディになれるのだ。

努力次第で外見を変える事ができると知り、璃々はしばらくの間鏡を見つめたまま立ち尽くした。

（……あっ、行かなきゃ）

ハタと我に返り、ポカンとなっていた口を閉じる。

カーテンを開けると、璃々はゆっくりと三上の前に進んだ。

「どうでしょう？」

踵《かかと》を合わせ、両手を広げながらそう訊《たず》ねた。三上はすぐに椅子から立ち上がり、璃々に近づいてくる。そして、全身に視線を這《は》わせたあと、感じ入った様子で口を開いた。

「璃々、すごく綺麗だよ。実にエレガントだし、もう少し裾《すそ》が長ければ、このまま舞踏会に行けそうだな。……そうだ、せっかくだから、特注でこれと同じようなイブニングドレスを作ってもらうか」

三上がマネージャーを呼ぼうとするのを見て、璃々はあわてて彼を止めた。

「ちょっ……恭平さん、今はまだファッションショーの最中ですよ」

璃々に腕を掴まれた三上が、にこりと笑った。

「そうだったな。じゃあ、また今度にしよう。さあ、そこにある靴を履いてみて」

足元を見ると、さっき履いていたのとは別のハイヒールが置かれている。

「その服に合わせた靴だ。履いてごらん」

璃々は言われたとおり、ワンピースと同じ色と素材でできた靴を履いた。

踵《かかと》の高さだけ身長が伸び、目の位置が三上のそれに近づく。見つめ合ったまま、彼の視線に目が釘付けになる。一歩近づいてきた三上が、璃々の腰をそっと引き寄せてきた。

「楽しかったよ。いいファッションショーをありがとう」

「ど……どういたしまして。じゃあ、もう着替えますね」

「いや、このままデートを続けるから着替えなくていい。それと、試着した洋服に合う靴とバッグも頼んでおいたから」

「えっ!? 本当に買うんですか?」

思わず素《す》っ頓狂《とんきょう》な声を出してしまい、あわてて声を抑えた。

洋服を見る時に上段に置かれたバッグを見たが、十万円以上していた。見た限りでは靴も同じような価格だったし、すべて合わせるといったいいくらになるのか考えたくない……

「そう困った顔をするな。これから何度もデートするんだから、必要だろう」

「何度も?」

彼はさっきから美術館だの特注のイブニングドレスだのと言っているが、まさか本気なのだろうか?

(なんで? どうしてそうなるの?)

今日のデートは、いわばガラスの靴を割った事に対する償《つぐな》いの追加のようなものだ。

『じゃあ、明日一日、僕に付き合ってもらおうかな』

昨日彼はそう言ったが、一日限りのものではなかったのだろうか?

てっきり今日だけで終わると思い込んでいたが、認識が甘かったという事か……

「そうだ。足りない分は、順次買い足していこう」

上からじっと見据えられ、璃々は少しふらついてしまった。自然と三上の胸に寄りかかるような恰好になり、背中を彼の掌《てのひら》に支えられる。

間近で見る彼の顔は、うっとりするほどの美男である事に変わりはない。それに、今日は完全なるプライベートだからか、昨日よりも男性的なセクシーさが増しているような気がする。

「少し疲れたかな？　一階の『ティーツリー』に行って休憩しようか」

「ティーツリー」とは、昼は季節ごとに変わるアフタヌーンティーが、夜は各種カクテルが楽しめるロビーラウンジだ。ホテルの庭園に面した窓からは緑豊かな風景をのぞむ事ができ、ティータイムにはいつもたくさんの女性客で賑《にぎ》わっている。

「肩が冷えるといけないから、ショールを」

ナチュラルなシフォン生地《きじ》のショールを肩に掛けてもらい、また手を繋いで店を出る。

（ど、どうしよう……。まさか本当に試着した服をぜんぶ買ったりしてないよね？）

混乱しつつ三上とともに廊下を行く。よもや自分がこれほど高級な洋服を着てホテル内を歩くとは思ってもみなかった。

着心地はすこぶるいいが、あれこれ考えてしまい、どうにも落ち着かない気分だ。

いったい、三上は自分を連れ歩いてどうするつもりなのだろう？

『使いっぱしりでもなんでもします！』

自分の言動には責任を持ちたいと思うが、今後の事を考えると不安しかない。

（あんな事言わなきゃよかった。もしくは一回きりの約束を取り付けておくべきだった……）

三上を前にすると、ついテンパってしまうのがいけないのだ。

璃々はなんとか落ち着こうとして、見慣れたホテル内の風景に意識を集中させた。

改めて見ると、ショッピングエリアは女性にとってワクワク感の宝庫だ。リニューアルする前は、ターゲットとするゲストの年齢が若干高かったように思う。

だが、三上の提案により店舗の半数が入れ変わり、若い女性も十分楽しめるショッピングエリアに生まれ変わった。同時にエリア内の壁や床の色も明るい色に一新され、集客率もかなり上がっているみたいだ。

「ここ、前とずいぶん雰囲気が変わりましたね。今まではただ仕事場としか見ていませんでしたが、ゲストとして見てみると風景がぜんぜん違います」

璃々が目を輝かせて通り過ぎるショウウィンドウを眺めていると、三上が老舗《しにせ》宝飾店の前で立ち止まった。そこは「ホライゾン東京」設立時からある店舗で、主にパールのジュエリーを扱っている。

「ちょっと寄り道だ」

三上に連れられて店内に入ると、ガラスケースの奥にいた男性店員がすぐ気づいてこちらに近寄ってきた。

「いらっしゃいませ、お待ちしておりました」

そのうしろから来た女性店員が、手にしたアクセサリートレイを三上の前に示した。

「お着けしてもよろしいでしょうか？」

三上が頷くと、女性店員は璃々をガラスケースの上に据えられた鏡の前に誘導した。

まさか、アクセサリーまで？

驚いて咄嗟《とっさ》に断りそうになるのを我慢して、鏡の前に立つ。璃々よりも背の高い彼女は、優雅な手つきでパールのネックレスを着けてくれた。

それは大きさの異なったパールがVの形になったデザインで、細いチェーン部分はプラチナらしい。さらに、ネックレスとセットになっているパールのイヤリングもプラスされた。

「とてもお似合いです」

女性店員が鏡越しに、璃々に微笑みかける。

一言礼を言ってから三上を見ると、彼は満足そうに頷きながら寄り添ってきた。

「思ったとおりだ。さあ、行こうか」

「えっ……あ、はいっ」

店内にいた時間は、ほんの数分だ。手を引かれて店を出る時、その場にいる店員が皆揃って頭を下げて見送ってくれた。

「ネックレスとイヤリング、気に入ってくれたか？　璃々の楚々《そそ》とした上品さが際立つデザインを選んでみたんだが」

ニコニコ顔で話しかけられ、エスカレーターまで連れていかれる。歩いている間も、三上は璃々の足元に気を配り、人とぶつからないよううまく誘導してくれた。

「すごく素敵ですけど、さすがにこれは高価すぎますっ」

「ははっ、やっぱり気にする？」

軽い調子で訊《たず》ねられ、璃々は声を抑えつつもなんとか自分の気持ちをわかってもらおうとした。

「気にしますよ！　さっきのセレクトショップもですが、デート用の洋服に豪華なランチをご馳走してもらって、その上アクセサリーまでなんて——」

「璃々のそういうところ、すごく好きだな。僕がしたくてしてるんだから遠慮しなくていいのに。そうだ、プレゼントを受け取るのも償《つぐな》いの一環だと思えばいい。それに、これからまだ予定があるって言っただろう？」

「確かにそうおっしゃっていましたけど、そもそも私なんかとデートして楽しいんですか？」

「もちろん、この上なく」

「そんな事言って……今日のデートが終わる頃にはもう飽き飽きしてる可能性だって……」

「心配しなくても、その可能性はゼロだ」

目を合わせながら断言されると、璃々はそれ以上何も言えなくなってしまった。

エスカレーターの前までできて、ステップに足を乗せる。

周囲は吹き抜けになっており、エントランスからロビーまで、一目で見渡す事ができた。光沢のあるクリーム色の大理石が敷き詰められたそこを、モーニング姿のドアマンが通り過ぎる。

ここで働いている璃々は、普段は従業員入口から出入りするため、エントランスからホテル内に入る事はない。仕事中の璃々は、常に何か不都合な事はないかと気を配りながら館内を歩き回っている。

だが、今日の璃々はホテルのスタッフではなくゲストだ。

ロビー全体はロココ調の落ち着いた雰囲気に包まれ、中央に飾られたウェルカムフラワーがやってくる人々を待ち受けている。

いつもと視点が違っているせいか、見えている風景が普段以上に豪奢《ごうしゃ》で格調高い。

（なんて素敵なんだろう……）

璃々はゲストとしてここを訪れている喜びに浸《ひた》りながら、三上を見た。すると、ずっとこちらを見ていた様子の彼と目が合い、動悸が激しくなる。

最高級のホテルと、この上なくゴージャスな美男——

予想しなかった展開が続いて、頭の中は混乱するばかり。

三上にとってはただのデートだろうが、璃々にとっては特別で非現実的な夢のような時間だった。

(どうして私にここまでするの？　まさか本気で私と……なんて事あるわけないでしょ！)

璃々は顔を赤くして、あり得ない勘違いをしそうになった自分を諫《いさ》めた。

夢のようなデートのせいで、いつの間にかすっかり浮かれてしまっていたみたいだ。

これ以上余計な事を考えないように、璃々は再び周囲の風景に視線を向けた。そして下に向かいながら、ふと先日ホテル内で見かけた光景を思い出す。

「そうだ、エスカレーターなんですが、もし今後新しくする事があったら、ステップの先端部分が緩衝素材になってるものがいいと思うんです。それだと、万が一転んだ時でも大怪我にならずに済むみたいで——」

先月、璃々が客室の清掃を終えてエスカレーターの前を通りかかった時、ちょうど小さな男の子が一人で通路を歩いていた。その子は何を思ったか急にくるくると回り出し、ふらついて近くにあった上昇エレベーター前で転んでしまったのだ。

幸い手すり部分に少しぶつかっただけで済んだが、あのままステップの角に頭をぶつけていたら間違いなく大事《おおごと》になっていただろう。

璃々はその時の事を三上に語った。

「それを見て、本当にゾッとしました。それから気になって調べたんですが、エスカレーターの事故ってほとんどが転倒や転落が原因らしいです」

璃々が説明を終えると同時に、一階に到着した。三上は終始頷きながら璃々の話を聞き、繋いだ手を強く握りしめてくる。

「なるほどな。エスカレーターの事故については、以前報告書を見た事がある。事故や怪我は未然に防げたらそれに越した事はない。週明け早々に専門業者に見積もりを依頼するよう手配しよう」

「仕事早っ」

思わずそう呟くと、三上が璃々の少し前に出て得意げに顎《あご》を上向けてくる。

「何事も迅速に対応し、いいと判断したら即実行に移す。それが僕のモットーだし、戦略のひとつだ」

三上が自信たっぷりの表情でそう言った。

「私もその考えには賛成です」

璃々も仕事をする上で、常に迅速な対応を心掛けているつもりだ。もちろん、経営者と一従業員とでは仕事の内容も規模も異なっている。

だが、地位も住む世界もまったく違う自分達の共通点を見つけたみたいで嬉しかった。

「プライベートでもそうだ。だから今、璃々とこうしてデートしてる。僕としてはこの選択は間違っていなかったと確信してるが、璃々はどう思う？」

「ど、どうって……」

勝手に人の心を翻弄《ほんろう》しておいて、どう思う？　はないだろう。璃々が口ごもっている横で、三上は余裕の笑みを浮かべている。

一階に着くと、再び彼の腕に手をかけて歩く。

「ティーツリー」は正面入口の左手にあり、ほかの階よりも人の行き来が多い。エスカレーターからラウンジに向かう途中で、フロントの前を通りかかる。

カウンターにいるスタッフの数人が三上に気づいた。

璃々はその全員の顔を知っているし、会えば言葉を交わす人もいる。フロント横のコンシェルジュデスクにいる女性スタッフに至っては、日頃から何かと的確なアドバイスをくれる尊敬すべき人だ。

皆それぞれに目礼をし、三上もそれに応《こた》えている。

その横で、璃々はやや俯《うつむ》き加減になって、どうしていいかわからずにいた。結局そのままフロントをやりすごし、「ティーツリー」の入口まで歩く。

（知った顔と出くわすと、やっぱり緊張する〜！）

いつのまにか手に力が入っており、三上の腕を強く握りしめていた。

本当にバレていないかどうか不安になり、璃々は店に入る前に立ち止まり、そっと彼に訊《たず》ねた。

「私、大丈夫でしょうか？」

璃々が言うと、三上はにっこりと微笑んで頷く。

「大丈夫。すごく可愛いし素敵だよ。今すぐにキスしたいくらいだ」

「はっ？　そ、そうじゃなくて――」

見当違いの受け答えをされ、璃々は面食らうと同時に頬を熱く火照《ほて》らせた。急に唇が気になりだし、口元が緊張する。

「心配しなくても、バレてないよ。ただ、僕が休日に若いレディを見せびらかしながらホテル内を闊歩《かっぽ》しているのに、皆驚いているだろうな」

店には壁はなく、観葉植物や両面から使用できるガラス棚で仕切られている。開放的な店内はほぼ満席で、そのうちの七割が女性客だ。店内はオフホワイトとゴールドの配色でまとめられ、フロアの中央に大きな装花が置かれている。イブニングタイムともなるとピアノとサックスの生演奏もあり、都会の夜を心行くまで満喫できる空間づくりがされていた。

「いらっしゃいませ」

すらりと背の高いウェイトレスに案内され、テラス席に座った。そこは庭が一望できる特等席で、以前ここの清掃をした時に景観の素晴らしさに見惚れた覚えがある。

三上がL字型になったソファ席の左側に座り、璃々は右側に腰を下ろした。

「わぁ、薔薇《ばら》が満開ですね」

現在「ティーツリー」では「初夏のローズフェア」が行われており、テラスの周りはさまざまな種類の薔薇《ばら》が咲き乱れている。

「何を頼もうか。知っていると思うが、ここは昼間ならアフタヌーンティーセットがおすすめだ。ハーフセットなら量も多くないし、せっかくだからローズシャンパーニュを楽しんでもらいたいな」

「シャンパーニュっていうのは……？」

「フランスのシャンパーニュ地方で作られるスパークリングワインの事だ。今飲めるのはフェア限定で僕が自ら選び出した特別に美味《おい》しいシャンパーニュだ」

「恭平さんが？　では、是非それを楽しみたいと思います」

オーダーを通し、ほどなくして運ばれてきたのは、スイーツやサンドイッチを載せたケーキスタンドと縦長のシャンパングラスだ。いずれもデザイン性が高く、それだけでも絵になる。

三上がシャンパングラスを手に取り、その色合いを見て頷く。

「自然光にあてると特に綺麗に発色するな。璃々、飲んでごらん」

勧められ、璃々はグラスを傾けてひと口飲んだ。

「すっきりしてて、とても爽《さわ》やかな味ですね」

「そうだろう？　チョコレートケーキと一緒に楽しむと格別だよ」

言われたとおり、ケーキを食べながらシャンパーニュを飲む。アルコールに関する知識はほとんどないし、スイーツももっぱらコンビニで販売されているものばかりだ。

それはそれで美味《おい》しいけれど、今食べたチョコレートケーキは特別に濃厚で口どけがよかった。

（まるで、恭平さんのキスみたい……）

チョコレートの蕩《とろ》け具合に三上とのキスの記憶が重なり、急に胸がドキドキしてきた。あわててもう一口シャンパーニュを飲んだが、かえって鼓動が激しくなってしまう。

彼とのキスを思い出すだけで息が苦しくなる。

（ちょっ……どうしちゃったの、私……）

璃々は唇をきつく結び、どうにか落ち着きを取り戻そうとした。けれど、一向に効果がないばかりか、唇が脈打っているのではないかというくらい熱い。気がつけば、視線が勝手に三上の口元に流れていた。

おそらく——いや、確実に、璃々はもう一度三上とキスをしたいと願ってしまっている。そんな自分を恥じて頬がチリチリと焼けた。

「どうした？　急に顔が赤くなったね」

斜め前から顔を覗き込まれ、咄嗟《とっさ》に顎《あご》を引いて唇を指先で押さえた。

三上がそれを見てニッと笑い、身を寄せるようにして璃々の耳元に囁《ささや》きかける。

「ふぅん……そろそろキスがしたくなったのかな？　璃々さえよければ、今ここでしてもいいよ」

彼の視線が、璃々の唇をしっかりと捉《とら》えた。

今にも顎《あご》を持ち上げられてしまいそうで、璃々は小さく首を横に振った。

「なっ……と、とんでもないですっ」

「そうか？　さっきからやたらと唇を意識してるみたいだから、てっきりそうかと思ったんだが」

見事に見透かされ、璃々は動揺を隠そうとサンドイッチを口に入れた。キュウリとクリームチーズだけのシンプルな味が口の中に広がり、思わず微笑みが零れる。

「キュウリのサンドイッチってシンプルだけど美味《おい》しいですよね。私、たまにこれを作って食べるんです。これなら手軽だし、材料費もさほどかからないから節約にはぴったり――」

　焦るあまり、こんなゴージャスなデートの最中に、うっかり場違いな発言をしてしまった。

　璃々は心臓が縮む思いを隠しながら、口の中のサンドイッチを咀嚼《そしゃく》する。

「こっちのチーズとピクルスのサンドイッチもいいな。璃々はピクルスは好きか？」

「は、はい。大好きです。いつも行くスーパーでよく輸入ものの瓶詰ピクルスが安売りしてて――」

　またしても庶民丸出しの発言が飛び出し、璃々はもう誤魔化しようがないとばかりに情けない表情を浮かべた。

　しかし三上は一向に気にする様子もなく、微笑みながらサンドイッチを食べ、シャンパーニュを楽しんでいる。

「璃々が作るサンドイッチ、今度ご馳走してほしいな」

「そんな……私が作るサンドイッチは、こんなおしゃれなものじゃないですよ。パンはスーパーのプライベートブランドの安いやつだし、キュウリだって三本九十七円のお買い得商品ですし……」

　自作のサンドイッチはそれなりに美味《おい》しいと思って食べていたが、ここのものとは次元が違い過ぎて、とてもじゃないけれど三上には食べさせられない。

「確かに僕は幸いにも『ホライゾン東京』の社長職に就いて、それ相応の生活を送っている。だが、だからといって今までずっとそんな暮らしをしてきたわけじゃない。これでも、アルバイトにはかなり時間を割《さ》いたよ」

「え？　恭平さんがアルバイトを？」

リッチでハイクラスの三上とアルバイトが結びつかず、璃々は彼の顔をまじまじと見つめながら首をひねった。

「そんなに不思議か？　さては僕の事をただの金持ちのお坊ちゃんだと思ってたな？」

「え……と、それはまあ……」

「最初は、高校生の時にしたファストフード店でのバイトだ。ほかにもカフェやアパレルショップでも働いたし、工事現場も経験した」

「工事現場!?　……意外です」

「そうか？　さすがに体力の消耗が激しかったが、いろいろな人と出会っていい人生経験になったよ」

当時の事を懐《なつ》かしんでいる様子の三上が、愉快そうに笑い声を漏らした。そのはつらつとした笑顔に、心が揺さぶられる。

いったい、この人はあとどのくらいの魅力を隠し持っているのだろうか——

璃々は動揺を悟られまいとして、強《し》いて真面目な表情を浮かべた。

「そ、そうですか。恭平さんなら、モデルとかやれるんじゃないですか？　そういえば、だいぶ前に恭平さんをホテルのナビゲーターとして広報活動をしてもらう話を聞いた事がありますけど」

彼ほどの容姿とオーラをもってすれば、きっと各方面に多大な宣伝効果をもたらすはずだ。璃々がそう言うと、三上は若干渋い顔をして肩をすくめた。

「ああ……あれは、速攻で断った」

「えっ、なんでですか？」

「モデルなら昔少しだけやった事があるが、カメラの前で可笑《おか》しくもないのに笑ったりするのが、なんだか性に合わなくてね。僕はあくまでも経営者であって、裏方に徹したほうがいいと判断したんだ」

「うーん、なんだかもったいないような気がしますけど、確かに可笑《おか》しくもないのに笑うのは楽じゃないですよね」

「そうだろう？」

璃々が同意すると、三上が満足そうに微笑む。

「でも『ホライゾン東京』がここまで素敵なホテルになったのは、恭平さんが社長として頑張ったおかげですよね。だからこそ、恭平さん以上にここの魅力をうまく伝えられる人はいないと思うし、ナビゲーター役を頼んできた人の気持ちもわからなくはないです」

「ふむ……なるほど。そういう考え方もあるな」

璃々の言葉を聞きながら、三上が深く頷く。その表情の中に、彼の社長としての真面目さを垣間見たような気がした。

「それにしても、恭平さんって思っていた以上にバイタリティがある人なんですね。私なんか、アルバイトの時から裏方の清掃係一辺倒です。今思えば、もっと違う職種にチャレンジしてみてもよかったのかもしれませんね」

璃々はそう言いながら、シャンパーニュをひと口飲む。もっとも、三上のようにおしゃれなカフェやアパレルで働ける見込みなどあるはずもなかったのだが……

「いや、それはそれで立派な事だ。要は適材適所だし、璃々はここで働くのが夢だったんだから、それでよかったんだと思うよ。それに、僕の場合はできるだけ時給が高い仕事を探していたからね」

彼はその時に得た金額のすべてを大学進学のために貯金し、残りは自己投資に回したという。そして、その時すでに高校卒業後は日本を飛び出そうと決めていたらしい。

「ご両親からの援助はなかったんですか？」

「子供の頃に作った僕個人の口座に、多すぎるほどの金額が振り込まれていたし、それとは別に進学用の学費も渡されたよ。だが、どうしてもそれを使うのが嫌だったんだ。

そばにいない両親への僕なりの精一杯の反抗ってところかな」

三上の口元には笑みが浮かんでいる。けれど、どこか寂しそうな影が感じられた。

裕福な家に生まれ、なんの苦労もなく育ったのだろうという璃々の考えは、あまりにも勝手な思い込みだった。

気づかないうちに彼をそんなふうに思っていた事を心底申し訳なく思う。

「ごめんなさい。私、自分と恭平さんははじめから住む世界が違うんだって思い込んでました。ちゃんと話して向き合ってみないとわからない部分があるのに、つい恭平さんの強くて華やかな雰囲気だけで判断してしまって……」

「謝る事はない。これからもっといろいろな話をする中で、僕を理解してくれればいいんだ。もちろん、僕も璃々を今以上に深く知りたいと思ってるよ」

三上の指が璃々の頬に触れ、親指が唇の先を軽くこすった。身体がソファから跳ね上がりそうになり、背中が硬直する。同時に一気に体温が上がって、頭がぼうっとしてきた。

「きょ、恭平さん……こ、こんなところでは、ダ……ダメですよっ……」

「何がダメ？　はい、取れた」

三上が示した指先に、キュウリの切れ端がついている。

「キュウリ……」

気づかないうちに、またしても彼とのキスを想像してしまった。

とんでもない勘違いをしてしまい、居たたまれない気持ちでいっぱいになる。

「少し目まぐるしすぎたかな？　予定していたコースは辿《たど》り終えたし、庭の散歩はまたの機会にして、もう部屋に戻ろうか」

「はい」

璃々が頷くと、三上が璃々の手を取り、立ち上がるのをさりげなく手伝ってくれた。

ふらつきはしないが、若干足元がふわふわする。

シャンパーニュは口当たりがよく美味《おい》しかった。いつもより心拍数が上がっているせいか、アルコールの回りが早いような気がする。それに少量とはいえ、昼間からの飲酒は、飲み慣れない璃々には少しハードルが高かったみたいだ。

その証拠に、さっきから失敗ばかりしている。

来た時と同じように三上の腕に軽く手を回して歩き、店の外に出た。エレベーターホールに向かいながら辺りを見回してみると、さっきよりも人が増えており、午後のひと時をそれぞれに楽しんでいる様子だ。

上層階直通のエレベーターが到着し、海外からのゲストと思われる夫婦が出てきた。その二人はともにシルバーヘアで、仲睦まじげに寄り添っている。

三上が先に会釈《えしゃく》し、老夫婦が笑顔で何かしら彼に話しかけてきた。会話はすぐに終わったが、老婦人が去り際に璃々に手を振ってくれた。

璃々も急いで手を振り返し、二人の背中を見送りつつエレベーターに乗り込む。

三上と二人で上階に向かいながら、璃々はつい今しがた見た老夫婦を思い浮かべた。

（幸せそうなご夫婦だったなぁ。二人でゆっくり旅行を楽しんでるのかな）

エレベーターがエグゼクティブフロアに到着し、三上とともに廊下を歩く。

いつか、自分にもあんなふうに誰かと寄り添いながら生きていく未来が待っているのだろうか？

ふと、そんなふうに考えて、ちらっと三上の顔を見た。彼とともに過ごした時間は、ほんの一時、今日だけの夢物語だ。それなのに、やけに名残惜《なごり》しく感じる。

こんなふうにセンチメンタルになっているのは、たぶんあと少しで三上とのデートが終わるからだ。

彼は次もあるような言い方をしていたが、それが実現するとは思えない――

深入りしてはいけないし、そもそも彼は雲の上の人だ。

そんな事を考えてついぼんやりとしてしまい、部屋の前に来ていたのに気づかなかった。

ドアが開き、三上に連れられて中に入る。すると、ふわりとした花の香りが鼻孔《びこう》をくすぐった。

「いい香り……。さっきとは違う香りですね」

「庭を散歩できなかった代わりに、薔薇《ばら》をここに持ってきてもらったんだ」

リビングまで進むと、部屋の真ん中に丸テーブルが据えられ、花瓶から零れんばかりに薔薇《ばら》の花が活けられている。

「……綺麗っ！」

花は淡いピンク色をメインに、大小さまざまの薔薇《ばら》が入り混じっている。しかもただ活けてあるわけではなく、どの位置から見ても完璧に見えるようアレンジされていた。

「薔薇《ばら》って本当にゴージャスで綺麗ですね。誇り高くて高貴なイメージだし、美しさの象徴って感じがします」

それに比べて、自分はどうだろう？

今は綺麗に着飾っているが、今日が終わればその魔法は解けてしまう。

そんな事を考えながら立ち尽くしている間に、三上がジャケットを脱ぎ、璃々の肩からショールを取り除いた。

「どうかしたか？　さっきから急に口数が少なくなったようだが」

三上に腕を引かれ、薔薇《ばら》の花を正面にして彼と向かい合わせになった。

「すみません、なんだかいろいろと考えてしまって……」

璃々の両手は、三上の掌《てのひら》の中に緩く包み込まれている。

その手はとても大きくて温かい。

「今日がすごく楽しかったから少し感傷的になっているのかもしれません……」

璃々は強《し》いて笑顔を作り、顔を上げて三上を見た。

彼の背後にはちょうど薔薇《ばら》の花が咲き乱れており、さながら少女漫画に出てくるヒーローのようだ。

「恭平さん、今日はどうもありがとうございました。本当に夢みたいに素敵な時間でした。おしゃれしてショッピングをして、レストランで食事まで。その上、ラウンジでアフタヌーンティーを楽しみながらシャンパーニュを――」

そこまで言って、璃々はここでガラスの靴を割ってしまった時に彼に語った事を思い出した。

『このホテルには私の夢が詰まっているんです。お金を貯めて、おしゃれしてショッピングをしてみたいし、レストランで食事したり、素敵なラウンジでお酒だって飲んでみたい――』

璃々は目をぱっちりと開け、改めて三上の顔を見つめた。

「あの時私が言った夢を、叶えてくれてたんですね。今になって気づくなんて……」

三上が微笑み、璃々の髪の毛を指で梳《す》いた。

そのしぐさが優しくて、思わず頬をすり寄せたくなってしまう。けれど、これ以上夢のような時間に浸《ひた》っているわけにはいかない。

璃々は未練がましい自分を諌《いさ》め、一歩後ずさった。

「じゃあ、そろそろお暇《いとま》しますね。着替えをしたいので、お部屋を借りてもいいですか?」

璃々がベッドルームのほうを示すと、三上がやや戸惑うような表情を浮かべた。

ここへ来る時に着てきた洋服は、ベッドルームのウォークインクローゼットの横にあるハンガーポールにかけてある。

さすがに今着ているドレスワンピースのまま帰宅するわけにはいかなかったし、いくら履きやすくても繊細なハイヒールはアパートに帰宅する足元にはそぐわない。

「ダメだ。まだ帰すわけにはいかない」

三上が握った手に力を込め、璃々を見ながら首を横に振った。

「でも、もう予定していたコースは辿《たど》り終えたって言いましたよね?」

「言ったが、まだ今日は終わっていない。ディナーだってまだだ。それに、僕は璃々を帰したくない。璃々……今夜、ここに泊まってくれないか?」

「えっ……?」

まさか、そんな事を言われるとは夢にも思っていなかった。

璃々はキョトンとして動き出そうとしていた足を止める。

「泊まるって……私が『ホライゾンスイート』に……?」

「ああ、そうだ」

三上の手が離れ、璃々に一歩近づいた。

肩を抱き寄せられ、腕の中にすっぽりと包み込まれる。背中を大きな掌《てのひら》で撫でられ、糸が絡まったようになっていた気持ちがはらりと解《ほど》けた。

「それも君の夢のひとつだろう？」

もう一度ゲストとしてここに泊まりたい――

確かに璃々はずっとそう願ってきたし、三上にもそう言った。

「で……でも、そんなのおかしいです。だって、私は恭平さんの彼女でもなんでもない、ただの派遣の客室清掃係で、今日のデートだってガラスの靴を割った償《つぐな》い――ん、っ……」

ふいに身体を強く抱きしめられ、唇を重ねられた。

繰り返し熱烈にキスをされ、理性も何もかも、すべてが吹き飛んでしまいそうになる。

何度も唇を離そうとするのに、三上がそれを許さない。息を継ぐ僅《わず》かな隙に横を向こうとしても、すぐに顎《あご》を掴んで引き戻されて、またキスをされる。

「き……ょうへいさんっ……ん……ふ……」

優しいキスの感触が、また新たに璃々の唇に刻まれていく。

やめてほしいという気持ちと、もっと強く抱きしめてほしいという想いが、璃々の中で激しくせめぎ合っている。

夢は夢として、きちんと現実との区別をつけなければ。そう思うものの、三上のような圧倒的な魅力を持った男性に抗《あらが》うには、璃々は正直者すぎた。

「ぁっ……ふ……」

璃々が身体から力を抜くと同時に、三上の舌が口の中に入ってきた。

あっという間に身体を横抱きにされ、キスをしたままベッドまで連れていかれる。部屋はカーテンが引かれ、ルームライトの柔らかな光に包まれていた。

ハイヒールが脱げ、音を立てて床に落ちる。

こんなふうにされるのははじめてだし、どうしていいかわからずに彼にされるままになってしまう。

「はじめて見た時、一目で運命を感じた。なぜか璃々から目が離せなくなって、気づいたら仕事中なのに個人的に声をかけてしまった。それほど心が動いたし、そうせずにはいられなかったんだ」

〝運命を感じた〟――そう言われて、図らずも心が喜びに震えた。なんとか平常心を保とうとしたが、胸の高鳴りは大きくなるばかりだ。

「目をキラキラさせて夢を語る璃々を素敵な女性だと思った。君と一緒にいると楽しい。それに璃々にはいろいろな事を話したくなる。両親の事なんかめったに口にしないのに、なぜか話していた。なんでだろうな？」

なぜかと言われても、璃々にはさっぱりわからない。わかるのは、今が特別な時間だという事実だけだ。

ワンピースの裾《すそ》がずり上がり、太ももの内側に三上の掌《てのひら》が忍んでくる。肌に熱いさざ波が起こり、我知らず吐息が漏れた。

「きょ……あんっ……あ、あ……」

まだ肌を撫でられているだけだ。

けれど、三上の指の動きを感じるだけで全身が小刻みに震えてくる。

「璃々、正直に言う。僕は君とひとつになりたい。決して軽い気持ちで言っているわけじゃないし、璃々を心から大切にしたいと思ってる」

真摯《しんし》な目で見つめられ、胸が熱くなった。だが、はじめての事態に、どう答えていいか見当もつかない。

「いきなりこんな事を言って、璃々を困らせているみたいだな。だけど、これが僕の本心なんだ。璃々を抱きたい……今すぐにでもそうしたくて、どうにかなりそうだ」

首筋にキスを受けながら、甘い声でそう囁《ささや》かれる。

彼の言葉が蜂蜜のように蕩《とろ》けて耳から入り、全身に染み入っていく。

今まで男性からこんなふうに言われる事なんかなかった。しかも、相手は自分とは別世界にいる人だ。

「で……でも、私と恭平さんは、会ったばかりですよ？　それなのに、どうして――」

「時間なんか関係ない。ただ、どうしようもなく璃々に惹かれているから今こうしているんだ」

「ん……んっ……」

昨日から何度となく向けられた熱い視線に、そんな気持ちが込められていたなんて――

三上に想いをぶつけられ、心ばかりか身体まで潤《うる》んでくる。けれど、いくらそうであっても現実の二人はあまりにも立場が違い過ぎる。このまま彼を受け入れたとしても、それが未来に続くとは到底思えない。必ず傷つくとわかっている関係なら、はじめないほうがいいに決まっている。

そう思うものの、だんだん激しくなるキスになす術《すべ》もなく、彼と唇を合わせ続けてしまう。結局のところ、三上がそう思ってくれている以上に、璃々は彼ともっと一緒にいたいと願ってしまっているのだ。

「璃々、帰らないでここで僕と一緒に夜を過ごそう。……いいね？」

璃々の変化を感じ取ったのか、三上が一段と低く甘い声で囁《ささや》いてくる。

もうこれ以上抵抗なんてできない。

璃々は触れるか触れないかのキスを受けながら、素直な心で「はい」と言った。

それが嘘偽りのない気持ちだったたし、自分もそれを強く望んでいるのをはっきりと感じる。

「ありがとう。決して怖がらせたり無理強《じ》いしたりしない。璃々を宝物のように扱うと約束する。今夜はお姫様になったみたいに、好きに振る舞っていい」

三上が襟《えり》を寛《くつろ》げ、ネクタイを外した。そして、璃々の手を取って指先に唇を寄せる。

「僕が何者かなんて考えず、ただの男だと思うんだ。璃々……僕の事を〝恭平〟って呼び捨てで呼んでごらん」

普段なら到底考えられないし、許される事ではない。けれど、そんな刺激的で甘い誘いを断れるはずもなかった。

「……きょ……恭平……」

「いい子だ」

すぐにキスが唇に下りてきて、それからはもう別の世界にいるような気持ちになる。

背中を抱き上げられているうちにファスナーが下がり、下着姿にされた。一瞬、新品でもなく安い下着のせいで現実に戻りそうになったが、すぐに上下とも脱がされてそれどころではなくなる。

背中に複数の枕をあてがわれ、姿勢が楽になった。

「璃々……なんて綺麗なんだ……」

恭平が璃々の全身に視線を這《は》わせ、感嘆の声を漏らした。

裸を見られるなんて、恥ずかしくてたまらない。

けれど璃々は両手の指先でシーツを掴み、つま先に力を込めて、全身にくまなく降り注《そそ》ぐ視線に耐えた。

今は起こり得るすべての事を彼と共有したい——どんなに恥ずかしくても、何もかもさらけ出してしまいたいという気持ちのほうが勝っていた。

「璃々、君との出会いは僕がこれまでの人生で経験した出来事の中で、最高に価値のあるものだ」

恭平が璃々の目の前で着ているものを、ゆっくりと脱ぎ捨てていく。

思っていた以上に逞《たくま》しい胸筋に、広い肩幅。

みぞおちから腰にかけての滑《なめ》らかな筋肉の凹凸《おうとつ》に見惚れながら、璃々は全身が熱くざわめくのを感じる。

最後の一枚をベッドの外に落とすと、恭平が璃々の足元に移動した。そして璃々の左足を掌《てのひら》に載せるようにして持ち上げると、視線を合わせながら恭《うやうや》しくつま先にキスをする。

まるで、エロティックでセクシーな騎士にかしずかれているような気分だ。足の甲をペロリと舐《な》められ、思わず声を上げて身をよじった。

「あんっ……あ……」

意図せずして両脚の間が開き、しどけないポーズになる。

恥ずかしいところを見られている――

そうとわかっているのに、身体が熱く痺《しび》れたようになって脚を閉じる事ができなかった。

「璃々……本当に綺麗だ」

恭平が囁《ささや》き、彼の唇がつま先から離れた。

キスがふくらはぎから膝に移り、太ももを経て脚の付け根まで近づいてくる。

「ゃ……あんっ……。あっ……あ……」

璃々は少しずつ近くなる恭平の顔を見つめながら、息を乱れさせた。両脚に何度となくキスをする彼から目を離す事ができない。まるで魅入られているみたいに、恭平の目と動きに囚《とら》われてしまっている。

「その顔、すごく色っぽいな。見てるだけで興奮するよ」

恭平が微笑みながら目を細め、瞬《まばた》きもせずに璃々を見つめる。

全身がそれまで以上に火照《ほて》り、身体中のあちこちがピリピリと痺《しび》れた。

そんなふうに言われた事はないし、自分が今どんな顔をしているのか想像もつかない。

「触るよ。いいか？」

どこに、なんて聞くまでもなかった。

じっとそこを見る恭平の目に、これまでとは違う色が宿っている。まるで狙った獲物を捕食する前の獣みたいだ。

彼は、本当に自分を欲しがってくれている——そう思った途端、ゾクゾクするような高揚感が璃々の心身を捕らえた。

（触るって、どんなふうに……？）

子供でもあるまいし、ベッドで全裸になった男女が何をするのかくらいわかる。けれど、璃々の知識は映画やドラマで見た程度で、細部についてはまるで知らなかった。仕事に関していえば、璃々は常に事前準備を怠《おこた》らない。でも今は、知らないまま何かをされるワクワク感を味わいたいと思っている。

璃々が返事をためらっていると、恭平がさらに唇を進めた。太ももの少し窪《くぼ》んだところに頬をすり寄せられ、その感触に身体がビクリと反応する。

「あぁっ……」

「ごめん、嫌だったか？」

「そうじゃなくて……ただ、はじめてで……何もわからないから……」

声が震え、だんだんと息が弾《はず》んできた。

呼吸をするたびに胸が上下し、口を閉じていられなくなる。

「じゃあ、できるだけ璃々がわかりやすいようにしよう」

恭平はそう言うと、璃々の閉じた両脚をそっと左右に押し広げた。

彼の視線が秘所に注《そそ》がれ、僅《わず》かな舌なめずりのあと、花房に唇が触れる。その時になってはじめて、璃々は自分が入浴前であるのに気づき激しく動揺した。

「きょ、恭平さん、お風呂っ……お風呂に入りたいです……！」

夢うつつの世界が崩れ、現実の自分が半分覚醒する。夕べはいつもどおりきちんと風呂に入ったが、今日は朝からあちこち歩き回り、汗をかいているはずだ。

「そんなの気にするな」

「きっ……気にしますよ！」

璃々が真顔でそう言うと、恭平がおもむろに上体を起こした。彼は一瞬考えるような表情を浮かべたのち、急にぷっと噴き出してクスクスと笑い出した。

「なっ……だ……だって……」

せっかくのいいムードを台無しにしてしまった――そう思うものの、もうあとの祭だ。

「璃々は、いろいろと気にする質《たち》なんだな。だがなるほど、言われてみればそう思うのは当然だ。じゃあ、せっかくだから『ホライゾンスイート』のバスルームを満喫してもらおうか」

「きゃっ！」

言い終えるなり身体を腕にすくい上げられた。そのまま横抱きにされてバスルームに移動する。

「やっ……あ、明るいっ……は、は、恥ずかしい！」

いきなり薄暗いところから明るい場所に連れていかれ、璃々は完全に夢から覚めて本来の自分を取り戻した。

「裸なのは僕も同じだし、二人きりなんだから恥ずかしい事なんかないだろう？」

「は、恥ずかしいですよ！」

恥ずかしすぎて、頭から湯気が出そうだ。いや、実際に出ているに違いない。璃々は身体を縮こまらせながらも、居たたまれなくなって脚をジタバタと動かした。

「こら、あまり暴れると落っこちるぞ」

窘《たしな》める声につられて顔を上げると、唇にチュッとキスをされた。

「璃々は、僕の大切な宝物だ。大丈夫だから僕にぜんぶ任せて」

「ふ……」

口の中に熱い舌を入れられ、途端に身体から力が抜けた。舌を舐《な》めるように絡め取られて、全身に甘い戦慄《せんりつ》が走り抜ける。

バスルームの床と壁は落ち着いたグレージュ色の大理石で、ゆったりとした楕円形のバスタブはジェットバス機能付きだ。窓の外にはリビングやベッドルームとは別角度から望む都会の風景が広がっている。

「そろそろ暗くなってきたな。せっかくだから、空の色の移り変わりを楽しもうか」

恭平に頼まれ、璃々は壁の調整版を操作してバスルームの灯りを半分くらいに落とした。室内はかなり薄暗くなったが、洗面所からの灯りがあるからちょうどいい感じだ。

バスタブにはすでにたっぷりとしたお湯が張られており、湯面には白くきめ細かな泡と淡いピンク色の薔薇《ばら》の花びらが浮かび揺らめいている。

（泡のお風呂？　しかも、薔薇《ばら》の花びらまで……）

恭平に抱かれたままバスタブの中に入り、腕を解かれた。

璃々は大きく息を吸い込み、立ち上る香りを胸いっぱいに吸い込んで深呼吸をする。

「いい香り……」

リビングに飾られている薔薇《ばら》よりも、こちらのほうがより香りが高い。芳醇《ほうじゅん》なダマスクローズの芳香が、璃々をまた夢の世界に誘っているみたいだった。

「ぜんぶ、璃々のために用意した。気に入ってくれたかな？」

クリームのような泡とたくさんの花びらが璃々の肌を隠し、恥ずかしさが半減する。

「すごく気に入りました」

璃々は繰り返し頷きながら、少し温めのお湯の中で身体を寛《くつろ》がせる。恭平が璃々の下ろしたままの髪の毛をまとめ、バレッタで留めてくれた。

「天気がよくてよかった。ここからだと、ほら……ライトアップされたタワーが見えるだろう?」

「あっ、本当だ」

それは、お湯に浸《つ》かってバスタブに寄りかからなければ見えなかった風景だ。

璃々が陽の沈む前の街並みに見入っていると、恭平が背後から身を寄せてきた。腰をそっと抱かれ、彼の逞《たくま》しい胸板が背中に触れる。掌《てのひら》でみぞおちのあたりを撫でられ、小さく声が漏れた。

指先が徐々に上を目指し、乳房の下に触れる。

「大丈夫」

璃々が反応する前に、恭平が穏やかな声でそう言った。そのおかげで、飛び上がりそうになった身体が一瞬で大人しくなる。

不思議だ。心臓が破裂しそうなくらい緊張しているのに、なぜか心は恭平に慣れ親しんで自らすり寄っているような気がする。

何もかもはじめてなのに、彼の指が肌を這《は》うのが嬉しくてたまらない。

どうしてこんなふうになるのか……

目まぐるしく事が運びすぎて深く考える暇もなかった。

けれど、こんなのはぜったいに普通ではない。普段なら、親しく話すようになって二日目の人とベッドをともにするなんてあり得ないし、自分でもこの状況が信じられなかった。

（もしかして私、恭平さんの事を本気で好きになっちゃってるんじゃ……）

いくら恭平が魅力的な男性であろうと、心が動かなければ身体が拒否するはずだ。けれど、璃々は彼に誘われるままデートをし、部屋で二人きりになって夜を過ごそうとしている。

無知ゆえに雰囲気に流されているところもあるかもしれないが、ここへ来たのは自分の意思だし、恭平とこうしているのは璃々自身がそう望んだからだ。それだけは間違いない。

（こんな気持ち、はじめて……）

璃々は今まで経験した事のない心と身体の反応に戸惑いながらも、恭平の指の動きに集中した。

「あんっ……あぁっ……！」

彼の掌《てのひら》に両方の乳房を包み込まれ、やんわりと揉まれる。そのまま身体をうしろに引かれ、手がバスタブの縁から離れた。

恭平の身体に背中を預け、彼の上に腰かけるような体勢になる。

「璃々……」

恭平が璃々の右耳のうしろにキスをした。彼は璃々の名前を繰り返し呼びながら、湯の中で優しく肌を触ってくる。

(もしかして洗ってくれてるの?)

背中や肩を彼の掌《てのひら》が這《は》い、時折くるくると円を描くように動き回る。まるでマッサージをされているみたいに心地よくて、璃々はうっとりと目を閉じて恭平に身を任せた。

気がつけば、恭平のキスと緩やかな愛撫《あいぶ》で身も心もふわふわと浮き上がっていた。

いつの間にか下腹にきていた恭平の手が、恥骨を経て花房を包み込む。指の腹がその間に分け入ってきて、秘裂をゆるゆると撫で始めた。

「ふぁっ……あっ……!　あぁんっ!　あ――」

身体が湯の中で反《そ》り返り、閉じた目蓋《まぶた》の裏にまばゆいほどの強い光を感じた。つま先が強張《こわば》り、全身が小刻みに震える。

璃々は自分がそんなふうになっているのに驚き、うしろにいる恭平の身体にすがり付いた。

「璃々、大丈夫だ」

恭平に再びそう囁《ささや》かれ、抱き寄せられて右頬にキスをされる。

彼がそう言うなら、大丈夫――

璃々は味わったばかりの強い衝撃の余韻を残しながら、身体を右側に傾けた。

自然と二人の顔が近づき、唇が重なる。彼の手が導くまま湯の中で身体を浮かせ、恭平の脚を跨《また》いで向かい合わせになった。

「あ……」

思わず声が出たのは、座った位置に彼の硬い強張《こわば》りを感じたから。

泡と花びらで見えないが、いくら未経験とはいえ、それが何かくらいは判断できた。

璃々があわてて身を引こうとすると、背中に手を回した恭平に強く引き寄せられる。

それにより、彼に正面からしなだれかかるような恰好になり、二人の胸がぴったりと重なり合った。

上から目をじっと見つめられ、唇を少しだけ突き出される。それにつられて腰を浮かせ、バスタブの底に膝をついて顔を近づけた。

「璃々からキスして？」

「わ、私から？」

こっくりと頷かれ、両手首を掴まれて彼の首のうしろに置かれた。浮いた腰が沈み、花房で屹立《きつりつ》を挟み込むような姿勢になってしまう。

「あっ……やぁんっ……」

逃げようとする腰を恭平の腕がしっかりと押さえ込んだ。

秘裂が屹立《きつりつ》のカーブに沿い、いつの間にか硬く角《つの》ぐんだ花芽がこすれ、背中に突き抜けるような電流が走った。

「あんっ！　やぁああんっ……」

頬が痛いほど熱くなり、頭の中がジィンと痺《しび》れてくる。

今まで、これほどはっきりと自分の性を感じる事はなかった。エロティックな欲求がまるでなかったとは言わない。けれど恋人がいない璃々にとって、それは厄介なものでしかなかったのだ。

璃々は無我夢中で恭平に抱きつき、勢いのまま彼の唇にキスをした。しかし、一時もじっとしていられなくて、すぐに唇が離れ身体が上にずり上がる。その拍子《ひょうし》に、左の乳房の先にかぶりつかれ、先端を強く吸われながら双臀《そうでん》をまさぐられた。

「あっ、あ……ああああっ！」

いきなり明確な愛撫《あいぶ》を受け、璃々は上体を仰《の》け反《ぞ》らせて声を上げた。キスが右の乳房に移動し、先端を舌で弾《はじ》くように舐《な》められる。まるでソフトクリームを食べているような舌遣いだ。

これ以上攻められたら、完全に腑抜《ふぬ》けてしまう――

そう思った時、恭平がようやく愛撫《あいぶ》をやめ、璃々の身体をそっと引き下ろして唇に軽くキスをしてきた。

はじめて味わう愛撫《あいぶ》は、璃々の身体ばかりか、心まで揺さぶってくる。

今までまったく知らなかった性的な快楽を感じて、まともに話せないし、動く事すらできない。

璃々が朦朧《もうろう》としたまま目を閉じていると、恭平が璃々を横抱きにして肩にもたれかからせてくれた。宥《なだ》めるように繰り返し額《ひたい》にキスをされるうちに、ようやく少しだけ呼吸が整ってくる。

「一人で座れるか？」

訊《たず》ねられて頷くと、恭平がバスタブを出て璃々の背後に回った。彼はバスタブの縁に璃々の頭を預けさせると、バレッタを取って髪の毛を丁寧に指で櫛梳《くしけず》り始めた。

「恭平さん……？」

璃々が起き上がろうとすると、彼が額《ひたい》に掌《てのひら》を置いて上から顔を覗き込んできた。

「髪の毛を洗ってあげるから、このまま楽にしてて」

まだ気怠《けだる》さの残る身体をバスタブにもたれさせ、言われたとおりの体勢を取る。緩いシャワーで髪の毛を濡らされ、オーガニックのシャンプーで丁寧に洗ってもらう。

「……気持ちいい……」

普段行くヘアサロンは夫婦で経営している小さなお店だ。仕事は確実だし丁寧だが、設備が古く、シャンプーをしてもらったあとはいつも首と肩が凝ってしまう。

それに比べて、今はまったく身体に負担がかからないばかりか、そのまま寝入ってしまいそうなほど心地いい。トリートメントをしたあと、髪の毛を再度バレッタで留めてもらう。

「通ってるヘアサロンよりも上手です。恭平さんって、思わぬ特技を持ってるんですね」

「海外生活をしている時に、ペットショップでアルバイトをした事があってね。その時に、毎日のように犬のシャンプーをさせられていたからかな」

「い、犬っ？」

「常連だったボーダーコリーやセントバーナードは暴れん坊でね。それに比べたら璃々はすごく洗いやすい」

彼はにっこりと微笑むと、シャワーを浴びながら自分の髪の毛を洗い始めた。

甘い愛撫《あいぶ》のあとの犬扱いは、璃々をクスッと笑わせて気持ちを和《なご》ませてくれた。

（もしかして、わざとそんな話をしてくれたのかな？）

立ったまま豪快にシャンプーをする恭平のうしろ姿を眺めながら、璃々は改めて彼のスタイルの良さに見惚れた。

肩から腰にかけてのラインは完璧な逆三角形で、腕と脚の筋肉は非の打ち所がないほど見事に引き締まっている。まるでプロのアスリートのように鍛《きた》えられた身体だ。

（だからスーツ姿があんなにかっこいいんだろうな）

璃々は納得して頷き、恭平が見ていないのをいい事に、彼のダビデ像のような身体に見入った。すると髪を洗い終えた恭平が、ふいに璃々を振り返って髪の毛を掻き上げる。

そのしぐさがドキッとするほど色っぽくて、璃々は思わず呆けたような表情を浮かべた。

「さあ、のぼせるといけないから、そろそろ上がろうか」

「は、はいっ」

恭平の手を借りてバスタブから出ると、彼がかけてくれるシャワーで身体の泡を洗い流した。

バスローブを着せかけてもらって洗面台の前に移動すると、恭平が璃々の髪の毛をドライヤーで乾かし始める。

璃々は鏡越しに恭平がヘアドライする様子を見守った。

「さすが、手慣れてますね。これもペットショップでアルバイトをしていたおかげですか？」

「あたり。毛足が長い犬をいかに早く仕上げるかが大事なんだ」

彼は手際よく璃々と自分の髪の毛を乾かし終え、羽織っていたバスローブを脱いだ。

風呂上がりの恭平は、前髪を下ろしているせいか、少し印象が違う。

若干少年っぽくなった彼を見て、璃々は密かに胸をときめかせた。

（かっこいい……。モデル顔負けって感じ）

恭平に見惚れるあまり、いつの間にか呆けたような顔になっていたみたいだ。

心配顔の恭平が、ふいにグッと顔を近づけてきて額《ひたい》に掌《てのひら》を当てがってくる。

「どうした、のぼせたか？」

「い、いいえ……！　大丈夫です」

あわてた拍子《ひょうし》に、羽織っていたバスローブが肩からずれて床に落ちた。

急に肌を隠すものがなくなり、璃々は裸を見られまいと恭平にぶつかる勢いで彼の顔を見上げた。

「それならよかった。風呂も入ったし、準備万端だな。璃々……自分からくっついてきてくれたのは、もうここで抱いていいって事かな？　それとも、ちゃんとベッドに戻ってから抱いてほしい？」

恭平の声のトーンが低くなり、話す唇が璃々の耳朶《じだ》を食《は》む。

「べ……ベッドで……」

「なるほど、ベッドのほうが落ち着いて抱き合えるしね。いい選択だよ、璃々——」

選択肢はあるし、恭平は璃々の意思をちゃんと優先してくれる。

恭平に抱き上げられ、ベッドの上に倒れ込むようにして横になった。

かけてくれたブランケットが、申し訳程度に璃々の身体を隠している。

「さっきの続きから始める？　それとも、別の始め方をしたほうがいいか……。璃々はどうしてほしい？　ぜんぶ璃々の望みどおりにしてあげるよ」

恭平が思わせぶりに舌で唇の縁を舐《な》め、璃々の目を覗き込んでくる。

男性の性的な魅力全開で見つめられ、璃々は横になった状態のまま腰が砕けた。

今の自分は、まるで世界一セクシーな野獣に魅入られた小動物みたいだ。

璃々はぼんやりとそんな事を思いながら、自分を見る恭平を見つめ返した。

「すごくドキドキしてるね。璃々の緊張が掌《てのひら》を通して伝わってくるよ」

いつの間にそうされていたのか、恭平の掌《てのひら》が璃々の乳房の間に押し当てられている。

言われるまでもなく、心臓が早鐘を打って痛いほどだ。

「や……優しくしてください……」

璃々がやっとの思いで答えると、恭平が鷹揚《おうよう》に微笑んで上体を起こした。

「いいね、その調子だ」

恭平が璃々の閉じた脚を跨《また》ぐようにして膝立ちになる。

彼の腰の真ん中には、鴇《とき》色の屹立《きつりつ》が硬くそそり立っていた。ルームライトの灯りの中でも、太い血管がくっきりと浮き上がっているのが見える。

あからさまな性を目の当《ま》たりにして、璃々はハッと息を呑んだまま動けなくなった。バスルームでもその存在をはっきり感じていたが、あえて見ないようにしていたのに……

目を逸らそうとするものの、なぜかそうできない。だんだんと息が荒くなり目が潤《うる》んでくる。

恭平が璃々を見つめながら、取り出した避妊具の小袋を歯で嚙み切った。これから自分達が何をするのか、それを見ただけで察せられる。

璃々は、はじめて見る半透明のそれを直視できず、目を伏せて横を向いた。彼はそんな璃々を見て蕩《とろ》けるほど優しい笑みを浮かべる。

「楽にして……。璃々にとっては何もかもはじめてだろうけど、僕がゆっくりと時間をかけてぜんぶ教えてあげるよ」

唇が合わさると同時にブランケットを取り除かれ、左の乳房を掌《てのひら》に包み込まれた。

恭平が舌を絡めながら、璃々の乳先を指の腹で優しく押し潰してくる。豆粒ほどの大きさしかないそこを執拗《しつよう》に弄《いじ》られ、璃々はたまらずにあられもない声を上げて身をよじった。

「ぁんっ！　っ……あ……ぁあんっ！」

自分でも恥ずかしくなるような声を出しながら、璃々は背中を仰《の》け反《ぞ》らせた。

普段意識する事のない場所が、熱く火照《ほて》って急に存在感を増している。閉じていた脚が自然と開き、蜜を湛《たた》えた花房が小さな水音を立てて花開くのがわかった。

「璃々……」

恭平の低い声が、キスとともに璃々の肌に染み入ってくる。彼の唇が乳房を離れ、みぞおちを下りて下腹に移った。

恭平が璃々の脚の間で膝立ちになり、両方の太ももをそっと押し広げる。

「璃々のここにキスしたい。何度も口づけて、璃々を僕だけのものにしたい――いいか？」

彼の唇の隙間から、濡れた舌先が見える。

璃々は、ぞくりと熱いざわめきを感じて、まるで夢見るような目つきで恭平を見つめた。

「はい……」

消え入るような声で答えると、それまで以上に鼓動が速くなった。

恥ずかしくてたまらないのに、もうこれ以上待ちきれないという気持ちになる。

恭平にぜんぶ奪われてしまいたい――

そんな淫《みだ》らな想いに囚《とら》われ、それを伝えずにはいられなくなる。

「……わ……私を、恭平さんのものにしてください」

熱に浮かされたようにそう呟くと、璃々は自分の太ももに指先を食い込ませた。

まさか自分がそんな事を言うなんて信じられない。

そう思った矢先、恭平が璃々の花房に口づけ、舌を秘裂の中に這《は》わせてきた。

「あ……！　あ……」

繰り返し聞こえてくるリップ音を耳にしながら、璃々は秘裂を愛撫《あいぶ》する彼を見て身を震わせる。

恭平が溢《あふ》れ出る蜜に舌を泳がせつつ、指で和毛《にこげ》に潜《ひそ》む花芽を探り出した。そして、頂《いただき》を包む包皮をそっと引き下ろすと、あらわになった花芯をぢゅっと強く吸い上げる。

「ひぁああっ！　ああああ、あ、あっ！」

強すぎる快楽が脳天を突き抜け、璃々はガクリと首をうしろに倒し、身体から一気に力が抜けるに任せた。

「――璃々」

気がつけば恭平の顔がすぐそばにあり、璃々を上から覗き込んでいる。唇をそっと重ねられたあと、続けざまに顔のあちこちにキスをされた。

二人の額《ひたい》が触れ合い、ほんの数センチの距離で見つめ合う。

「少しずつ慣らしていくから、痛かったり嫌だったりしたらすぐに言うんだ。いいね？」

璃々が頷くと、恭平がすぐに唇を重ねてきた。

恭平の指が花房を割り、蜜窟の入口をゆるゆるとこすり上げる。

指が行き来するたびに、璃々は頬を火照《ほて》らせて小さく喘《あえ》ぎ声を漏らした。触れられてもいないのに、胸の先と花芽が勝手に反応して硬くなっているのがわかる。

自然と身体に力が入り、蜜窟を解《ほぐ》す恭平の指を拒《こば》んでしまう。

璃々はそんな自分に焦《じ》れて下唇を噛んだ。横向きになった恭平が右手で璃々の腰をうしろから引き寄せ、背中に身体をすり寄せてくる。

顔や身体を見られない分、恥ずかしさがなくなった。それにバスルームでそうだったように、背中に温もりを感じるとなんだか守られているような気がして安心する。

「璃々、もう少しお尻をこっちに突き出して」

言われたとおりにすると、恭平の屹立《きつりつ》が璃々の双臀《そうでん》の谷間にぴったりと寄り添ってきた。

切っ先が後孔の窄《すぼ》まりをかすめて花房の間に分け入り、蜜にまみれたそれが花芽の頂《いただき》をこすり上げる。

「ああああんっ！　恭……あぁっ……！」

恭平がゆるゆると腰を動かすたびに、得も言われぬ快感が璃々の全身を包み込む。それと同時に左の掌《てのひら》で乳房を捏《こ》ねるように揉まれ、全身に火が点《つ》いた。

「ここがすごく腫《は》れてるのがわかるか？　璃々が気持ちいいと思ってくれている証拠だ」

囁《ささや》きながら耳朶《じだ》にそっと噛みつかれ、熱く火照《ほて》る花芽を愛撫《あいぶ》される。

それだけでも気が遠くなりそうなのに、別の指が蜜窟の中に滑り込んできた。その途端、身体がビクリと跳ね、蜜窟の入口がキュッと窄《すぼ》んだ。

ついさっきまではごく浅くしか入っていなかったが、今は違う。

違和感は否《いな》めない。けれど、恭平の指先が中を掻くたびに、痺《しび》れるほどの快楽を璃々にもたらしてくる。

「あっ……ぁんっ……あんっ！　あぁっ……！」

少しずつ深さが増し、指の抽送《ちゅうそう》がだんだんと速くなる。

はじめてなのに、これほど感じてしまうのはなぜだろう？

もっと辛いと思っていたのに、湧き起こる快楽のほうが遥《はる》かに勝っている。

「恭平さんっ……」

璃々が喘《あえ》ぎながら名前を呼ぶと、恭平が首筋に強く吸い付いてきた。振り返りざまに唇を重ねられ、夢中でキスを返す。

舌が絡み合うほどに、頭の中が淫《みだ》らな想いでいっぱいになった。

彼をもっと近くに感じたい——そう思うものの、何をどうすればいいかわからない。

そんな気持ちを感じ取ったのか、恭平が一連の動きを止めて璃々の目をじっと見つめてきた。

「璃々、もう我慢できないんだろう？　言っておくが、僕はもうとっくに限界を超えている。璃々が欲しくてたまらない。璃々を抱きたい……。璃々の一番深いところまで入り込んで、璃々を思いきり気持ちよくしてあげたいんだ」

恭平が蜜窟の中に埋《うず》めた指を動かし、ちゅぷちゅぷという水音を立てた。羞恥心《しゅうちしん》に囚《とら》われて目が潤《うる》み、彼に抱かれたいという気持ちがさらに強くなる。

「なんて可愛い顔をするんだ……」

そう呟く彼の目に、いっそう強い欲望の色が浮かぶ。

そんな恭平を見た璃々の奥に、熱い情欲の種が芽吹いた。

「そろそろいいか？」

璃々が頷くなり、恭平が蜜窟の中からそっと指を引き抜いた。身体を仰向けにさせられ、唇が重なる。それからすぐに、指の何倍も太く硬い屹立《きつりつ》がゆっくりと濡れた蜜窟に沈み込んできた。

「ああっ……！」

矢じりのようになったそれが、まだ硬く強張《こわば》ったままの隘路《あいろ》を甘く懐柔《かいじゅう》する。

彼をもっと感じたくて、璃々は腰を浮かせるようにしていっそう深い挿入を待ち望んだ。

下腹を貫かれ、凄《すさ》まじい圧迫感が璃々を襲う。

それでもなお足りなくて、璃々は唾液でぬめる唇を強く噛みしめる。

その途端、恭平の眉根に縦皺《たてじわ》が寄り、璃々は自分が噛んだのが彼の唇だったのに気づいた。

「ご、ごめ……っ……ん、んっ……」

謝ろうとする唇をキスで塞がれ、切っ先をさらに奥に進められる。重ねた唇の隙間から吐息がひっきりなしに漏れて、全身がヒリヒリとした熱に囚《とら》われた。

「ぁっ……あ、あ……」

世界一魅惑的で熱い杭《くい》に穿《うが》たれ、璃々は恍惚《こうこつ》となって唇を戦慄《わなな》かせる。

身体の内側からじわじわと圧迫され、新しい蜜がどっと溢《あふ》れた。

グチュ……グチュ……

腰を動かされるたびに淫《みだ》らな音が立つ。

それを耳にした璃々は恭平とひとつになっているのを実感して、また新たに蜜を滲《にじ》ませる。

身体のあちこちがヒクヒクと痙攣《けいれん》し、脳天がジィンと痺《しび》れてきた。

ものすごく気持ちいい——

はじめて味わう淫靡《いんび》な心地よさに、璃々の全身から強張《こわば》りが取れる。

このままずっと、恭平とこうしていられたらどんなにいいだろう……

璃々は無意識に彼の背中に手を回し、肌に指先を食い込ませた。

「璃々……」

名前を呼ばれ、いつの間にか閉じていた目蓋《まぶた》を上げて恭平を見た。唇がぴったりと重なり、視線を合わせたまま、ゆるゆると腰を振られる。

「ん、んっ……んん、っ……！」

抽送《ちゅうそう》が少しずつ激しくなると同時に、抱き寄せてくる恭平の腕の力が強くなっていく。

そうされる事でまた悦《よろこ》びが増し、璃々は開いた脚で彼の腰を締め付けた。

身体だけではなく心まで深く感じる。

セックスが、こんなにも素晴らしいものだとは知らなかった――

璃々は震えるような感動に包まれながら、悦《よろこ》びのまま身体を仰《の》け反《ぞ》らせる。

「璃々、もっとしてほしい？」

緩く中を突かれながら囁《ささや》かれ、璃々は息も絶え絶えになりつつ首を縦に振った。

「わかった。璃々が望むとおりにしてあげるよ」

恭平がゆったりと微笑み、上体を起こす。

彼の掌《てのひら》が左の乳房を押し上げるようにして掴み、盛り上がった先端を舌先でつつかれた。たちまち全身の肌が粟立《あわだ》ち、さらなる刺激を欲しがって蜜窟の中が蠢《うごめ》く。

「あ、あ……！　恭……あ、あっ……」

突くごとに硬くなる屹立《きつりつ》が、それに反応してグッと容量を増した。

ずっ、ずっ、と腰を進められ、璃々は我もなく声を上げて身をよじった。たまらなく気持ちいいし、彼がもっと欲しい。

いっそぐちゃぐちゃに交じり合って、身も心もひとつになってしまいたいくらいだ。

「璃々っ……」

悦《よろこ》びのあまり泣きそうになっていると、唇に恭平の荒い息遣いを感じた。瞬《まばた》きをして見た彼の顔には、恍惚《こうこつ》とした表情が浮かんでいる。

もしかして、彼も自分と同じように感じてくれているのだろうか？

そう思った途端、つま先から頭のてっぺんに向けて熱い戦慄《せんりつ》が怒涛《どとう》の勢いで込み上げてきた。

「恭平っ……あ……ああああっ……！」

全身が硬直し、視界がまばゆいほどの光に包み込まれる。

「璃々っ……璃々――」

屹立《きつりつ》を奥に打ちつけるように素早く腰を動かされ、璃々は一気に高みまで昇りつめて声にならない悲鳴を上げた。

それと同時に、恭平のものが力強く脈打って蜜壁をきつく押し広げる。

「あっ……」

内奥《ないおう》が恭平のものを嚥下《えんげ》するように激しく痙攣《けいれん》するのがわかる。全身に降り注《そそ》ぐような愉悦《ゆえつ》を感じながら、璃々はしがみついた恭平の肩に指先をきつく食い込ませた。

「璃々」

耳元で聞こえる優しい声に、璃々は目を閉じたまま返事をする。

「ん〜？」

まだ眠いし、なんだかやけに怠《だる》い。

璃々は大きく欠伸《あくび》をしながら、手足をぐっと伸ばした。

目覚まし時計はまだ鳴っていない。あと少し寝ていても大丈夫だ。

もう一度大欠伸《あくび》をしたあと、璃々はくるりと寝返りを打ってベッドの中で丸くなった。

それにしても、いつもよりベッドが広いような気がするし、なんだかすごくいい匂いがする。

寝ぼけた頭が少しずつはっきりとしてきて、一瞬、頭の中にあり得ない淫《みだ》らな光景が思い浮かんだ。

「え？」

瞬時に覚醒して目を開けると、目前に恭平の笑った顔があった。

「わっ！　きょ、きょっ……」

「恭平さん、と言いたいのかな？　璃々、おはよう。ぐっすり眠れたようでよかったよ」

そう言うなり距離を縮められ、腰を抱き寄せられた。

昨夜の記憶が一気に蘇《よみがえ》り、璃々は顔を真っ赤にして口をパクパクさせる。

「あ、あの……えっ……と——」

「そうあわてなくていい。気分はどう？　どこか痛いところはないかな？」

「な……ないです！　ぜんぜん、ありません！」

「それはよかった。璃々……昨夜はこれまで生きてきた中で一番素晴らしい夜だったよ」

顔をグッと近づけられ、額《ひたい》にチュッとキスをされる。同時にヒップラインを掌《てのひら》でなぞられ、危うく朝に似つかわしくない声が出そうになる。

「璃々は信じられないくらい可愛いし、璃々とひとつになれた事が嬉しすぎてしばらく眠れなかったくらいだ」

甘い声で囁《ささや》かれ、うっかりこのまま身を任せそうになってしまう。

けれど今の状況は、ぜったいに普通ではない。それにこれ以上、寝起きの顔を晒《さら》すわけにはいかなかった。

「い、今、何時ですか？」

「朝の七時だ。璃々は今日も休みだし、ここでゆっくりしたらいい。あいにく僕は、ちょっと用事があって午後から夕方まで出かけないといけないが、そのあとにまた一緒にいられたら嬉しい。昨夜はディナーを食べる間もなかったからな」

彼の掌《てのひら》が璃々の双臀《そうでん》を撫で回す。直接肌に当たっているという事は、そこに何も身に着けているものがない事を意味している。

「とりあえず朝食の前にシャワーでも浴びようか。もし身体が辛いなら、僕がまた抱き上げてバスルームまで運んであげるよ」

「だ、大丈夫です！　あの、先に浴びてもいいですか？　いろいろと、その……恥ずかしかったりするので……」

璃々がモジモジすると、恭平が優しい顔でにっこりする。

「もちろん、いいよ。うしろを向いているから、あわてないようにゆっくり行っておいで。着替えは用意してあるから、それを着てくれて構わない」

「はいっ、ありがとうございます。じゃあ、さっそく……」

恭平が窓のほうに寝返りを打ち、璃々はそれを確認してベッドから出た。ブランケットをめくってみるが、特に汚れてはいない。もしかしたら、何かしら対策を取ってくれたのだろうか？

璃々は首を傾げながらも大急ぎでバスルームに向かい、シャワーを浴びた。

はじめての行為なのに、シーツ同様、身体には汚れたところがまったくない。

いったいどうやったのかわからないが、恭平の気遣いを申し訳なくもありがたく思う。

熱い湯を浴びながら、ため息のような深呼吸をする。

（びっくりした……！　ほんと、びっくりしたぁ……！）

驚いたのは、さっきだけではない。

昨夜の展開もそうだし、夢のようなデートの始まりから驚きの連続だった。

今こうして「ホライゾンスイート」のバスルームにいる事もそうだし、自分が昨夜恭平とベッドをともにした事実にも貧血を起こしそうだ。

はじめてにもかかわらず、不思議とさほど痛みを感じなかったように思う。

おそらく、それだけ行為に夢中になっていたのだろうし、交わる悦《よろこ》びに痛みすら快楽に代わっていたのかもしれなかった。

恭平は昨夜を「これまで生きてきた中で一番素晴らしい夜だった」と言ってくれたが、璃々にとってもそうだ。夜だけではなく、昨日は本当に素敵な時を過ごした。

『はじめて見た時、一目で運命を感じた』

『僕は君とひとつになりたい。決して軽い気持ちで言っているわけじゃないし、璃々を心から大切にしたいと思ってる』

恭平が言ってくれた言葉を思い出し、胸の高鳴りが止まらない。彼の気持ちを心から嬉しく思うし、想いが募《つの》るばかりだ。

(なんて、浸《ひた》ってる場合じゃないでしょ!)

手早くシャワーを終えてバスタオルに身を包むと、ようやくひと心地着いたような気がした。

さすが「ホライゾン東京」のスイートルームだ。

何もかもがゴージャスで、この上なく居心地がいい。璃々は世界中のＶＩＰがこぞって「ホライゾン東京」のスイートルームに泊まりたがるわけを、身をもって実感した。

洗面台の前に進むと、アメニティボックスの横に女性用の下着が一式置かれていた。

バスタオルで身体を拭いて、それを手に取って広げてみる。生地《きじ》の一部に英字のロゴが入ったそれは、「ホライゾン東京」のショッピングエリアにはない店のものだ。

（これ、わざわざ用意してくれたのかな？　もしかして、女性コンシェルジュにお使いを頼んだとか？　それとも、自分で買いに行った？　もしくは、ストックがあったとか……）

いろいろと考えを巡《めぐ》らせたが、結局のところはよくわからなかった。

璃々は改めて鏡の前に立ち、そこに映る自分と対峙した。そして、自分のすっぴん顔と平々凡々な身体を見て苦笑する。

やはり夢は、あくまでも夢だ。

昨夜は無我夢中で意識する余裕もなかったが、シャンプーをしてもらった時に恭平は璃々のメイク落としまでしてくれていた。

昨日はマキによって別人級の美人になっていたが、すでに魔法は解け、もとの〝川口璃々〟に戻ってしまっている。

シンデレラの時間は、もうとっくに終わっていた。

「帰らなきゃ……」

鏡の中の自分と改めて目が合い、ハタと我に返る。

ここは「ホライゾンスイート」であり、客室清掃係が裸で寛《くつろ》いでいられるような場所ではない。

突然の焦燥感《しょうそうかん》に駆られ、璃々はそそくさと下着をつけてバスローブを羽織った。耳を澄まして廊下を窺うと、リビングから恭平の話し声が聞こえてくる。

どうやら彼は誰かと電話をしているみたいだった。

璃々は急いで洗面所を出てベッドルームに向かった。クローゼットの横のハンガーポールまで行き、昨日ここへ来る時に着ていた洋服に着替える。ポールには恭平がプレゼントしてくれた洋服もかかっており、それと一緒にパールのネックレスなどもディスプレイされていた。

高級な品々と自分とのギャップに打ちのめされ、一瞬その場にへたり込みそうになる。

幸い、彼はまだ電話中だ。今なら気づかれずに帰る事ができるだろう。

璃々は靴を履き、バッグを持って足音を立てないよう注意しながら部屋の入口へと急いだ。途中、躓《つまず》いて持っていたバッグを落としてしまったが、どうにか気づかれないまま入口に辿《たど》り着く。ドアを開けると、運よく誰もいない。璃々は従業員用のエレベーターまでダッシュすると、逃げるようにエグゼクティブフロアをあとにした。

まっすぐ自宅アパートへ戻り、部屋に入るなりリビングに駆け込んで、喘《あえ》ぐように深呼吸を繰り返す。

「……ただいま」

ようやく落ち着いたところでそう呟くと、璃々はガラステーブルの周りに敷いた焦げ茶色のラグの上にバッタリと倒れ込んだ。

自分はなんて事をしてしまったのだろう……

いくらなんでも会った翌々日にベッドインするなんて、どんな理由があるにせよ普通じゃない。

「私ったら、なんて事を……」

昨日は、それが正しい選択だと思った。だからこそ恭平と夜をともにしたのだが、今になってみれば判断能力をどこかに置き忘れていたとしか思えない。

彼の事が好きだし、本音を言えば、あのまま「ホライゾンスイート」に残って一緒にディナーを食べたかった。

「でも、ダメに決まってるよ……」

璃々は古いアパートの部屋を見回し、深いため息をつく。

一言で言えば、分不相応。

ひと月四万八千円の賃貸アパートに住む庶民の自分と、その何十倍もするホテルに滞在するスーパーリッチな恭平が釣り合うはずもない。

現実的に考えて二人が結ばれる可能性など一パーセントもないし、そもそも彼が本気で自分なんかを相手にするはずがなかった。

寝ころんだ体勢のまま仰向けになり、天井《てんじょう》をじっと見つめる。

恭平に想いを告げられたのは確かだ。気持ちを寄り添わせ、彼と結ばれた事も後悔していない。

しかし、昨日の自分は魔法をかけられた自分だ。魔法の解けた自分が、恭平の隣にふさわしくないのは明らかだった。

これ以上深入りしないためにも、今後は極力彼との接触は避けたほうがいいだろう。せっかく指名してもらった「ホライゾンスイート」の専属清掃係も、担当を代えてもらえないか相談してみようと心に決める。

「とりあえず、何か食べなきゃ！」

璃々は急いで起き上がると、ブルブルと頭を横に振った。もう日常に戻ったのだから、できるだけいつもどおりに過ごして平常心を取り戻さなければ。

璃々は勢いよく立ち上がり、キッチンに向かった。

昨夜はディナーを食べ損ねたが、不思議と空腹は感じない。何を作ろうかと考えながら冷蔵庫を開け、ふと思い立ってキュウリとマヨネーズを取り出す。

まな板の上にキュウリを載せて切ろうとした時、キラキラと光る指先が目に入った。

昨夜の事が怒涛《どとう》の勢いで頭の中に蘇《よみがえ》りそうになり、無理矢理それを抑え込んだ。爪をもとに戻そうにも、普段マニキュアなどしない璃々の部屋に除光液などあるはずもない。

仕方なく爪はそのままに、包丁でキュウリを輪切りにしていく。それをマヨネーズと一緒に半分に切った食パンで挟む。

できたものを淹れたてのアイスコーヒーとともにリビングのテーブルに運び、いただきますと言って手を合わせた。

しかし、一口食べたそれは、昨日「ティーツリー」で出されたものとはまるで違う。食べ慣れた味だし、これはこれで美味《おい》しいのだが、舌が「ティーツリー」の味を求めていたせいか、明らかに物足りないのだ。

「……美味《おい》しくない……」

璃々はそう呟き、サンドイッチを皿の上に戻した。そして、すぐにそんな自分が嫌になってアイスコーヒーをがぶ飲みする。

「苦っ！」

璃々は顔をしかめて手の中のマグカップをまじまじと見つめた。コーヒーの分量を間違えたのか、ものすごく苦い。

「ティーツリー」のアフタヌーンティーを再現しようにも、自宅にシャンパーニュなどあるはずもなく、紅茶も切らしていた。もっとも、紅茶はお徳用のティーバッグだし、コーヒーも特売のインスタントだ。それだって美味《おい》しく淹れる方法はあるし、実際これまではそれで十分だった。

それなのに、たった一度、本格的なアフタヌーンティーを楽しんだだけで、慣れ親しんだ味に満足できなくなってしまうなんて……

なんちゃってセレブリティにもなれない自分が情けなくて仕方がない。

もとはといえば、安易に昨日の再現をしようとしたのがいけなかったのだ。

(馬鹿みたい……)

璃々は自分自身に呆れつつ、特に見たい番組もないのにテレビをつけ、流れる映像に集中する。そうする事で昨日の記憶に蓋《ふた》をして、いつもの自分に戻ろうとした。

しかし、いくらテレビ画面を見つめても、視線の先に恭平の顔がチラつく。

いまだに昨日の余韻が身体の奥に残っているし、実のところ、まっすぐに歩くのも一苦労だ。

(しっかりしてよ!)

璃々は自分を叱咤《しった》しつつサンドイッチを食べ、苦すぎるアイスコーヒーを飲み干した。

まさか、たった一晩でこんなにも世界が変わってしまうとは……

彼の顔が頭から離れない。

じっとしていると、どうしてもいろいろと考えてしまうので、片付けをしたあと、すぐに着替えて駅前のスーパーマーケットに買い物に出かけた。

通い慣れた店に見慣れた食材。棚を眺めながら店内を歩くと、いつもなら何を作ろうかと考え始めるはずだ。けれど、今日に限っては何も思い浮かばない。いつまでたっても買い物かごは空《から》っぽのままだ。

とりあえず、買い足す必要のある調味料をかごに入れ、少し考えたのちにピクルスの瓶詰を追加する。

我ながら未練がましい。

けれど、新しく覚えた美味《おい》しいものは素直にレシピに入れればいいのだ。

(そうだよ。いつもみたいに、何事も前向きに考えなきゃ)

頭の中でようやくスイッチが切り替わり、少しだけ普段の自分を取り戻せたような気がする。

恭平との出会いは衝撃的で、彼と経験したすべては思いもよらない事ばかりだった。けれど、それらすべてが驚くほどドラマチックで、生涯忘れない素敵な思い出になった事は間違いない。

実際、璃々が恭平に語った夢のほとんどが叶ったし、彼と関わらなかったら一生経験できずに終わっただろうと思う。

そう考えると、ガラスの靴を壊してしまった事すら必要な出来事だったように思えてくる。

（なんて、不謹慎だよね。ガラスの靴か……どうやったらきちんと償《つぐな》えるかな……。きっと何年もかかっちゃうよね。でも、このままうやむやにするなんてできないもの……）

恭平との関係を断つ以上、償《つぐな》いはデートではなく別の方法ですべきだ。

あれこれと考えながら買い物を済ませ、あえて遠回りをして近所を散歩する。

天気がいいし、熱くも寒くもないちょうどいい気候だ。絶好の散歩日和《びより》で、空を見上げながら歩いているうちにだいぶ気持ちに余裕が出てきた。

この調子なら、きっと夜にはもとの自分に戻れているに違いない。

そう思いつつ散歩を終えてアパートに戻る。部屋のドアを開けて中に入り、買ってきたものをしまっていった。

詩織から海外ドラマのＤＶＤを借りているのを思い出し、それを取り出してテレビの前に陣取る。職場で一番の仲良しである詩織は、璃々と同じ「クリーニングワーク」の派遣社員で、年齢も同じだ。

彼女には付き合ってもう八年になる同棲中の恋人がおり、あとはプロポーズを待つのみらしい。詩織は自分達の恋愛を「長すぎる春」と言って不満そうにしていたが、そう話す彼女の顔はいつも笑顔だった。

（〝笑う門《かど》には福来《きた》る〟って言うし、私も、もっと笑顔でいなきゃね）

それからは意図的に海外ドラマの世界に没頭し、冷凍ご飯で作ったおにぎりの昼食を挟んで第五話まで見て一息つく。

ドラマはアメリカに住む一家を主人公に、〝家族の絆《きずな》〟をコミカルに描くシチュエーションコメディだ。コメディ要素満載で一度見始めると止まらない面白さがある。毎回何かしらの問題が起こるものの、いつも家族全員でそれを乗り越えて絆《きずな》を深めていく。

「いいなぁ、家族って……」

思わず声に出してそう言い、飲みかけの日本茶をひと口飲む。

恵まれた環境で育ったとは言えないが、璃々は家族というものに強い憧れの気持ちを持ち続けていた。両親の事を考えると複雑な思いもあるが、だからこそ自分は家族を作り、小さな幸せを感じながら年月を重ねたいと願っている。

ドラマのＤＶＤを入れ替えようとしてレコーダーの時計を見ると、午後五時をとっくに過ぎているのに気づいた。

（もうこんな時間だ。晩ご飯、なんにしようかな）

ドラマの視聴はいったん終わりにして、テーブルの上を片付けてキッチンに向かう。食欲も湧いてきたし、連続ドラマの鑑賞は日常を取り戻すのに役立ってくれたみたいだ。けれど、いざ冷蔵庫を開けてみると、中はスカスカで食材がほとんど入っていない。それも当たり前だ。午前中の買い物は行き当たりばったりだったし、晩ご飯の事など考える余裕もなかった。

仕方なくあるもので作ろうと頭を切り替え、引き出しからパスタを取り出してお湯を沸かす準備をする。——その時、玄関のドアベルが鳴った。

璃々は持っていた鍋を置いて「はい」と返事をする。

少し待っても、何も聞こえてこない。宅配便ならそう言ってくるはずだし、来客の予定もないから何かのセールスかもしれなかった。

璃々はそっと玄関に近づき、ドアスコープから外の様子を窺ってみる。

ドアの外に、男性らしき人が立っている。

男性が一歩ドアに近づき、相手の顔が確認できるようになった。かなり背が高いらしく、ドアスコープでは首から下しか確認できない。

璃々がどうしたものかと思っていると、軽くドアをノックする音とともに聞き覚えのある声が聞こえてきた。

「璃々、僕だ」

「きょ、恭平さん⁉」

璃々はドアスコープから目を離すと、勢いよくドアを開けた。

「ああ、よかった。もしかして留守なのかと思ったけど、いてくれたんだな」

にこやかに笑う恭平が、心底嬉しそうに声を弾《はず》ませる。

一方の璃々は、口をポカンと開けたまま玄関先に立ちすくんだ。

「恭平さん……どうしてここに？」

璃々が訊《たず》ねると、恭平が手にした紙袋を胸の前に掲《かか》げた。

「ディナーを一緒に食べようと思ってテイクアウトしてきたんだ」

紙袋の表面には「ホライゾン東京」の一階にあるダイニングの店名が印刷されている。

「プレザンス」という名の店は、ファッションエリアのリニューアルと同じ時期に新しくオープンした。ドレスコードはスマートカジュアルで、洋食をメインに和食や中華など幅広いジャンルのメニューを取り揃えている。

「フルコースとはいかないが、できるだけ楽しそうなメニューを選んで持ってきた。それと、これ。部屋に落ちてたよ」

恭平が手渡してくれたのは、近所のスーパーマーケットから送られてきたクーポン付きハガキだ。バッグに入れておいたはずなのに見当たらないと思っていたが、どうやらホライゾンスイートから逃げだす時に落としてしまっていたようだ。

「これのおかげで、璃々の住所を知る事ができたんだ。本当はもっと早く来たかったんだが、昼間の用事がどうしても外せなくてね。璃々——会いたかったよ」

紙袋越しに額《ひたい》にキスをされ、璃々はハッと我に返った。

驚きの次にやってきた感情は、紛れもなく心からの喜びだ。

「入ってもいいか？」

「も、もちろんです！　どうぞ――」

頭の中の自分が、何をやっているんだと叫ぶ。

夢は夢だと、気持ちに蓋《ふた》をすると決めておきながら、なんという体《てい》たらくだ！

別の自分が怒鳴りつけてくるが、現実の恭平を前にしてほかに何ができただろうか。

「ありがとう。お邪魔させてもらうよ」

恭平が靴を脱いで部屋に上がる。顔にばかり気を取られていたが、今日の彼は、スーツではなくカジュアルな黒カットソーとグレーのコットンパンツ姿だ。

「か……かっこいい」

「それはどうもありがとう」

思わず心の声を漏らしてしまい、恭平に笑われてしまった。

背が高く脚が長い彼がキッチンを通り過ぎ、リビングに入ってくる。ほんの五、六歩歩く間に部屋の全間取りがわかる狭さだし、言うまでもなく「ホライゾンスイート」とは雲泥《うんでい》の差だ。

「狭くてすみません」

「こざっぱりとしたいい部屋だな。色の統一感もあるし、動線がしっかり確保されてる。視線の抜け具合もすごくいい」

リビングには、ベッドのほかに四角いテーブルとテレビ台としても使っている横長のキャビネットしか置いていない。

メインカラーは白と焦げ茶で、部屋が狭い分、家具は最小限にして色合いや大きさをとことん検討した。狭いながらも居心地のいい部屋になったのは、自分なりに「ホライゾン東京」の客室をお手本にしたからだ。

「ありがとうございます。どうぞ、座ってください」

璃々は恭平をテーブルの前に案内し、その周りに散乱していたDVDを大急ぎで片付けた。

「ドラマを見ていたのか？　タイトルだけは聞いた事があるな」

恭平が紙袋をテーブルの脇に置きながら、DVDのケースを見た。

「これ、かなり面白いですよ。同僚が貸してくれたんですけど、ファミリー向けでシーズンスリーまであるみたいで――ん、っ……ん……」

言葉の途中で突然抱きすくめられ、唇にキスをされた。

たちまち腑《ふぬ》抜けたようになった璃々は、恭平に支えられながら胡坐《あぐら》をかいた彼の膝の上に横向きになってへたり込んだ。

「何も言わずにいなくなるなんて、ひどいじゃないか。電話を切ったあと、部屋中を探し回ったんだぞ」

「ご……ごめんなさいっ――ん、ふ……」

キスの合間に甘い声で責められ、璃々は目蓋《まぶた》を半分閉じた状態で平謝りする。顔を真っ赤にしている璃々を見て、恭平が軽く笑い声を上げた。

「仕方ないから許してあげるよ。だが、もう急に姿を消したりしないと約束してくれ。せめて電話には出てほしいな」

璃々の自宅には固定電話がなく、連絡手段はスマートフォンかSNSに限られる。いつどんな時もスマートフォンを手放せない人が多くいるが、璃々はそうではなかった。

まさか恭平が自分とコンタクトを取ろうとしていたとは思わず、スマートフォンはサイレントモードのままバッグに入れっぱなしにしていた。

再度謝ろうとした璃々だが、ひっきりなしに降り注《そそ》ぐキスのせいでまともに話す事ができない。すぐに全身が熱くなり、自分のぜんぶが彼を求め始める。

けれど、ディナーの美味《おい》しそうな匂いに刺激された璃々のお腹が、大きく「ぐぅ」と鳴った。

あわててお腹を押さえたが、今度はカエルの鳴き声のような音が聞こえてくる。

「璃々を味わうのはあとのお楽しみにして、先にディナーを食べたほうがよさそうだな」

恭平が笑いを堪《こら》えながら、渋々といった様子で璃々を抱き寄せていた腕を解いた。

なんて無粋な腹の虫だろう！

璃々は、大いに恥じ入りながら彼の膝の上から下りてテーブルの上に紙袋の中のものを並べる。

保温バッグの中に入っていたため、料理はまだかなり温かい。

いったい、どれだけ急いで持って来てくれたのだろう？　恭平の心遣いを感じて、胸が熱くなった。こっそり彼の顔を盗み見ると、機嫌よさそうにディナーの準備を手伝ってくれている。

それを見るなり胸が激しくときめき、彼を想う自分の気持ちに改めて気づかされた。

（恭平さん、「璃々を味わうのはあとのお楽しみにして――」って言ったよね？　それってどういう事？）

璃々は手を動かしながら、つい今しがた恭平の言った言葉の意味を考える。そして、頭に思い浮かぶキスから先の行為に、いっそう落ち着きを失くす。

（ちょっともう……私ったら何を考えてるの！）

璃々はあわてて妄想を掻き消して、ディナーの準備に集中する。セッティングを終えたあと、テーブルを挟んで彼と向かい合わせに座った。

恭平が持参したメインディッシュは白身魚のソテーと鶏モモ肉のスパイス焼き、それと豚ロースのロースト。そのほかにシーザーサラダと二種類のスープが並び、デザートはサクサクのミルフィーユだ。

いただきますを言い、二人で料理をシェアしながら食べ進める。

食べながら、自分が本当はかなり空腹だったのに気づかされた。最後のデザートまで美味《おい》しくいただき、十二分に満足してパチンと手を合わせる。

「ごちそうさまでした！　さすが『ホライゾン東京』のグルメですね。どの料理も本当に美味《おい》しくて、すごく味わい深かったです」

璃々はしみじみと語りながら、テキパキと後片付けを済ませた。キッチンで食後のお茶を用意し、テーブルの上に載せる。

「『プレザンス』って雰囲気があってとても素敵なお店ですよね。内装は恭平さん自らがプロデュースされたって聞いてます」

「あの店は窓からの眺めもいいし、料理の種類も豊富だ。価格的にもさほどハードルは高くないし、宿泊しているゲストだけじゃなく、外来のゲストも気軽に立ち寄ってもらえる雰囲気にしたかったんだ」

「特にランチメニューが人気ですよね。いつ見てもゲストでいっぱいだし、『プレザンス』をオープンさせて大正解でしたね」

「そうだな。ショッピングエリアもそうだが、フロアのリニューアルや新店舗をオープンさせるにはかなりの労力がいる。だが、頑張って結果を出せてよかったよ」

「ホライゾン東京」は歴史も古く、長年にわたり国内のホテル業界をリードしてきた。

しかし数十年前から外資系の参入が相次ぎ、既存の概念を超えた新時代のホテルが数多く進出してきている。

伝統を守りつつ新しい波に乗る必要性を感じた恭平は、強力な逆風にあいながらも改革を推し進め、各方面のリニューアルを成功させてきたのだ。

「僕は『ホライゾン東京』が築いてきた歴史を壊すつもりはない。だが、反対派にはそうは思えなかったんだろうな」

結果的に恭平は大幅な利益増を打ち出す事で反対派を黙らせたが、その時の確執は今も少なからず残っており、一部の役員らとの関係は良好とは言い難いそうだ。

「人の気持ちって難しいですね……。私には経営の事はわかりませんけど、改革はして良かったと思いますよ。昨日ゲストとしてホテル内を歩いたり、お店を利用したりして、そう感じました。結局のところ、ゲストが喜んでくださる事が一番ですから」

もちろん伝統を守るのも大事だが、それに固執《こしつ》してはいけない。

目まぐるしい時代の波に振り回されてもいけないが、無視をするのもどうかと思う。

考え込みながらそう言うと、その様子を見守っていた恭平がにっこりと微笑んだ。

「なるほどな。じゃあ、僕の考えは間違ってはいなかったってわけだ」

「そうですよ。結局は喜ばせたもの勝ちです。もし何かしら問題が起きたとしても、その都度、誠心誠意対応していけば、きっと最後にはいい方向に進みますよ――えっ？　ん、んっ……」

突然恭平に両方の頬を掌《てのひら》で包み込まれ、深いキスをされる。

間近から見つめられ、彼を想う気持ちがいっそう募《つの》ってきた。

「璃々」

微かなリップ音のあと、恭平が二人にしか聞こえないような声で囁《ささや》きかけてくる。

「……はい……」

熱く火照《ほて》った唇が、恭平とのキスを熱望して震える。

今すぐに抱きしめてもらいたい。

できる事なら、もう一度彼と交じり合いたい——そんな淫《みだ》らな感情が湧き起こり、自然と呼吸が乱れてくる。

「今朝、璃々がどうして僕のもとから逃げ出したか、気持ちはわからないでもない。たった二日の間に、いろいろな事が起こり過ぎたからな——」

再び唇が重なり、背中をグッと抱き寄せられる。

夢のような時間は昨日で終わりだと思っていたのに、まだ続きがあったなんて……

恭平と触れ合える喜びで、胸がいっぱいになった。

やはり夢は、あくまでも夢だ——今朝、そう思ったばかりなのに、熱い抱擁《ほうよう》に身も心も蕩《とろ》けてしまいそうだ。

「璃々、僕にとって君ほど魅力的な女性はほかにいない。璃々とずっと一緒にいたい。璃々はどうだ？」

急に真剣な顔をする恭平を見て、璃々は戸惑いの表情を浮かべた。

ずっと一緒に——とは、どのくらいの長さの事を言っているのだろう？

そんな疑問が頭をよぎったが、自分もそう願っているのは明らかだ。

「私も……私も恭平さんと一緒にいたいです」

璃々が答えると、恭平が嬉しそうに破顔して唇に音を立ててキスをしてきた。

「そうか。よし、決めた。璃々、僕と結婚しよう。そうすればずっと一緒にいられるし、璃々も安心して僕のそばにいられるだろう？」

「はあ？」

思わず声が出て、目が点になった。

急に何を言い出すのかと思えば、いくらなんでも現実離れしすぎだし、飛躍しすぎている。

「じょ、冗談ですよね？」

璃々が半笑いの顔でそう言っても、恭平は真顔で首を横に振る。

「いや、冗談なんかじゃない。僕は本気だ。戸惑うのもわかるし、ためらって当然だ。だが、僕は自分の人を見る目を信じているし、一緒にいて話すうちに璃々こそ僕の隣にいてほしい女性だと確信した」

「え？　ちょっ……きゅ、急にそんな事言われても……」

顎《あご》を上に持ち上げられ、ベッドの背に寄りかかるような姿勢になる。そのまま押さえ込むようにギュッと抱きしめられ、唇を重ねられる。

「璃々は僕とキスをするのが好きだろう？　顔を見ればわかる。さっきだって蕩《とろ》けそうな顔をしてたし、今もそうだ」

唇を食《は》まれながらそう言われ、舌を絡められる。

キスが濃厚になるにつれて、頭がぼうっとしてきた。目の焦点が合わなくなり、身体全体が熱を持ったように感じる。

「で、でも……まだ出会って三日目だし……」

「だからなんだ？　璃々は社長としての僕なら以前から多少なりとも知っていただろうし、間違っても怪しい人間ではないとわかってるはずだ」

怪しいどころか恭平の経歴は申し分ないし、彼の経営手腕には密かに尊敬の念を抱いていた。問題は璃々の生い立ちであり、天と地ほどの身分差はどうにも埋めようがない。

「そもそも、人一倍真面目な璃々が軽い気持ちでベッドインなんかするはずがないし、璃々が僕とセックスしたのは、僕に好意を持っているからだろう？」

「そ……それはそうですけど、いきなり結婚って——」

「だったら、結婚を前提として付き合うのはどうだ？　婚約者として存分に僕を知ってから結婚を考えてくれ」

「婚約者？」

「そうだ。恋人という言い方より婚約者のほうが正式な感じがするし、僕の本気度が伝わりやすいだろう？」

「だけど――ぁ……ん、んっ、むむ……」

執拗《しつよう》にキスを重ねられ、より強い力で腕の中に抱き込まれる。真綿でくるむように身も心もじわじわと攻められ、息も絶え絶えになってしまう。

恭平の手が璃々の腰から太ももに下がり、スカートの裾《すそ》をめくり上げる。そのまま内ももをまさぐられ、情欲の火が点《つ》く。

「お願いだ、イエスと言ってくれ」

耳元で囁《ささや》かれ、耳朶《じだ》をペロリと舐《な》められた。身体がゾクリと震え、全身の肌がざわめきだす。

「これほど誰かを愛おしく思った事は今まで一度だってなかった。璃々を誰にも渡したくない。頼むから僕を受け入れてくれ」

首筋を甘やかに愛撫《あいぶ》され、胸の先がチクチクと痛み始めた。恭平の熱い息が左頬にかかり、少しずつ唇に近づいてくる。再びキスが始まるかと思いきや、顎《あご》を緩く噛まれて思わず甘えたような声が漏れた。

「あぁんっ」

彼の舌が璃々の首筋をかすめて、徐々に上に向かう。

脚の間がじんわりと熱くなり、未熟な淫欲がさざ波のように璃々の全身に広がる。

これまでなら、とっくに熱いキスをくれているはずだ。それなのに、いつまでたってもキスは降りてこない。

知らず知らずのうちに息が荒くなり、恥ずかしいほど身体のあちこちが疼《うず》きだす。

「……は……ぁ……」

全身で恭平を求めている——そう気づいた途端、まるで熱に浮かされたように目蓋《まぶた》の裏が潤《うる》んだ。

「焦《じ》れてるんだな？　可愛いよ、璃々……。だが、イエスと言ってくれないなら、これ以上触ってあげられないな。そうだろう？」

唇のすぐ近くでそう囁《ささや》かれ、璃々はうっすらと目を開けて恭平の顔を見た。そのいかにも悲しげな表情を前にして、胸の奥がきゅっと痛む。

確かに、付き合ってもいないのにこれ以上親密な関係になるのは望ましくない。だが、今の状態のまま我慢なんてできそうにないし、そうしようとも思わなかった。

だったら、どうすればいいか……

自《おの》ずと答えは決まってくるし、恭平にしてみれば、あとはもう璃々が頷くのを待つだけなのだと思った。

「もうっ……」

璃々は、つい不満げな声を出して唇を強く噛む。結局、恭平に太刀打《たちう》ちなどできないのだ。

「ほら、そんなに強く唇を噛むと、傷がつくぞ」

恭平が璃々の唇に指を当て、軽く首を横に振る。

もう降参だ——璃々は素直に唇を噛むのをやめて、恭平を見つめた。

優しく微笑んだ恭平の目が、だんだんと細くなる。

その満足そうな顔を見て、璃々は思わず唇を尖らせて眉間に皺《しわ》を寄せた。

「やっぱり、ドS……」

「そうかな？　僕にしたら璃々のほうがよっぽどドSだと思うけどな」

聞こえないように呟いたつもりが、しっかり聞きとがめられてしまった。

「そ、そんな事ありませんっ……。そんな事言うの、恭平さんだけですし」

璃々は我知らず頰を膨らませて恭平に抗議したが、唇を舌先でくすぐられ、一瞬で骨抜きにされる。

「当たり前だ。璃々が焦《じ》らす相手は僕だけだからね」

話しながら唇の中に舌を抜き差しされ、頭の中がエロティックな妄想でいっぱいになる。魅惑的な声で聴覚を思い切り刺激され、背中が浮き上がった。

「や……あ、っ……恭平さ……は……あ、あぁんっ……」

恭平の思う壺だと思いながらも、彼に抗《あらが》う事ができない。舌先で口蓋をなぞられ、璃々は完全に腑《ふ》抜《ぬ》けてしまった。

そのタイミングを見計らったかのように、恭平が再度璃々に訊《たず》ねてくる。

「璃々、もう一度聞くよ――返事は？」

淫《みだ》らすぎるキスが終わり、彼の身体が少し離れた。

恭平が胸ポケットから避妊具の小袋を取り出し、璃々の目の前でそれを開封しながら思案顔で首をひねる。

これ以上、何ができるだろう。

身体はもとより、心も恭平とひとつになりたくてたまらなくなっている。

璃々は泣きべそをかいたような顔で、彼にすがり付く手に力を入れた。

「イエス……。イエスッ……」

璃々の返事を聞くなり、恭平が白い歯を見せてにっこりする。

「ありがとう、璃々。その返事、ぜったいに後悔させないって誓うよ」

恭平の舌が璃々の鎖骨の上をなぞり、指がショーツの生地《きじ》の上を滑る。花房の溝に指を埋め込まれ、思わず腰が浮いた。

「ひっ……」

指の腹で柔らかにタップされ、そこが急速に熱を持って膨張する。

そうしようと思わないのに脚の付け根の筋肉が緊張と弛緩《しかん》を繰り返し、花房が恥ずかしいほどひくひくと蠢《うごめ》きだす。

指先がショーツの中に忍び込んできて、花芽の先をトンとつついた。

「あんっ！」

途端に甘い声が漏れ、身体の奥からたっぷりと蜜が溢《あふ》れだした。

ちゅぷん、と指が秘裂の中に沈み、ゆるゆるとそこを掻き混ぜる。小さな花びらを絡め取るように弄《いじ》られ、我慢できずに喘《あえ》ぎ声を漏らした。

「や……あぁんっ……あ、ぁ……」

頬が焼けるように熱い。小さく灯った情欲の火が、身体のあちこちに飛んでじっとしていられなくなる。

早く、もっと奥まで触れてほしい。

そんなはしたない思いで頭がいっぱいになり、そんな自分を恥じて唇を強く噛んだ。

けれど、一度熱くなった身体はそれくらいで鎮《しず》まるはずもなく、いっそう淫《みだ》らな欲望の波に引きずられてしまう。

いつの間にかずらされたショーツが、璃々の足先を通り過ぎてラグの上に落ちる。秘裂からちゅぷちゅぷと水音がするのは、恭平がわざとそうしているからだ。

璃々はその音を聞きながら、自分を見る彼の目を見つめた。きっと、見つめ合っている間に心の中を見透かされたのだろう。

恭平がにんまりと微笑み、蜜窟の中に少しだけ指を沈み込ませた。

まさにそうしてほしいと願っていた事をされて、璃々は悦《よろこ》びに囚《とら》われて恍惚《こうこつ》となった。指がじわじわと奥に進み、恥骨の裏にあたる内壁をコリコリとくすぐる。

「ひっ……ん、ん……ぁん、ん……っ」

なぜか、そこを弄《いじ》られると身体が跳ね上がるほど強い快楽を感じる。

何度となくそこを愛撫《あいぶ》され、意識が一瞬どこかに飛んでいった。たまらないほど淫靡《いんび》な指の動きが、璃々を淫欲の沼に引きずり込む。

「ん……ん、ぁっ……あっ……あぁあぁあんっ……」

ひっきりなしに恥ずかしい声が漏れ、聞こえてくる水音が大きくなる。

今にも達してしまいそうになり、璃々は息を弾《はず》ませながら恭平の背中にすがり付いた。

「さて、どうしてほしい？　じっくりと時間をかけて気持ちよくなりたい？　それとも、今すぐ挿れてほしい？」

蜜窟の入口を、彼の切っ先がぬらぬらと捏《こ》ね回す。

あからさまにねだるなんてふしだらだし、はしたない。

そう思うけれど、今はもうなりふり構ってなどいられなかった。

「い……挿れてほしいですっ……」

恥を忍んで答えると、すぐに硬い切っ先を蜜窟の中にねじ込まれた。途端に得も言われぬ多幸感が全身を包み込み、唇からため息のような嬌声《きょうせい》が零れ落ちる。

（あ……気持ち……い……）

仰《の》け反《ぞ》った拍子《ひょうし》に膝がテーブルの角をかすめた。それからすぐにテーブルが壁際に追いやられる音が聞こえて、挿入したまま腰の位置を移動させられる。

若干広くなったラグの上で、璃々は両脚を広げて腰を少し浮かせた。それにより、ずり上がったスカートが胸元までめくれ上がる。

シャツブラウスのボタンを半分ほど外され、ブラジャーのカップを引き上げられた。

零れ出た乳房にかぶりつかれ、璃々はかすれた啼《な》き声を上げる。

着衣のまま淫《みだ》らな行為に及んでいる背徳感と隣室に老夫婦がいるという緊張感が、璃々の興奮を余計に高めているみたいだ。

快楽が高まるにつれて挿入が深くなり、危うく叫び声を上げそうになった。そんな事になったら、間違いなく隣人に聞こえてしまう。

璃々は歯を食いしばって込み上げる愉悦《ゆえつ》に耐え、目蓋《まぶた》を震わせて恭平と目を合わせた。

「そうやって一生懸命声を我慢してるとこ……すごくいいな」

恭平が璃々の頬に左の掌《てのひら》を当て、ニッと笑った。何かしら企《たくら》んでいるような表情が素敵すぎて、胸の高鳴りが喉元にまでせり上がってくる。

「璃々、僕の腰に脚を回して――うん、そうやって踵《かかと》を重ね合わせたら、もっと奥まで挿れてあげられるよ――」

上向いた秘裂にズン、と腰を入れられ、蜜窟の途中より少し奥を突いていた切っ先が一気に最奥《さいおう》に達した。これ以上は奥へいけないというところまで深々と穿《うが》たれて、中を掻き混ぜるように腰を振られる。

「あ……！」

たまらずに嬌声《きょうせい》を上げた口を掌《てのひら》で塞がれ、悦《よろこ》びが高じて涙目になった。感じ過ぎて下腹がキュンキュンする。それとともに蜜窟も収縮し、みっちりと中を席巻《せっけん》する熱塊がグッと太さを増して璃々を攻め立てた。

「んっ！　……うっ……！」

璃々の嬌声《きょうせい》が彼の掌《てのひら》に阻まれ、思いきり声を上げられない焦《じ》れったさが淫欲をさらに掻き立てる。耳元で恭平の荒い息遣いが聞こえ、それがどんどん速くなっていく。彼の掌《てのひら》が離れたかと思ったら、すぐに唇が重なってきた。

込み上げる声をキスに呑み込まれ、貪《むさぼ》るように身体を交わらせる。

性急なのに、濃密。

荒々しいのに繊細な興奮で肌が熱く粟立《あわだ》ち、蜜窟の中がうねりながら屹立《きつりつ》を締め付ける。

「は……、ぁ……」

恭平と繋がっているという悦《よろこ》びが璃々の心を満たす。

決して身体だけではない。心まで狂おしいほどに求められ、はじめての恋が本物の愛に昇華していくのを感じた。

あともう少し手を伸ばせば、愛し合う人と幸せな家族を作るという夢に手が届くかもしれない。そう思うと、嬉しさのあまり泣き出しそうになってしまう。

これほど急激に人を想う事に戸惑いを感じるし、身分差に対する不安もまだある。けれど恭平に抱かれているという事実が、それらを打ち消していくように思えた。

「恭平さんっ……ぁ、あ……」

「璃々……璃々っ……」

何度も名前を呼ばれ、これまでにないほど激しくキスをされ、最奥《さいおう》に彼の熱情を感じた。

快楽が頂点に達し、目の前で光の礫《つぶて》が弾《はじ》け飛ぶ。

璃々は身体を激しく痙攣《けいれん》させながら至福の時を迎えた。それと同時に、奥を突く屹立《きつりつ》が内奥《ないおう》に留まり、中を押し上げるようにドクンと脈を打つ。

続けざまに吐精する恭平のものが、璃々を内側から押し広げて何度となく形を刻み込む。

このままずっと彼を身体の中に咥《くわ》え込んでいたい――

璃々はそんな想いを込めて彼の身体に手足を強く巻き付けるのだった。

今年の梅雨《つゆ》は雨の日が多く、朝からぱらついていた小雨《こさめ》が午後になって本降りになった。七月に入ったというのに今日はやけに肌寒い。

夕方前に詩織とペアを組んで「ホライゾンスイート」とは別のエグゼクティブフロアの清掃にあたっていた璃々は、終業後に彼女と駅前の居酒屋で二人だけの女子会を開いていた。

「あぁ、疲れた～。どうやったらあんなに散らかせるの？　ここ最近担当した中で断トツに汚かったわよ～」

詩織が不平を言い、テーブルの上で頬杖をつく。彼女が言っているのは、今日最後に作業した「プレデンシャルスイート」の事だ。

「ほんと、疲れたね。だけど、大変だった分だけ達成感も大きくて気分よかったよ」

璃々が清々《すがすが》しい笑顔を見せると、詩織が呆れたようにふっと笑う。

「璃々って、ほんとポジティブだよね。そういうとこ、私も見習わなきゃ。あ、そういえばさぁ～」

そこから詩織の彼氏に関する愚痴という名ののろけ話が始まり、璃々はウンウンと頷きながら話を聞く。

今は恭平という婚約者ができたものの、それ以前の璃々は、男性と付き合った事すらなかったのだ。

それもあって、詩織の話はいちいち参考になるし、興味深い。

「いい加減長すぎる春に終止符を打ちたいんだけど、相変わらずプロポーズの気配すらないんだもん。嫌になっちゃう。こんな事なら、最初に結婚の話が出た時に、迷わずとっとと結婚しとけばよかった」

「プ、プロポーズ……」

「いったい、いつしてくれるんだか……。待ちくたびれて老けちゃいそう」

詩織が唇を尖らせながら、ビールジョッキを傾ける。

彼女の発言は、現在結婚を保留中の璃々にとって聞き流せないものだった。

璃々は逸《はや》る気持ちを抑えつつ、詩織に質問をぶつける。

「ねえ、詩織。結婚って、話が出た時にさっさとしたほうがいいもの？」

「ケースバイケースなんだろうけど、私の場合はそう。〝長すぎる春〟っていう言葉もあるくらいだもの。タイミングを逃したせいで破局するカップルなんてごまんといるからね」

「は、破局……!?」

恭平との関係はまだ始まったばかりだ。それにもかかわらず、彼は璃々にプロポーズしてくれた。

なのに当の璃々がそれに待ったをかけ、〝妻〟ではなく〝婚約者〟という立場を選択してしまったのだ。

(も、もしかして私、とんでもない失敗をしたのかも?)

にわかに不安が込み上げてきて、ひどく落ち着かない気持ちになる。

「でも、一度は結婚の話が出たんでしょう? そういう話をする時って、お互いにどんな気持ち? 詩織は何が決め手で彼氏さんと結婚しようと思ったの?」

「結婚話をしたのは、付き合いだして割と早い段階で、お互いが『この人と一生一緒にいたい、幸せになりたい』と思ったからかな? 決め手はやっぱり相手を想う気持ちの強さとか――」

「うんうん」

璃々は詩織の顔を見つめながら、真剣な顔で話に聞き入った。

「あとは、すぐにではないけど彼の子供が欲しいと思ったから。私、一生独身なんて嫌だったし、結婚するなら彼しかいないって思ったんだよね」

「なるほど……」

璃々は自分達と照らし合わせながら詩織の言葉に耳を傾ける。さすが、恋愛経験を積んできた人の話は現実味があるし、いちいち納得できる内容だ。

「っていうか、やけに結婚の話に食いついてくるわね。……ちょっと璃々、もしかして彼氏できたの？」

「えっ？　あ……ま、まあ……できたというか、なんというか――」

「うわぁ、何よもう！　いつの間にそんな人が？　詳しく話を聞かせなさいよ！」

詩織が嬉しそうに璃々の肩をバンバンと叩いてくる。さすがに恭平に無断で正体は明かせないが、実のところ詩織に聞いてもらいたい話がたくさんあった。

「じ、実は今月に入ってすぐに出会った人がいてね。いろいろあって、その日のうちに……キス、しちゃったんだよね」

「出会ったその日にキス！　いいじゃないの。それだけその人に魅力を感じたって事でしょ？」

「うん、すごく素敵な人なの。それで二日後にデートをしたんだけど、その翌日にプロポーズされて――」

「はあ？　出会って三日でプロポーズされたの？　さすがに早くない？　今月に入ってすぐって事は、まだ出会って二週間くらいだよね？」

「うん、そうだけど……やっぱり早いと思う？」

「思うよ！　ねえ……まさか、結婚詐欺とかじゃないよね？」

詩織に真顔で心配され、璃々はあわててその可能性を否定した。

「それだけはない！　ちゃんとした人だし、真面目で嘘なんかつかない人だから。でも、いきなりプロポーズされて、すぐに『はい』って言えなかったの。もちろん私も彼の事が好きで、結婚できたらどんなにいいだろうって思うけど、その……いろいろと不安で――」

「そっかぁ、わかるよ。結婚って一世一代の重要案件だもんね。……ね、もしかしてもうベッドインしたの？」

「ベッ……し、した……」

璃々が答えるなり、詩織が無言で隣にやってきてギュッと抱きしめてくる。

「璃々、おめでとう～！　で、どうだったの？　彼、優しくしてくれた？」

興味津々《きょうみしんしん》といった様子の詩織に促《うなが》され、璃々は話せる範囲で質問に答えた。

「はじめてなのにそこまで感じちゃったって事は、璃々ったらその彼に相当参っちゃってるんだね。初々《ういうい》しくていいなぁ。出会って早々ラブラブでプロポーズまでされるとか、向こうも璃々に夢中って感じ。喜ばしいわね～」

「夢中……になってくれてるのかな？」

「そうよ～。そうに決まってるでしょ～」

詩織に身体をグラグラと揺すられ、璃々はニコニコ顔でされるままになる。

「二人とも真面目なら、タイミングさえ合えばトントン拍子《びょうし》にゴールインしちゃいそうだね。彼氏の写真とかあれば見せてよ。っていうか、一度ダブルデートしよう。ラブラブの璃々達を見たら、刺激を受けて私の彼もプロポーズする気になるかもしれないし」

「ちょっと待って！　まだいろいろと慣れてないから、ダブルデートはハードルが高すぎるよ」

ノリノリで計画を立てようとする詩織に、璃々はあわてて待ったをかけた。

「え～残念～。ま、なんにせよこの先もその人とずっと一緒にいたいと思うなら、スピード婚を考えてもいいかもよ。いずれにしても、一度ちゃんと話し合ってみたら？　璃々はどうしたいのか、彼はどうなのか――」

恋愛の先輩としてのアドバイスを授けられ、璃々はそれをしかと頭の中に刻み込んだ。

女子会閉会後、璃々は駅前で詩織と別れ、いつもの電車に乗る。

璃々自身、恭平を想う気持ちは強くなる一方だし、彼と一生をともにできたらどんなにいいだろうと思う。

やっぱり詩織が言うように、もう一度ちゃんと話し合ってみよう。

自分の正直な想いを伝えるのはもちろんの事、抱えている不安や心配も隠さずにぶつけて自分達の将来を一緒に考えたい。

むろん、そう簡単に二人の仲が進むとは思わないし、結婚ともなると少なからず周りの人達の思惑が絡んでくる。

何せ恭平は天下の「ホライゾン東京」の社長兼CEOであり、社会的地位も名誉もある人物なのだ。その妻となる者が、知識も資格も家柄も何もないただの客室清掃係だと知ったら、世間はどう思うだろうか――

(きっと玉の輿《こし》だのシンデレラストーリーだのって言われちゃうんだろうな)

もっとも、それは紛れもない真実であり、否定できない事実だ。

「ガラスの靴……あれって私にとっては、本物のシンデレラの靴だったのかも」

壊してしまった事は大問題だが、あの出来事がなければ恭平との今はなかった。

璃々は彼との不思議な縁と運命を感じながら、窓に映る自分の顔に向かって微笑みかけるのだった。

◇　◇　◇

梅雨《つゆ》が明け、ホテル内も本格的な夏の到来に向けて準備を整え始めている。

朝から立て続けにあった会議を終え、恭平は本社ビルからホテルへ移動した。そして、下へ向かうエスカレーターに乗る。

今はまだ調査段階だが、先日璃々の話を聞いて、今後ホテルのエスカレーターはより安全でメンテナンスの容易な新機種を導入する事にした。

それ相応のコストはかかるが、エスカレーターでの事故を未然に防ぐ事を思えば必要な経費だし、関係各部署の賛同も比較的スムーズに得られた。

恭平はゆっくりと動くエスカレーターに乗りながら、そこから見える風景を眺める。

吹き抜けの天井《てんじょう》にはレトロかつ豪奢《ごうしゃ》なシャンデリアが光り輝き、通り過ぎるフロアには塵《ちり》ひとつ落ちていない。

「ホライゾン東京」の社長に就任して以来、何度こうして館内を見回った事だろう。

しかし今思えば、かつての自分はホテルの全体像をざっと見ていただけのように感じる。その証拠に、今と以前では見えてくるものがまるで違う。

通り過ぎるそれぞれの設備や挨拶《あいさつ》を交わす笑顔のスタッフ達。

やってくるゲストはさまざまで、仲睦まじげな若いカップルもいれば、東京観光にやってきたらしい熟年夫婦もいる。颯爽《さっそう》としたビジネスパーソンのすぐ横を、はしゃいだ子供を連れた若い夫婦が笑いながら通り過ぎる。

ゲストは大きく種類別できるが一人として同じ人はおらず、ここへ来た目的もそれぞれに違う。

今までも、当然、頭ではわかっていた。

けれど、璃々と親しく関わってはじめて、本当の意味でそれを理解できたような気がする。

彼女といると、些細《ささい》な事に心が動いたり感動を覚えたりするようになった。

自分でも驚くほどの変化だし、それをもたらしてくれた璃々には感謝の念に堪えない。

ひととおりホテル内を巡回したあと、執務室を経て会議室に向かう。これから行うのは、広報部と企画部を交えた今後のホテルプロモーションに関する会議だ。

これまでも集客に焦点を当ててさまざまな戦略を立ててきたが、今後はより積極的かつ効率的なアプローチをしていきたいと考えている。

例えば、以前広報部から打診された社長自らが「ホライゾン東京」をナビゲートするプロモーション用動画撮影の件――

話を聞いて即却下した企画だったが、再考の結果応じる事にした。

その後の広報部の仕事のスピードはすさまじく、待ってましたとばかりに撮影を開始し、ついこの間、恭平がやるべき仕事はすべて滞《とどこお》りなく終える事ができた。

そのほかにも、ホテルの広報活動の一環として、いくつかのメディアの取材も受ける方向で考えている。

それもこれも璃々との会話がきっかけであり、彼女が背中を押してくれたおかげだ。

璃々と知り合わなかったらこうはならなかったし、彼女の存在はプライベートのみならず、ビジネス面でも自分にいい影響を与えてくれている。

（結婚前だが、こういうのを〝内助の功〟と言うんだろうな）

自然と眉尻が下がり、口元が綻《ほころ》ぶ。しかも、璃々は意識せずにさらりとそれをやってのける。

一緒にいるだけで癒《いや》されるのに、ビジネスパーソンとしての自分まで高めてくれるとは――

彼女との出会いは運命だと思ったが、やはり間違いない。

璃々は自分にとって宝物のような存在であり、彼女ほど理想的な女性はいないと断言できる。

かつて非婚主義者だった自分がここまで変わるのは驚きだが、今は璃々と夫婦になる日が待ち遠しくて仕方がない。

会議の時間は一時間ジャスト。

それぞれが席に着き、進行役の社員が開会を宣言する。

企画書には各自事前に目を通しており、会議で行われるのは実行の可否判断とそれに伴う質疑応答のみだ。

参加メンバーは八人。全員が着席後、追加報告として広報部課長からプロモーション動画に関する報告がされた。

「この案件については、一度却下されたと聞いていましたが」

そう聞いてきたのは、今日の進行役を務める企画部課長の谷村冴子《たにむらさえこ》だ。

「再考した結果、私が一番の適任者だと判断した。今までは裏方に徹していたが、マーケティング上必要であれば今後も積極的な対応をしていくつもりだ」

「承知しました」

会議は順調に進み、予定されていた終了時刻よりも少し早く終わらせる事ができた。

退室する社員達と挨拶《あいさつ》を交わしたのち、恭平はノートパソコンを閉じて席を立った。

午後のスケジュールについて考えながら入口に向かうと、ドアのすぐそばにいた冴子に呼び止められる。

「待って」

冴子がドアに続く通路に立ちはだかり、やむを得ず足を止める。部屋にはもうほかに誰もおらず、残っているのは自分達二人だけだ。

「いったいどういう風の吹き回しなの？　表に出たがらないあなたらしくないわね」

恭平は過去、短期間だけ彼女と交際していた事があった。当時はまだ「ホライゾン東京」の社長に就任して間もない頃で、仕事を通じて冴子と頻繁《ひんぱん》に顔を合わせるようになり、それがきっかけでプライベートでの付き合いが始まった。

「考え方が変わった――ただそれだけだ」

「もしかして、今付き合っている女性の影響？」

「ああ、そうだ。君は相変わらず勘がいいな」

「えっ……冗談で言っただけなのに、本当なの？」

冴子の顔に浮かんでいた笑みが驚きの表情に変わった。

社内でも仕事のデキる美人課長として名の知れた彼女は、実際極めて優秀なビジネスパーソンであり、企画部課長として申し分ない力を発揮している。

「本当だ」

「そう……でも、あなたって誰かの影響で変わるような人じゃなかったはずよ」

「確かに以前はそうだったな」

「ちなみに、交際期間はどれくらい？」

「まだひと月とちょっとだ」

「たったそれだけ？　それなのにあなたに影響を及ぼすなんて……いったい、どんな人なの？」

「ごく普通の女性だ。ただ、僕にとっては唯一無二の特別な人だ」

「特別な人？　……まさか、その人と結婚を考えてるわけじゃないでしょうね？」

「その、まさかだ。じゃあ、次の仕事があるから失礼するよ」

恭平はびっくりして声も出ない様子の冴子の横を通り過ぎ、廊下に出た。

冴子が驚くのも無理はない。

璃々に出会う前の自分は非婚主義者と明言していたし、女性に対してはかなりドライで淡白だった。冴子を含めて、付き合っていた女性達にも、あらかじめきちんとその事を告げていたし、そんな関係を良しとしない女性とははじめから付き合わなかった。

交際中も必要に応じてはっきり自分の意思を伝えていたし、少しでも結婚を匂わせてきたら早々に関係を終わらせてきた。

非婚主義者である以上、それが当然の礼儀だ。むろん、交際するからには自分なりに真摯《しんし》な対応を心掛けていたし、遊びのつもりもない。

ただ、どうしても「結婚」をする気がなかっただけだ。

付き合った女性達は、交際期間が長くなるにつれて考えを翻《ひるがえ》し、「結婚」を口にするようになった。

その結果、いずれの女性とも半年も経たずに別れている。

唯一冴子だけは結婚を口にせず、彼女との別れは当時二人が関わっていたプロジェクトが無事成功したのと同じタイミングだった。

彼女との交際期間は最も短い。仕事上の接点は多々あるが、別れてからはプライベートでの関わりは一切ない。

執務室に戻ると、恭平はすぐに次に出る会議に必要な準備を整えて時刻を確認した。会議が早めに終わったおかげで、次のスケジュールまであと少し時間がある。

恭平は椅子の背もたれに身体を預け、ゆっくりと深呼吸をした。

先日撮影を終えた動画は現在は編集作業中で、まもなく完成予定だと報告を受けている。結果的にナビゲート役を引き受けてよかったと思っているし、ホテルのアピールポイントを観る人にすべて届ける事ができたという手ごたえも感じていた。

(気が進まないからといって忌避《きひ》せず、いろいろとやってみるものだな)

自分の考え方には確固たる自信があったし、生涯変わる事はないと思っていたが、そうではなかった。

璃々と出会った事で自分の中で大改革が起こり、考え方ばかりか、人生まで変わった。もはや璃々のいない人生など考えられないし、結婚したいと思うほど彼女の事を愛している。

(そうだ。僕は璃々を愛している。これだけは間違いない)

ほんの一カ月ちょっと前までは、自分が誰かを愛するようになるとは露ほども思っていなかった。

恭平にとって「愛」とは絵空事であり、過去付き合った女性に対して感じたのも「愛」ではなく「好意」だった。

愛を否定はしないが、自分には一生無縁のもの――そう思っていたのに、璃々に出会った瞬間、その考えは綺麗さっぱり消え去ってしまった。

「ホライゾンスイート」で璃々を見かけ、すぐに興味を惹かれた。話すうちに大きく感情が動き、いつの間にか璃々を自分だけのものにしたいと強く願っていた。彼女の可愛さは何ものにも代えがたく、見つめるだけで平常心ではいられなくなる。気がつけば抱き寄せてキスをして、半ば強引にデートに持ち込んでいた。

我ながら性急すぎたと思うものの、せっかく見つけた運命の人を横からかすめ取られでもしたら、後悔してもしきれない。

はじめこそ戸惑って逃げ腰になっていた璃々だが、幸いな事に今では気持ちが通じ合い、婚約という形ではあるがプロポーズも受けてくれた。

本来なら今すぐにでも結婚したいし、誰彼構わず自分達の仲を見せつけたい。

だが、何より尊重すべきは璃々の気持ちだと自制している。

（会いたい……璃々……）

婚約者として付き合ってはいるが、休みの日が異なる上に、ここのところ特に仕事が忙しくてなかなか一緒にいる時間が作れない。

いっそ仕事を辞めてそばにいてほしいと思うが、「ホライゾン東京」で働くという彼女の夢を奪うわけにはいかなかった。

そうかといって今のホテル住まいでは、璃々との同棲も叶わない。

(こうなったら、二人で住める家を探すしかないな。そうだ……それがいい)

今日の仕事が終わり次第、不動産会社を経営している友達に連絡を取ってみよう。

そう決めた恭平は椅子から立ち上がり、意気揚々《いきようよう》と次の会議に向かって執務室を出ていくのだった。

◇　◇　◇

七月も下旬になり、いよいよ本格的な夏が到来した。

ホテルもすでに繁忙期に入っており、璃々達客室清掃係も息つく暇もないほど忙しくしている。

そんな金曜日のランチタイムに、璃々は休憩室で持参したおにぎり弁当を食べていた。具はおかかと梅干し、明太子マヨネーズだ。それをマグボトルに入れた冷たいほうじ茶とともに頬張っていると、河北がポンと肩を叩いてきた。

「川口さん、隣、いい？」

既婚ですでに子供が成人している彼女は、璃々と同じでお弁当持参組だ。璃々が派遣社員としてここへ来た当初からの仲で「ホライゾン東京」に関する情報は、ほぼ彼女から得ている。

河北はテーブルの上でキャラクターの描かれたランチボックスを開き、もりもりと食べ始めた。

そして、璃々に自家製の漬物などを勧めつつ、思い立ったようにトートバッグから新しく出来上がった「ホライゾン東京」のパンフレットを取り出す。

「これ、もう見た？　社長がものすごくイケメンでびっくり仰天《ぎょうてん》なのよ～」

テーブルに載せられたパンフレットの最後のページに、微笑みを浮かべた恭平が掲載されていた。

視線はやや斜め前で、軽く顎《あご》を手に載せたポーズが、びっくりするくらい様になっている。

「ほ、ほんとだ……！」

（恭平さん、やっぱりかっこいい！）

こんなに素敵な人が自分の婚約者だなんて……

璃々は思わずうっとりと写真に見入ってしまう。これなら本気でモデルになれそうだし、宣伝効果もバッチリだと思う。

「でしょ～？　昨日会社とホテルのホームページに『ホテルの新しいパンフレットができました』って載ったのよね。そしたら、もうあちこちから欲しいって問い合わせがきてるんだって」

広報部の提案を受けて、恭平がホテルの紹介映像のナビゲーターをする事になったと、璃々は本人から聞かされていた。同時にパンフレットだけではなく、ビジネス関連の取材やテレビ番組の出演を済ませたのも知っている。

それらの仕事をこなすため、最近の恭平は休日返上で働き詰めだ。

「やっぱ映像とかメディアの力ってすごいわよね～。うちのホテルのプロモーションビデオ見た？　ほら、社長自らがナビゲーターしてるやつ」

河北が箸《はし》をおいてスマートフォンを取り出した。そして、さっそくダウンロードしたという「ホライゾン東京」のプロモーションビデオを再生する。

画面にスーツ姿の恭平がにこやかに現れ、ホテルの各施設を次々に紹介していく。一連の動作はスマートかつ優雅。動画はホテルの魅力はもとより、恭平のイケメンぶりを余すところなく映し出しており何度も再生したくなるほどの出来映えだ。

「さすがのイケメンよねぇ～。前からそうだったけど、ここ最近特にかっこよくなったって評判なのよね。ほら、先月女性連れでホテル内デートしてたって、騒然となったでしょ？　あれもびっくりだったわよねぇ」

「そ、そうでしたね」

恭平が女性を連れてホテル内でデートしたという話は、次の日にはもうホテル中に広まっていた。

幸い、誰一人として相手が璃々だとは気づいておらず、いったいどこのお嬢様だと密かに盛り上がっていたらしい。

「でもさ、どうやらこっちが本命じゃないかって話なのよ。モテる男はすごいわねぇ」

河北が途中から画面に登場した若い女性を指した。彼女は一年前まで某テレビ局で人気を博していた元アナウンサーだ。退局したあとは個人事務所を立ち上げ、バラエティ番組に出演したり、最近は女優業にも進出し始めている。

「ホテル内デートの現場を見てないからなんとも言えないけど、どうかしらね……川口さんは、どう思う？」

「さ、さあ……」

「彼女、超多忙でしょ？　だけど広報部がダメ元でオファーしたら、即オッケーしたんだって。『三上社長には一度お会いしたいと思っていたんです～』って大喜びだったらしいわよ。それって前からロックオンしてた、って事よね」

河北がニコニコと笑いながら、女性の口ぶりを真似た。

美人でスタイルもいい彼女の活躍は、璃々もテレビなどでよく目にしていた。

二人が顔を見合わせながら並んで歩く様子は、誰が見てもお似合いのカップルといった感じだ。

「美男美女で釣り合いも取れてるわよね～。社長もいよいよ結婚、なぁんて事になったらワイドショーにこの映像が流れちゃうかも」

動画を見終えた河北が、そう言って璃々に軽く体当たりしてきた。笑顔の河北に対し、璃々は平気なふりをするだけで精一杯だ。

河北の言葉を聞いた璃々の胸に、不安の種が芽吹いてくる。

言われるまでもなく彼との立場の違いは明らかで、璃々にはそれをどうする事もできない。恭平はプロポーズをしてくれたし、その気持ちに嘘はないと信じている。

ただ、あまりに速い展開に驚いて婚約という形に留めてしまったが――

今となっては、それが正しかったかどうか自信がない。

（こんな美人にアプローチされたら誰だって嬉しいよね。もし彼女が本気で恭平さんに告白したら……）

嫌な想像が頭をよぎり、璃々は即座にそれを打ち消した。だが、胸に宿った不安は大きくなる一方だ。

恭平は、今後もメディアへの露出を前向きに考えると言っていた。それは、今回のように彼に興味を持つ女性との出会いが増えるという事にほかならない。

彼はもう非婚主義者ではないし、プロポーズを保留にした自分よりも、積極的に結婚を望む美女のほうに魅力を感じるのではないか……

いや、もうすでにそうなっているかもしれない。

そんなふうに考えてしまって、不安で胸が押し潰されそうになる。

「さてと、午後もお仕事頑張りますか！」

河北が立ち上がり、璃々もあとに続く。そして、歩きながらつい悲観的になってしまった自分を叱り飛ばす。

(何弱気になってるの？　恭平さんに限ってそんなわけないでしょ！)

彼は相変わらず頻繁《ひんぱん》に連絡をくれる。「ホライゾンスイート」の清掃に行くと、毎回枕もとに璃々宛にスイーツの小袋が置いてあり、それを見るたびに心が温かくなった。

自分との結婚を本気で考えているからこそ、彼は婚約期間を設《もう》けてくれたのだ。

(恭平さんに会いたいな……)

途中で河北と別れ、洗面所に立ち寄る。用事を済ませて外に出ると、廊下の向こうに背の高い女性が立っているのが見えた。

髪の毛をショートボブにしたその人は、タイトなスーツスタイルで壁に寄りかかった姿勢でこちらを見ている。

(わ、すごく綺麗な人……！)

「お疲れさまです」

璃々が挨拶《あいさつ》をすると、くっきりとした二重目蓋《ふたえまぶた》の目がはっきりと璃々を見た。彼女は視線を固定させたままゆっくりと背中を壁から離し、璃々に向かってまっすぐに歩いてくる。

（えっ……わ、私……？）

辺りを見回してみるが、そこにいるのは自分だけだ。

そのまま動かないでいると、女性が璃々の目の前で立ち止まった。

「お疲れさま。あなたが川口璃々さん？」

ふいにそう訊《たず》ねられ、璃々は頷きながら「はい」と言った。

「そう……あなたが、ね」

女性が呟き、眉間に皺《しわ》を寄せて首を横に振った。それは、何かしら納得がいかないといった感じだ。

いったい、なんなのだろう？

璃々は訝《いぶか》しく思いながら、チラリと彼女の首から下がっているネームホルダーを見た。

斜め上からだからぜんぶは読み取れなかったが「企画部　谷村冴子」と印字されている。

視線を上に向けると、彼女は璃々の全身にくまなく視線を走らせているところだった。

さすがに驚いて一歩後ずさると、彼女の視線が璃々の顔に戻ってくる。そのままじっと見つめられ、直後なぜか憤《いきどお》ったような顔でため息をつかれた。

（わ、私、何かしたっけ？）

璃々がどう対応していいかわからずにいると、彼女はプイと背中を向けて廊下の向こうに立ち去っていった。

(……なんだったの?)

璃々は呆気にとられたようにその場に立ち尽くし、首を傾げた。

とりあえずロッカー室に行って身だしなみチェックをしたあと、スマートフォンを確認する。メッセージの到着があり、開けてみると恭平からのものだった。

「あ……」

思わず声が出て、満面の笑みが広がる。

あわてて辺りを見回したあと、画面に顔を近づけて隠れるようにしてそれを読んだ。

『今夜、デートしよう。午後六時半に、駅前のロータリーで待ってて』

超がつくほど多忙な恭平に会えるのは、実に十日ぶりだ。その前は二週間会えなかったし、いずれも帰宅する璃々を車で送ってくれるだけの短時間デートだった。

(やった、恭平さんに会えるっ!)

璃々は心の中で雄叫びを上げ、喜びを噛みしめながら拳《こぶし》を握った。

きっと今回も短い逢瀬《おうせ》になるだろうが、会えるだけで十分嬉しい。

ロッカー室を出ると、璃々はスキップをしたくなるのを我慢しながらリネン室に向かった。

途中、桂とすれ違い、挨拶《あいさつ》を交わす。

「どうだね、『ホライゾンスイート』の仕事はうまくいってるかな？」

「は、はいっ！」

「それは結構」

桂が、にこやかに微笑んで親指を立てる。

「最近、三上社長の雰囲気が格段に柔らかくなったって一部で評判になっていてね。笑顔も増えたし、前は渋っていたメディア出演も機嫌よくこなしてくれるって、広報部長も大喜びだ」

「それはよかったです」

璃々がにっこりすると、桂がふいに声を潜《ひそ》めて内緒話のような姿勢を取る。

「思えば、そうなったのは川口さんが『ホライゾンスイート』の清掃係になってからなんだ。三上社長は君の事をよく褒《ほ》めているし、何かと気にかけている様子だ。この間も『ホライゾンスイート』の専属になったせいで休みが取りにくくなってないか心配されてたよ」

「えっ……そうなんですか？」

自分の知らないところで恭平が気にかけてくれていたとわかり、嬉しさが込み上げてくる。

「おや、なんだか急に晴れやかな顔になったね。いい事だ。若い人はそうでなくちゃ。応援してるから頑張りなさい」

桂がニコニコ顔でそう言い、去り際に片目をパチリと瞑《つぶ》る。

璃々は去っていく彼の背中を見送りながら、若干熱くなっている頬を掌《てのひら》で覆《おお》った。

(桂マネージャー、もしかして私と恭平さんの事、気づいてるんじゃ……)

璃々は首をひねりつつ、また前を向いて歩きだした。

思えば、ここのところ桂と顔を合わせるたびに恭平について何かしら言われる。今もそうだったが、その時の彼の顔がどうも意味深な気がしてならない。

(今夜、恭平さんにそれとなく聞いてみようかな)

それから午後の仕事をいつも以上に張り切ってこなし、終業時刻を迎えた。恭平に会えると思うと、それだけでスキップしたくなる。嬉しくて仕方がないし、誰もいなければ思いきりニヤニヤしているところだ。会う前から胸がときめくし、気持ちが浮き立っている。

着替えを済ませ、ロッカー室をあとにした。まだ待ち合わせの時刻までだいぶある。

璃々は従業員通用口を出ると、ふと思い立って駅とは反対方向に歩き出した。ホテルからすぐのコスメティックショップに向かい、入口の前で少しの間立ち止まる。

半年前にオープンしたそこは、人気のコスメティックブランドが揃っており、手軽に試したりできると聞いた。

以前はメイクにさほど関心はなかったが、マキに変身させてもらってからというもの、多少なりとも興味が出てきたのだ。

それに、恭平という完璧すぎる相手と一緒にいるには、いつまでもほぼすっぴんのずぼらな自分のままではいられなかった。

（なんか場違い……。でも、せっかく来たんだから！）

財布の中には、少しずつ貯めていた箪笥《たんす》貯金から出した一万円札が入っている。

今日はとりあえず様子を見にきた感じだが、何せこういう場所にくるのは今回がはじめてで勝手がわからない。

恐る恐る自動ドアから中に入ると、店内の明るさに圧倒される。

すでに何人かの女性客がカウンター越しにビューティーアドバイザーと話しており、璃々はなんとなくそちらを窺いながらテスターが並ぶ棚の前をゆっくりと歩いた。

「何かお探しですか？」

背後から柔らかな声で訊《たず》ねられ、驚いて振り向く。

すぐそばに立っているのは、璃々と同じ年くらいの美人ビューティーアドバイザーだ。

「えっと、あの……普段メイクをあまりしていなくて、とりあえず新しいルージュが欲しいかなと思って……」

「ご希望の色合いはございますか？」

「ピンクベージュ系あたりが」

「わかりました。よろしければ、こちらにお座りになりませんか？」

いかにもこういった店に通い慣れていないといった様子の璃々に対して、その女性はいくぶん抑えた声音でそう勧めてくれた。彼女に促《うなが》されてカウンターの隅の丸椅子に腰かけ、数種類のルージュのサンプルを出してもらう。

「急に話しかけて、申し訳ありませんでした。お客様は、こちらからお誘いしたほうがいいような気がしたので」

女性に謝られ、璃々は首を振って恐縮する。

「いえ、おかげで助かりました。思い切って入ったけど、どうやって話しかけたらいいかわからなかったんです」

「勇気を出してお声がけしてよかったです。実は私、まだこの仕事を始めて間もなくて、毎日試行錯誤しながら接客をさせていただいていて」

「そうなんですか。じゃあ私、その勇気に救われたんですね」

話しながらルージュを試し、バランスを見るために少しだけアイメイクもしてもらった。すると目の輪郭がくっきりしたせいか、顔にメリハリができた。

「お客様は、メイク次第でいろいろなお顔が楽しめるタイプですね」

「そうですか？　実は前にもそう言われた事があって――」

思いがけず話が弾《はず》み、相談の結果、一番ナチュラルな色のルージュを一本買い求めた。

帰り際に声をかけてくれた彼女に重ねて礼を言い、店をあとにする。

ちょうどいい時間になり、足取りも軽く駅前のロータリーに向かう。

（勇気を出して行ってよかった！　入りづらいと思ってたけど、案外そんな事なかったなぁ）

ビューティーアドバイザーは皆怖い人だと思い込んでいたが、そうではなかった。知らない間に勝手な思い込みをしていたと気づかされた思いだ。

（思い込みって怖いなぁ。これからは、もっと意識して気をつけなきゃ）

ロータリーに着き、スマートフォンで時刻を確認する。すると、ちょうどメッセージが届き、もうじき着くと知らされた。

（も、もうすぐ恭平さんに会える！　なんだかドキドキしてきた……）

通りすがりの窓に映る自分の顔を見て、それとなくルージュやアイメイクをチェックする。

今さらながら、もっとおしゃれな恰好をしてくればよかったと悔やんだが、彼は素のままの自分を受け入れてくれているのだから大丈夫だと思い直す。

歩きながら髪の毛を撫でつけ、胸のドキドキを収めるために深呼吸をする。

指示されたとおり、人の乗り降りができるエリアまで移動し、そこで恭平が来るのを待った。

（あ、恭平さんだ！）

ほどなくしてやってきた彼の車の助手席に乗り込み、シートベルトを締める。運転席を見ると、すぐに恭平の手が伸びてきて左頬を掌《てのひら》で包み込まれた。

「お疲れさま。待たせて悪かったね」

じっと見つめられ、早々に頬が熱くなる。会えた喜びで胸がはちきれそうだ。

「いいえ、恭平さんこそ、忙しいのに……でも、会えてすごく嬉しいです」

「僕も嬉しいよ。璃々……ずっと会いたかった。仕事が忙しくて一日があっという間なのに、璃々を想うと一日が長すぎて、時間の感覚がおかしくなりそうだ」

恭平の指先が璃々の唇に触れた。そこをじっと見つめられ、いっそう頬が火照《ほて》る。

「ん？　璃々、今日は印象がいつもと少し違うようだが……」

恭平が璃々の顎《あご》を指先で摘まんだ。そして、左右から顔をまじまじと見つめられる。

「ま……待ち合わせまでに時間があったから、ホテルの近くにあるコスメショップに行ってきたんです」

璃々はそこへ行くまでのいきさつと、接客してくれたビューティーアドバイザーについて話した。

「…ふむ……。それは少し問題だな……」

恭平が急に難しい顔をして眉間に深い皺《しわ》を刻んだ。

「な、なんで問題なんですか？　このメイク、似合ってませんか？」

「いや、よく似合ってる。僕が問題だと言ったのは、璃々がこれ以上可愛くなると困ると思ったからだ」

きっぱりとそう言い切ると、恭平が渋い顔をして小さくため息をつく。

「……へ？」

彼は再三、璃々を可愛いと褒《ほ》めてくれるし、それは素直に嬉しいと感じている。むろん、半分はリップサービスだとわかっているし、勘違いの自惚《うぬぼ》れだけはしないよう気をつけていたのだが……。

「ほかの男に目をつけられでもしたらどうする。僕が一緒の時なら手出しなんかさせないが、一人の時は十分気を付けて――」

「だ、大丈夫です！　私、恭平さん以外の男性にはまったく興味ありませんから！」

「そうか？　……ふむ……それはつまり、璃々は僕に興味津々《きょうみしんしん》というわけだな」

恭平がニンマリと笑い、璃々を見ながら目を細くする。彼の顔がほんの少しだけ近づき、唇からチラリと舌先が覗いた。

その蠱惑的《こわくてき》なしぐさに心臓を射抜かれたようになり、身体がやや前のめりになる。

「さあ、いつまでも停めていたら邪魔になるから出発しよう」

恭平が言い、同時に璃々の顎《あご》から彼の手が離れた。

「は……はいっ」

すぐにそう返事をしたものの、若干肩透かしを食らったような感じが否《いな》めない。気がつけば唇が尖っており、璃々はあわてて口元を掌《てのひら》で覆《おお》い隠した。

「そ、そういえば、いつもスイーツをありがとうございます。あれって、うちのホテルのショップ以外のものもありましたよね」

「今は仕事であちこち出向くから、ついでに買いに行ってるんだ。市場調査も兼ねられるし、璃々の喜ぶ顔を思い浮かべながらの買い物は楽しいよ」

車が発進し、ロータリーを出て大通りに入る。

璃々は助手席から運転する恭平を眺め、密かに感嘆のため息をついた。こうしてハンドルを握る恭平の横顔を前にしていると、自分が彼の婚約者である事が奇跡のように思えてくる。

(私って、本当に幸せ者だな……)

璃々が喜びに頬を緩めている間も、恭平は颯爽《さっそう》とハンドルを握り続けている。

「昨日のスイーツは、取材を受けた先の編集者が教えてくれた店で買ったんだ。ほかにもいろいろと聞いているから、楽しみにしていてくれ」

昨日置かれていたスイーツは、スライスしたリンゴを薔薇《ばら》の花に見立てたタルトだ。見た目だけではなく味も極上で、写真を撮ったり眺めたりと大忙しだった。

ただ、そのいかにも女性が好みそうなスイーツを、恭平がどうやって知ったのか――正直それが気掛かりだったが、今の話で情報源は判明した。だが、そうなるとまた別の事が気になってしまう。

「もしかして、教えてくれた方って女性ですか？」

ついそんな事を聞いてしまい、ハッとして運転席を見た。すると、運転中の恭平の左眉がピクリと反応する。

（あ……）

もしかして、余計な詮索《せんさく》をしたせいで気を悪くさせてしまったのでは……

璃々が早々に後悔していると、車がわき道に逸れてすぐ近くのパーキングメーターの前で停車した。

やはり怒らせてしまったに違いない。

そう思い助手席で縮こまっていると、恭平がエンジンを切るなりシートベルトを外して璃々に迫ってきた。

「璃々……今の質問は、どういう意味だ？」

真顔でそう聞かれ、璃々は怒られるのを覚悟して首をすくめた。

「ご、ごめんなさい。つい気になってしまって……。余計な事を言いました」

せっかく時間を割《さ》いて会ってくれているのに、顔を合わせるなり失言してしまうとは……

このまま車から降ろされても文句は言えない――璃々が目を潤《うる》ませながら黙り込むと、ふいに恭平の手が伸びてきて顎《あご》を上向けてきた。

「璃々は、僕に美味《おい》しいスイーツの店を教えたのが女性かどうかが気になった。それはつまり、璃々が焼きもちをやいた、と解釈してもいいのかな？」

「はい……」

彼の顔を見る事ができず、璃々は視線を下に向けたまま返事をした。

「ああ……璃々――」

余計な事を言った自分の口を恨みつつ、璃々はいっそうシートの中で小さくなる。

恭平はかすれた声でそう言ったあと、いきなり唇を重ねてきた。唇の隙間をこじ開けられ、舌をねっとりと絡められる。

「……ん、っ……ん……」

突然のキスに驚かされ、璃々は瞬《まばた》きをして見つめてくる恭平の目を凝視した。その瞳は薄暗い車内でもわかるほど艶《つや》めいている。

甘いキスの感触に溺《おぼ》れ、璃々はうっとりと目を閉じて助手席のシートにもたれかかった。

けれどすぐ近くには歩道があり、人にキスをしているところを見られるかもしれない。

本当は唇を離したくなかったが、車内とはいえここは公共の場だ。

「きょ……恭……ひ、人が……み、見てる――ん、んっ……」

璃々がキスを終わらせようともがいても、恭平はまったく動じる事なく唇を押し付けてくる。

ようやく解放された時には、すっかり唇がふやけていた。

ついでに身体もぐにゃぐにゃに力が入らなくなってしまって、お尻がシートからずり落ちそうになる。

「璃々、大丈夫か？　少しシートを倒すから、じっとして」

言われたとおりにしていると、いい具合に背もたれが倒れて座り心地がよくなる。

礼を言おうとした唇にまたキスをされ、口を開けたまま呆けたような顔になってしまう。

「璃々？」

「はひ……」

腑抜《ふぬ》けた返事をして、恭平に笑われてしまった。その顔には、なぜか嬉しくてたまらないといった表情が浮かんでいる。

しかも、璃々が彼と付き合い始めて以来、最強の蕩《とろ》けるような笑顔だ。

彼が怒っているわけではないとわかり、璃々はようやくホッとしてにっこりする。

「可愛いな、璃々……。璃々は本当に可愛い」

恭平の顔が再度近づいてきた時、助手席の窓に幼稚園くらいの男の子が、ひょっこりと顔を覗かせた。

「わっ……ダメですよ、恭平さん！　教育上よくありませんっ」

璃々があわてて顔を背《そむ》けると、恭平が不満そうに眉根を寄せた。男の子が背後から駆け寄ってきた母親らしき人に手を引かれ、去っていく。

けれど通行人はほかにもおり、すぐまた誰かに見とがめられる可能性大だ。

恭平を急《せ》き立てて車を発進させ、迂回《うかい》してもとの大通りに戻った。キスの余韻でろくに返事ができないまま彼の話の聞き役に回り、アパートの前に到着する。

「送ってくださって、ありがとうございました」

そこはアパートの大家が所有する空《あ》き地になっており、住人なら短時間の駐車を許されている。

送ってもらう時は、毎回ここで少しの間別れを惜しんだあと帰宅するのが常だった。

璃々は頬の火照《ほて》りが鎮《しず》まらないままシートベルトを外し、身体ごと恭平のほうを向く。

彼は璃々の頬に掌《てのひら》を当てて、親指で唇をゆっくりと撫でさすった。

「ぁんっ……」

つい声が漏れてしまい、急いで口を閉じる。そこに素早くキスをされ、また腑抜《ふぬ》けになりそうになる。

「璃々……少し前から考えていたんだが、僕と一緒に暮らさないか？」

「えっ……恭平さんと一緒に……？」

突然、思ってもみない提案をされて、璃々はポカンとして恭平の顔に見入った。

「そうだ。可愛い璃々に毎日会えなかったり、せっかく会えてもすぐに離れなきゃならないのが寂しくて仕方ないんだ。それに僕の璃々が自分のいないところでほかの男にちょっかいを出されて、取られでもしたらと思うと心配でたまらない」

恭平が苦しげな表情を浮かべながら、そう訴えかけてくる。それなら自分だって同じだ。

璃々は彼に負けじと、思い悩み続けてきた心情を明かした。

「私だって恭平さんに会えなくて寂しくて仕方なかったです。それに、恭平さんが綺麗な人から取材されてると思うと、その人のほうに気持ちが移っちゃうんじゃないかとか、いろいろと心配になって――」

「璃々……」

恭平の顔に光が差し、浮かんでいた苦悩が優しい微笑みに取って代わる。

「だって、私は私でしかありません。このままずっと恭平さんの隣にいていいのかわからなかったし、自分に自信が持てないせいで、せっかくのプロポーズにもすぐに答えられなくて……。だけど、恭平さんと一緒にいたいんです。離れたくない……恭平さんを誰にも取られたくありませんっ」

「璃々っ――」

「ん、っ……ふ……」

唇が重なり、二人の熱い吐息が口の中で混じり合う。ひとしきりキスを交わしたあと、恭平が言葉を続けた。

「璃々……愛してるよ。今までちゃんと言わなかったが、僕は璃々を愛してる。たとえどんなに綺麗で素晴らしい女性が現れようと、僕が想うのは璃々だけだ。万が一にも心変わりなんかあり得ないし、浮気もしない。神に誓ってそう断言できる。璃々はどうだ?」

訊《たず》ねてくる恭平が、不安そうに表情を曇らせる。

言うまでもない事を聞かれ、璃々は困惑しつつ恭平の目をじっと見つめた。

「私も……私も恭平さんを愛してます！　この気持ちは一生変わらないし、浮気なんてとんでもない――ん、っ……」

再び唇を塞がれ、息をするのもままならなくなる。呼吸が乱れる中、キスを重ねられ、唇をそっと甘噛みされた。

「……本当か？　璃々は僕を愛してる……二人は相思相愛だと思ってもいいんだな？」

「も……もちろんですっ……」

恭平が嬉しそうに眉尻を下げ、璃々の首筋にゴリゴリと鼻先をこすりつけてきた。

まるでとびきり高貴な獅子に甘えられている気分になり、璃々は頬を緩めながら彼にされるままになる。

「だいたい、私のような平々凡々な女に興味を持つのは恭平さん以外いませんから――」

「そんな事はない。璃々、いいか。よく聞くんだ。璃々は自分の魅力に気づいてないし、いろいろ無頓着すぎる。璃々は可愛いし綺麗だ。これからもっとそうなると思うが、頼むからあまり人目を惹かないでくれ……」

耳元で囁《ささや》かれ、璃々は蜂蜜をかけた砂糖菓子のように彼の手の中で蕩《とろ》けた。

「僕と璃々は知り合ってからまだ二カ月も経っていないし、璃々がいろいろと不安に思うのは当たり前だ。だから、ゆっくりでいい。僕は璃々の気持ちが固まるまで待ってるから。もちろん、その間に気持ちがほかに動くような事はないから安心していい」

じっと目を覗き込まれ、璃々は彼を見つめ返しながら、こっくりと頷いた。

「仕事をする上で、男女問わず、今後もたくさんの人と会うと思う。もしまた不安になったら、そう言ってくれ。その都度、ちゃんと大丈夫だってわからせてあげるよ」

左のこめかみに恭平のキスが降り、額《ひたい》と鼻筋を通って唇に下りる。彼の瞳に小さな欲望の炎が宿るのがわかった。

いったい、どうやってわからせてくれるのだろう？　璃々はそんな自分を恥じて耳朶《じだ》を熱くする。

つい淫《みだ》らな事を考えてしまいそうになり、璃々はそんな自分を恥じて耳朶《じだ》を熱くする。


「璃々と離れたくない……。今だってそうだ。このまま夜を一緒に過ごせたらどんなにいいか……。璃々と出会うまでは一人寝が寂しいと思った事なんかないのに、この頃は毎晩そう思う。璃々が恋しすぎて、夜もなかなか眠れない時があるくらいだ」

「えっ？　そ、それはダメですよ。ただでさえ忙しくて疲れているのに、きちんと眠らないと身体が持ちません」

「だったら、一緒に住んでくれるか？」

間髪《かんはつ》容《い》れずにそう言われ、その勢いにたじろぐ。けれど、それだけ強く願ってくれているのだとわかり、璃々は小さく頷いて「はい」と言った。

「本当か？　本当に僕と一緒に住んでくれるんだね？」

「はい、本当です」

嬉しそうにそう言われて、胸が温かくなる。

「そうか……ありがとう、璃々。……言葉にならないくらい嬉しいよ」

恭平が璃々の背中をシートからすくい上げ、身体をギュッと抱きしめてきた。彼の温もりに包まれて、璃々の心に深い安心感が生まれる。

「私こそ、ありがとうございます。……でも、本当に私でいいんですか？」

「もちろんだ。いいに決まってるし、璃々でなければダメなんだ」

母親を亡くし、父親に拒絶された自分が、これほど強く誰かに求められるなんて考えた事もなかった。

恭平の一言一句が璃々の胸に深く刻み込まれていく。

「それと、璃々さえよければ二人の関係を公《おおやけ》にしたいと思ってる。一時的に周囲が騒がしくなるだろうし、璃々に精神的な負担をかける事になるかもしれない。だが、そのほうがお互いに安心できると思うんだ」

恭平が璃々と額を触れ合わせながらそう言った。

「そうですね。でも、恭平さんの言うとおり、きっと大騒ぎになりますよ」

「そうだろうな。しかし、いずれは言わなければならないし、隠すよりは早い段階で公表したほうがいいと思う。もちろん、璃々が困った立場にならないよう僕が盾になって全力で守るつもりだ」

社長自ら公《おおやけ》にするのだから、面と向かって異を唱える人はいないだろう。もしいたとしても、恭平がいてくれるという事実だけで心を強く持てる。

「だが、璃々も相応の心づもりをしておいてほしい」

「わかりました」

璃々が承諾すると、恭平は心底嬉しそうに微笑んでもう一度唇を重ねてきた。

「さっそく物件探しに取り掛かるよ。実は、もう不動産会社にいる友達に問い合わせてあるんだ」

「さすが恭平さん、仕事が早いです」

「当たり前だ。僕を誰だと思ってるんだ？」

恭平がわざと眉間に縦皺《たてじわ》を寄せて、難しい表情を浮かべた。その顔が男前すぎて、璃々は返事をするのを忘れて恭平に見惚れてしまう。

「璃々……愛してるよ」

愛を囁《ささや》いてくれる恭平の気持ちが、彼の全身から伝わってくる。

恭平に対する想いが溢《あふ》れ、璃々は彼の背中にそっと手を回した。

「私も愛してます」

璃々が心からの想いを口にすると同時に、二人の唇が重なる。

璃々は彼からの愛情を胸いっぱいに感じながら、目を閉じて恭平と深いキスを交わすのだった。

恭平との仲を公《おおやけ》にすると決めた翌日、璃々はいつもより早く出勤して桂マネージャーのデスクを訪れた。

本当はすぐにでも二人の婚約を発表する予定だった恭平に、せめて日頃親しくしている人にだけは先に知らせたいと言って日延べしてもらったのだ。

璃々は桂に恭平と付き合っていると明かし、黙っていた事を謝罪した。

「報告が遅れてすみませんでした。せめて事前にお知らせしておこうと思って、お時間をいただきました」

璃々が頭を下げると、桂は驚きつつも微笑んで「おめでとう」と言ってくれた。

「いい縁を結べて本当によかった……。心からそう思うよ」

そう言う彼の目にはうっすらと涙が浮かんでいる。

「ありがとうございます」

もはや璃々の中では親しい親戚のおじさんのような立ち位置の彼に涙ぐまれ、うっかり泣きそうになる。

ランチタイムには詩織と河北を呼び出し、事情を説明した。

「嘘っ！　それ、マジで言ってる？」

詩織が目を剥《む》いて驚き、大口を開けたまま固まる。

「まさか、ドッキリ企画か何か？　本当の本当に三上社長と婚約したの？」

河北に念を押され、璃々は繰り返し頷いて頬を赤らめた。

璃々の言葉が本当だとわかると、二人は一瞬顔を見合わせて「わっ」と歓声を上げた。

「ちょっと待って！　もしかしてこの間話してた、出会って三日でプロポーズしてくれた彼って、三上社長の事だったの？」

詩織が興奮気味にそう訊《たず》ねてくる。

「う、うん。まあ……」

「ええっ!? プロポーズって何っ？ どんな話を聞いたの？」

河北が〝プロポーズ〟という言葉に食いつき、璃々が止める間もなく詩織が説明を始めた。

「出会ったその日にキス！ 翌々日にプロポーズ！ からの婚約！ すごい！ 本当にすごい！ とにかくおめでとう〜！」

「ほんと、おめでたいよ、璃々。まさにシンデレラストーリーだね！」

二人とも大いに驚き、自分の事のように喜んでくれた。

最後にどうしても言っておかなければならなかったのは、派遣元の「クリーニングワーク」の栗山《くりやま》社長だ。

彼女とは璃々が高校に通いながら「クリーニングワーク」のアルバイトを始めた時からの縁で、普段から何かと璃々の事を気にかけてくれている。

桂同様、璃々が親戚のおばさんのように思っている彼女は、話を聞くなり椅子からずり落ちて床にへたり込んだ。

「璃々ちゃん、ほんとに？」

「はい、本当です」

「なんて素敵なの……本当によかったわねぇ……！　おめでとう、璃々ちゃん！」

栗山がそう言った時、すでに二人とも涙ぐんでいた。

「婚約したなら、もうじき結婚するのよね？　そうなったら、やっぱり仕事は辞める事になるのかしら？」

喜びつつも寂し気な顔をする栗山を見て、璃々はすぐに首を横に振った。

「まだ婚約の段階だし、すぐに結婚というわけじゃないんです。それに『ホライゾン東京』で働くのは私の夢だったから、できればこのまま働かせてもらいたいと思ってます」

「そうなの？　なんにせよ、よかったわぁ。本当によかった……璃々ちゃんのこれまでの苦労を思うと、もう――」

彼女は取引先の社長として恭平の人柄や経営手腕などについて十分把握しており、信頼も寄せている。栗山が零れそうになった涙を指で拭い、璃々は急いで二人分のティッシュペーパーを箱から取り出した。

そして、フライング気味の涙を栗山と分かち合いながら、改めて恭平と巡《めぐ》り会えた喜びをしみじみと噛みしめるのだった。

次の日、恭平が電子配信する社長通達を通して二人の婚約を発表した。

社内通達は璃々のような長期契約社員を含めた全社員に向けて配信されており、ＩＤとパスワードがあれば誰でも閲覧する事ができる。

直接ホテル経営と関係ない話であるばかりか、社長と一派遣客室清掃係との婚約だ――

配信時刻の午後一時、それを目にした者が大勢いた社員食堂ではどよめきが起こり、みるみるうちに通達の未読者達にも口伝《くちづて》で広まっていった。

「世紀の大スクープ並みに、みんな驚きまくってるわよ～」

その様子を教えてくれたのは河北だ。ちょうどその時間帯、璃々は詩織とスイートルームの清掃作業にあたっていた。

当然ながら顔を合わせたスタッフ達は揃って驚きの視線を投げかけてきたし、個々の反応はさまざまだ。

すれ違いざまに祝福の言葉をくれる人や、笑顔で拍手を送ってくれる人。一方で、璃々を見てあからさまに納得がいかない顔を向けてくる人も少なからずいた。

そのほとんどが璃々と日頃接点のないスタッフだ。

突然の配信でその意外性に度肝を抜かれたスタッフや社員達の驚きぶりは、想像がつく。騒然としたあと、二人の出会いや婚約に至ったいきさつに関する憶測が飛び交いだす。

派遣先の社長を射止めた客室清掃係として璃々に注目が集まるのは想定内だったし、

恭平からは数日間仕事を休んではどうかと提案された。

確かに自分史上最も多くの視線を集めているし、そのせいで一時も気が休まらない。

だが、璃々はあえてシフトどおりに出勤する事で、二人の婚約に関して逃げも隠れもしない姿勢を示したいと思ったのだ。

『どうせ一時的なお遊びでしょ』

『三上社長ったら、ブス専だったっけ？』

『趣味悪すぎ』

『慈善事業の一環なんじゃないの？』

そんな声が璃々に届く経路は、知らない間に制服のポケットにメモ書きが入っていたり、ロッカー室のどこかから聞こえてくる大きなヒソヒソ話だったりと、さまざまだ。

これらもある程度予想できていたが、公表三日目にして、メンタル面のダメージが思っていたよりも大きいのに気づかされた。

桂達、事前に知らせていた人達が庇《かば》ってくれるおかげで、かなり助けられてはいる。

けれど棘《とげ》のある言葉は少しずつ塵《ちり》となって積もり、澪《おり》となって璃々の心の中に溜まり、気分を落ち込ませた。

これほど身分差のある相手と一緒になろうとしているのだ。

璃々への風当たりが強いのは仕方ない。

そう割り切り、溜まった滓《おり》はその都度心の外に追い出す術《すべ》を少しずつ身につけていった。そうできたのも、恭平に対する強い想いと味方になってくれる人達のおかげだ。

そんなある日の事——

「璃々、今度の休みにドライブデートに出かけよう」

婚約発表をして以来、毎日のように顔を合わせている恭平が、そう言って璃々をアパートから連れ出してくれた。前日に、以前ホテルのショッピングエリアで買ってもらった洋服を渡されていたので、それに合わせてメイクと髪の毛を整える。

「璃々、そのワンピース、すごく似合ってるよ」

顔を合わせるなり賞賛の言葉を浴びせられ、璃々は照れながらくるりと一回転してみせた。空色のワンピースの裾《すそ》と、ハーフアップにした髪の毛が軽やかに舞う。

「ありがとうございます。恭平さんが褒《ほ》めてくれるから、最近おしゃれするのが楽しくなってきました」

「いい事だ」

車に乗り込み、運転席の恭平を見つめる。今日の彼は、落ち着いたダークグレーのジャケットに白いシャツを合わせている。ピクニックという感じでもないが、後部座席には中型のボックスが置かれ、何か準備したものが入っている様子だ。

途中、テイクアウトしたファストフードでブランチを済ませ、目的地に向かって車を走らせる。

しかし出かけたはいいが、璃々はまだどこに向かっているのか知らされていない。

「ドライブって、いったいどこに向かってるんですか？」

璃々が訊《たず》ねても恭平は優しく微笑むばかりで、行き先をはぐらかしてくる。

「少し眠ったらどうだ？　デートが嬉しくて、夕べ遅くまで眠れなかったって顔してるぞ」

そう言って、恭平が助手席のシートを倒してくれた。

「着いたら起こすから遠慮なくおやすみ。涎《よだれ》が垂れてたら、ちゃんと拭いてあげるよ」

茶目っ気のある表情で微笑む恭平に、璃々は声を出して笑った。

「涎《よだれ》なんか垂らしませんっ。じゃあ、お言葉に甘えて、ちょっと休ませてもらいますね」

恭平の気遣いが嬉しくて、璃々は運転席を向いてシートにもたれかかった。

車は殊のほか乗り心地が良く、璃々は彼の横顔を見ているうちにいつの間にか寝入ってしまった。

「璃々、着いたぞ」

優しく声をかけられ、璃々はシートから身を起こした。時計を見ると、寝入ってから二時間近く経過している。周りに見えるのは、緑豊かな自然に囲まれた田舎《いなか》の風景だ。

「ここは――」

見覚えのあるそこは、璃々の母親と祖父母達が眠るお墓のある山の一画だ。

「前にご両親の話を聞かせてくれた時、遠くてなかなかお墓参りに行けないって言ってただろう？　璃々との将来を本気で考えている者として、ぜったいにここに来て、亡くなったお母様に挨拶《あいさつ》をしなきゃいけないと思っていたんだ」

「恭平さん……」

確かに、話のついでに言った覚えはある。それを心に留めておいてくれた恭平の気遣いが嬉しくて、璃々は目の奥が熱くなるのを感じた。

「覚えていてくれたんですね……ありがとうございます」

近くに電車もバスも通っていないここは、車がなければ来られない不便な場所だ。少し先にある集落にこの墓地を管理する寺があり、かつて母が生まれ育った家も、その近所にあったと聞かされていた。

車を降りる際、恭平が後部座席のボックスから紙袋をふたつ取り出した。その一方には墓参りに必要なものが入っている。

「じゃあ、行こうか」

「はい」

璃々は恭平と並んで、ゆっくりと歩き出した。少し傾斜がある土地を切り拓《ひら》いて作られた墓地の周りにはナツツバキが白い花をたくさん咲かせている。

「この辺りは都心と違って空気が澄んでますね。久しぶりに来たけど、前に来た時とぜんぜん変わってないです」

恭平とともに、母と祖父母が眠る墓に向かって細い階段を上っていく。璃々が深呼吸をすると、恭平もそれを真似て大きく胸を開いた。山の上だからか、空気が少しひんやりする。

「僕達の仲を公表してから、いろいろと気苦労が多かっただろう？　僕が盾になって璃々を守ると言ったのに、結局は辛い思いをさせてしまって、すまない」

恭平が表情を曇らせたのを見て、璃々は笑顔で首を横に振った。

「私なら平気です。ぜんぶ覚悟の上で出勤したんですから。それに恭平さんが婚約したと聞いて、皆さんもっと綺麗な才女を想像したはずです。たとえば、噂になった田丸果歩さんとかホテルのプロモーション動画で共演した元アナウンサーとか――なのに、相手がただの派遣清掃係と知ったら、そりゃあ、文句のひとつも言いたくなりますよ」

璃々がクスクス笑うと、恭平は納得いかないといった表情を浮かべた。

「文句を言った者達は、皆璃々の魅力に気づいていないだけだ。僕のホテル内デートの相手が、璃々だとわかってもいないんじゃないか？　きっとそうだ」

恭平は憤然としながら、どうやってそれを皆に知らしめるか思案し始めた。

そんな彼を見て、璃々は心が軽くなっていくのを感じる。

「それについては、ちょっと前に同僚から聞かれたので真相を話しました。だから、そのうち広まると思います」

「そうか。璃々が外見も中身も申し分ない女性だとわかれば、誰も文句は言わなくなるはずだ。ほら、璃々はこんなに可愛くて、僕にとって最高に素晴らしい唯一無二の女性だから」

「恭平さん、褒《ほ》めすぎですっ」

墓地の水場でバケツに水を汲《く》み、さらに進む。寺の敷地内はどこも綺麗に掃除されており、管理が行き届いているのがわかる。

墓の前まで来ると、恭平が用意してくれていた花と線香を手向《たむ》けた。

璃々が先に墓前で手を合わせ、恭平がそれに続く。

彼は璃々と入れ替わりに墓の正面で腰を落とし、静かに手を合わせた。

「はじめまして。三上恭平と申します――」

彼は実際に母や祖父母がそこにいるかのように語りかけると、やや緊張した面持《おもも》ちで咳払いをした。

「――僕は璃々さんと一生をともにしたいと心から願っています。璃々さんを愛しています……僕が生涯をかけて守り、必ず幸せにすると約束しますから、どうか安心して見守っていてください」

恭平は誓うように目を閉じたあと、背後に立つ璃々を振り返った。

こちらに差し延べられた手が、なぜか途中で歪《ゆが》んで見えなくなる。

気がつけば、璃々は立ち上がった恭平の胸に抱かれて大粒の涙を流していた。

「璃々には僕がいる。この先は僕がずっとそばにいるから――」

優しく穏やかな彼の声が、璃々の心にスーッと浸透していくみたいだった。父親に捨て置かれて以来ずっと強張《こわば》っていた心が解け、すっきりと澄んだ空気で胸がいっぱいになる。

「璃々……愛してるよ……心から璃々を愛してる……」

「恭平さん……私も恭平さんを心から愛してます」

璃々は彼の背中に腕を回し、胸に頬をすり寄せた。

振り返ってみれば、母と祖父母の墓前で、これほど素直でたくさんの涙を流した事はなかったような気がする。

身体をしっかりと抱き寄せられ、璃々は心の底から安心と安らぎを感じた。

「私、恭平さんに会えるのをずっと待っていたような気がします。……ずっと待ってて、ようやくこうして会えたって……」

「うん」

身体の振動を通じて、恭平が頷いているのがわかる。彼とこうしているだけで、璃々の心は解放され、本来の光を取り戻していく。

「母が亡くなって一人ぼっちになってから、心の奥でずっと寂しさを感じていました。いろいろと夢を見ながら、同時に自分にはもう幸せなんかこないんだって思い込んでいた気がします」

恭平と出会って、自分の心がいつの間にか石のように硬くなっていたのにはじめて気づかされた。

彼の掌《てのひら》が璃々の背中をトントンと叩く。その優しいリズムを感じながら、璃々はさらに心が緩やかに解放されていくような気分になる。

「これから璃々は、いつだって僕と一緒だ。家族になるんだし、寂しい思いなんかぜったいにさせない。それに、ここにだってもっと気楽に来たらいい。いつでもお供するよ」

恭平に言われ、璃々は晴れやかな笑顔で「はい」と言った。

「よし。今後はお母様の分まで僕が璃々を甘やかしてあげるよ。結婚して夫婦になって、今よりもっと幸せになるんだ。子供を授かったら、家族も増えるぞ」

「こ、子供……」

「そうだ。璃々との子供なら、何人でも欲しいな。もちろん璃々の気持ちと身体が最優先だし、夫婦だけの生活でも大歓迎だ」

恭平が明るく笑い、璃々はもじもじしながら赤面した。

「わ、私だって恭平さんとの子供なら、何人でも欲しいです」

「それなら、すぐにでも――いや、やはりきちんと結婚してからのほうがいいな」

真面目な顔で思案する恭平を見て、璃々は幸せで心が満たされるのを感じた。もう一度お墓に向き直り、心の中で亡き母に語りかける。

（お母さん、私すごく幸せだよ。いつも見守ってくれていてありがとう。これから恭平さんともっともっと幸せになるから、安心してね）

二人してもう一度お墓に手を合わせ、来た時と同じ道を引き返していく。

車に戻り、璃々は改めて恭平に礼を言った。

「今日はここに連れて来てくれてありがとうございます。母に幸せだって報告ができて、本当によかったです」

「礼を言うなんて水臭いぞ。璃々はもっと僕に甘えてくれていいんだ。そのほうが僕も嬉しい」

顔を近づけられ、唇にたっぷりとキスをもらった。早々に甘やかされ、身も心も恭平の愛で満たされたようになる。

「さて、そろそろ出発しようか」

「はい」

キスが終わり、それぞれにシートベルトを締めて出発の準備をする。

都内に戻る途中で夕食を済ませ、このままアパートに送ってくれると思いきや、恭平は璃々を連れてホテルに帰ると言う。

「えっ？　こ、このままですか？」

彼の隣にいると決めたとはいえ、さすがにまだ二人揃ってホテル内を歩くには勇気がいる。恭平からプレゼントされたワンピースを着ているけれど、自己流のヘアメイクでは少々心許《こころもと》ない。

璃々が躊躇《ちゅうちょ》するのを見て、恭平がいたずらっぽくウインクしてくる。

「璃々は今のままでも十分すぎるほど可愛いし魅力的だ。だが、ドライブで多少髪の毛も崩れただろうし、これからマキのところに寄って少しだけ直してもらおうか」

「マキさんのところへ？」

マキの店がある都内の繁華街まで、比較的スムーズに辿《たど》り着いた。大通りに面した白亜のビルの前に到着し、ガラス張りのドアを開けて中に入る。すると、マキが満面の笑みを浮かべて出迎えてくれた。

「お久しぶり！　待ってたわよ～。今日が婚約発表して初のお披露目《ひろめ》になるんでしょ？　この間よりもナチュラル寄りの全方面好感度マシマシ美人にしてあげるわ」

「全……美……マシマシ？」

マキに促《うなが》され、璃々はさっそく店の奥に連れていかれた。鏡の前で髪の毛を下ろされ、ふんわりとしたカールにされる。そのあとネイルとメイクをしてもらい、用意されたミモレ丈のワンピースに着替えた。

薄いグレーでウエスト部分がリボンのモチーフになっているそれは、上品な女性らしさを感じさせるデザインだ。

以前は璃々とわからないほどのバッチリ美人メイクだったが、今回はまるで違う。

璃々である事はわかるけれど、ノーメイクの時の幼さが消えて、エレガントで上品な大人の顔になっている。

「すごい……マキさん！」

「うふふっ、すごいのは私の腕だけじゃないわよ。璃々ちゃん、前に会った時に比べると格段に垢抜《あか》けてるもの。きっと自分なりに綺麗になろうと努力したんじゃない？　わかるわ～その乙女心！」

マキが璃々の手を取って大きく頷く。

「璃々ちゃん、その気持ちが大事なの。自分をもっと高めようという気持ちが璃々ちゃんを綺麗にしてくれるのよ。それに、メイクは自分を変えてくれるだけじゃなく、勇気や自信を与えてくれるものなの。そうじゃない？　前に私が言った事、まだ覚えてるかしら？」

「『背筋をシャンと伸ばして堂々と振る舞いなさい』――私、事あるごとにマキさんに言われた言葉を思い出してるんですよ」

璃々は鏡に映る自分を見て、胸を張った。

「これから、もっとヘアメイクを勉強するつもりです。今の私はまだまだ恭平さんにふさわしくないと思われても仕方ない……だけど、このままではいられません。いつかきっと恭平さんの横にいても恥ずかしくないくらいの自信を持てるように、一生懸命頑張ろうと思います!」

「そうそう、その調子! もうだいぶこなれてきてるし、私も応援するからきっと大丈夫よ」

準備が整い、マキが璃々の手を取って恭平のもとに連れていく。

「どうでしょうか?」

璃々が遠慮がちに訊《たず》ねると、恭平が感じ入ったように目を細めて両手を広げた。そして、璃々に近寄るなり胸に抱き寄せて頬にキスをしてくる。

「ちょっ……きょ、恭平さんっ」

「素敵だよ、璃々。すごく可愛い」

微笑みながら見つめられ、顔中が熱く火照《ほて》った。彼の視線が璃々の目から唇に移る。

あやうく唇にキスをされそうになり、璃々は彼の腕の中で背中をグッと仰《の》け反《ぞ》らせた。

「あ、ありがとうございます。こっ……これもマキさんのおかげですね!」

璃々はその体勢のままマキを見た。彼女はにこやかに頷いたあと、恭平を見て怖い顔をする。

「どういたしまして～。ちょっと恭平、一応落ちにくいルージュにしといてあげたけど、もうちょっとくらい我慢しなさいよ」

「ははっ、そうだな。悪かったよ」

恭平が素直に謝り、機嫌よさそうに笑い声を上げた。屈託《くったく》のないその笑顔には、いつもとはまた別の魅力がある。

「じゃ、頑張ってね～！」

マキに見送られ、璃々は恭平とともに「ホライゾン東京」に向かった。

ホテルが近づいてくるにつれ、表情が強張《こわば》り緊張が高まっていくのがわかる。

前回のデートは「ホライゾンスイート」からの出発だったが、今回はそうではない。

ゲストとしてここを訪れるのには変わりないが、恭平が車を停めたのはホテルのエントランス前だ。

「ようこそ『ホライゾン東京』へ」

駐車係の男性が、笑顔で恭平から車のキーを預かる。

恭平の腕に添えられた璃々の手を、彼の掌《てのひら》がそっと包み込んだ。

「よし、行くぞ」

恭平にエスコートされ、璃々は柔らかなクリーム色に輝くホテルのエントランスに向かって一歩踏み出す。

「『ホライゾン東京』へようこそ。そして、お帰りなさいませ」

ベテランのドアマンに笑顔で迎え入れられる。

長年この場を守り続けている彼に会釈《えしゃく》されて、思わず笑顔が零れた。

「その調子だ」

恭平に導かれ、そのまままっすぐにエレベーターホールに向かう。

途中、フロントの前を通りかかった時、カウンターの中にいるスタッフがにこやかに微笑みかけてくれた。

よく見ると、その横のコンシェルジュデスクにいる女性スタッフが、璃々に向かって小さく手を振ってくれている。

「恭平さん……みんな、私だってわかってるのに笑顔です」

「当たり前だ。ここをどこだと思ってる？　天下の『ホライゾン東京』だぞ」

恭平が自信たっぷりにそう言って笑った。

そうだ――

たとえ相手が誰であっても、ゲストである以上、スタッフは最高級のおもてなしの心をもって迎え入れてくれる。

エレベーターで上階に向かいながら、恭平が璃々を見て訊《たず》ねた。

「昨日の夕方、もう一通追加で通達を出したんだ。もう目を通してくれたかな？」

「いいえ、まだです」

「そうか。見てくれたらわかるが、おそらく今後はもう、僕達の婚約に対するネガティブな意見を聞く事はないと思う。少なくとも、表立ったものはなくなるはずだ」

「え……？　ちょっと失礼して今見てもいいですか？」

恭平に断ってから、璃々は急いでスマートフォンを操作して通達を確認する。

「社員の皆様へ」と題されたそれは、ほんの数行のみの簡潔なものだ。

そこに書かれているのは、第一に今回の婚約発表に伴い多少なりとも全社員を驚かせてしまった事への謝罪、第二にこれから本格的に始まる夏の繁忙期に向けた社員の心づもりについて、だ。

曰《いわ》く――

いつ何時も「ホライゾン東京」の社員としてゲストを思いやり、気遣う気持ちを忘れないでいてほしい。そして、そのために常日頃から誰に対してもそうである事を願っている、と。

「……恭平さん……」

直接的な表現ではないし、共感できない者もいるだろう。

だが、それは恭平が社長として全社員に向けて送ったメッセージであると同時に、彼自身が璃々を守るために張った強力な予防線でもあった。

「さあ、着いた」

エレベーターが到着したのは、エグゼクティブフロアではなく六階のショッピングエリアだ。

しかし、もう営業時間は過ぎているし、スタッフもすでに片付けを終えて帰っているだろう。

実際、通り過ぎたフラワーショップとインテリア雑貨店のドアには閉店を示すプレートがかかっている。

けれど恭平は気にする様子もなく、璃々を連れて廊下をまっすぐに歩いていく。

「恭平さん、もうお店閉まっちゃってますよ」

「一店舗だけ、特別に開けてもらってるんだ。ほら――」

廊下の緩いカーブを曲がり切った先には、フランスに本店があるジュエリーショップが入っている。店内にはまだ灯りがついており、中にスタッフの姿が見えた。

「今夜は特別に、延長して店を開けてもらっているんだ。もちろん貸し切りだから、客は僕と璃々の二人だけだよ」

時間外であるのを気にする璃々に、恭平は心配無用と言ってにっこりする。

白大理石の床の上にはゴールドで縁取られた横長のショーケースが並んでおり、エリアごとにモノトーンの制服に身を包んだショップスタッフが控えていた。

恭平に手を取られ、店内に一歩足を踏み入れる。

「いらっしゃいませ」の声とともに店内に迎えられ、微笑みと温かなまなざしで歓待された。

「さあ、好きな指輪を選んでくれ。婚約指輪は女性にとって特別なものだ。気が済むまで吟味して、一番のお気に入りを選んでくれたらいい」

「こ、こんやくゆびわ……」

「そうだ。一応言っておくが、金額については気にしないように。いいね？」

「は、はいっ」

璃々は彼とともにショーケースに並ぶ指輪を眺め、目に留まったリングをお試しでつけさせてもらう。

恭平といると、これまで縁のなかった高級店やハイブランドのショップに行く機会が増えたが、中でもここは扱っている商品の価格が桁外れだ。

まさか自分がこんな最高級店で婚約指輪を選ぶ事になるなんて、夢にも思わなかった。

隣に恭平がいるとはいえ、やはりものすごく緊張する。けれど、スタッフ達は常に程よい距離感を持って接してくれており、思っていた以上にゆっくりと指輪選びを楽しむ事ができた。

「素敵……」

ふと目に留まったのは、ホワイトゴールドでリボンがモチーフになったダイヤモンドリングだ。

中央に大きな石が据えられ、一回り小さな石達が二列になってリボン部分を形どっている。

「いいね。上品だし可愛さもあって、璃々にぴったりだ」

恭平に促《うなが》されて指にはめてみると、まるで薬指にリボンを巻いたようになった。

「わぁ……」

思わず声が出て、笑顔で恭平の顔を振り返った。

「これにするか？」

「はい」

「よし。じゃあ、次は結婚指輪だな」

恭平がスタッフに合図をすると、ショーケースの上にペアリングがずらりと並んだ。

二人で話し合い、シンプルでありながら存在感のある品を選び出し、それに決めた。

たいていの女性なら一度は憧れるハイブランドのジュエリーショップで、破格の買い物をした——

璃々は遅ればせながらソワソワした気分になり、恭平にそっと囁《ささや》きかける。

「恭平さん、私、夢を見てるんじゃないでしょうか？」

小声のつもりだったが、店内が静かなので周りのスタッフ達にも聞こえてしまったようだ。

「夢のような時間を提供してもらっているのは間違いないが、夢じゃなく現実だ」

恭平の言葉に、その場にいる全員が晴れやかな微笑みを浮かべた。

「はい……そうですね。夢じゃなくて、現実なんですね」

スタッフ全員に見送られて店をあとにし、恭平とともにエグゼクティブフロア専用のエレベーターで二十三階を目指す。途中、数人のホテルスタッフと顔を合わせ、璃々はぎこちないながらもにこやかに微笑んで彼らと挨拶《あいさつ》を交わした。

エグゼクティブフロアを担当するようになって以来、何度となく業務用エレベーターで上階に向かった。

けれど、今日乗っているのはゲスト用のエレベーターだ。

言うまでもなく無機質で実用的な業務用とはまるで違う。文字盤は落ち着いたゴールドカラーで、床は深みのあるブラウンのカーペットが敷かれている。

恭平に連れられてホテル内をデートした時、何度か乗り降りした。けれど、あの時は落ち着いて周りを見る余裕などなかったように思う。

エレベーターが上昇する時の浮揚感を味わいながら、璃々は繋いだ恭平の手を握りしめた。

「ホライゾンスイート」のある階に着き、フロアに出る。まだ足元がフワフワしているような気がして、つま先を見ながら少しゆっくり歩いた。

「おかえりなさいませ」

聞き覚えのある声に顔を上げると、コンシェルジュデスクの前に桂マネージャーが立っているのが見えた。

「ただいま」

恭平が桂に挨拶《あいさつ》を返し、璃々はその横でぺこりと会釈《えしゃく》をする。桂が一歩前に出て、手に持っていた大きな花束を恭平の前に差し出した。薔薇《ばら》やガーベラを取り入れた明るいビタミンカラーの花束は、見ているだけで気持ちが明るくなる。

「三上社長、ご依頼を受けた花束です。僭越《せんえつ》ながら私が花をチョイスして作らせていただきました」

「ありがとう、桂マネージャー。あなたのチョイスなら間違いないですね」

花束を受け取りながら、恭平がにっこりと微笑みを浮かべて頷いた。

「璃々、この花束は、僕と桂マネージャーの心がこもった璃々への贈り物だ」

恭平から花束を手渡され、璃々は零れんばかりの笑顔になった。

「ありがとうございます！　お二人の温かい心がしっかり伝わってきます」

璃々は二人にお礼を言って花束に鼻先を埋《うず》めた。

桂と再度視線を交わしたあと、璃々は恭平の腕を借りて廊下を歩き出した。いつの間にか足元のおぼつかなさはなくなり、背筋もシャンと伸びている。

「ホライゾンスイート」のドアを開けると、リビングから灯りが漏れているのが見えた。柔らかな飴《あめ》色の光に誘われて奥へ進み、花束を花瓶に差したあと、恭平とともにテラスに出る。

外は微風が吹いており、夜涼みをするにはちょうどいい気候だ。

「今日は天気もいいし空気も澄んでるから、一段と見晴らしがいいな」

恭平に手を引かれ、手すりまで進んだ。周りに遮《さえぎ》るものが何もないここから見る夜景は、一言では言い表せない圧巻の美しさだ。

璃々は手すりにもたれ、感嘆のため息をつきながら煌《きら》びやかな光と静寂が混在する景観に見入る。

「さすが『ホライゾン東京』ですね。ここからの景色を見るだけで、ものすごくパワーをもらってる気がします」

「ほかのホテルでは味わえない、唯一無二の景色だからな」

恭平に手を引かれ、テラスの中央に移動した。そこに置かれた丸テーブルには赤い薔薇を活けた花瓶があり、その前にシャンパン入りのクーラーと縦長のグラスが二つ置かれている。

恭平がグラスにシャンパンを注《つ》ぎ、璃々に手渡してくれた。互いに向かって軽くグラスを掲《かか》げたあと、一口飲む。

「ああ……美味《おい》しいです。なんだか今の気持ちを表してくれているみたいに幸せな味……」

璃々が微笑むと、恭平が嬉しそうに目を細めた。

「璃々が喜んでくれているのを見ると、すごく嬉しいよ。璃々を喜ばせるのが僕の趣味だと言ってもいいくらいだ。これからもたくさん喜ばせてあげるから、覚悟しておくように」

恭平に言われ、璃々は何度も頷きながら晴れやかな笑顔を見せた。

「それと、これもこの世でただひとつしかない、璃々のために特注した品だ」

恭平がクーラーの背後にあった花瓶を横に移動させる。すると、そこには璃々が落として割ってしまったのと同じガラスの靴が置いてあった。

「このガラスの靴……！」

透明なシューズスタンドに載せられたそれは、ガーデンライトの光を受けてキラキラ輝いている。

璃々は靴のそばに駆け寄り、テーブルの前で膝を折った。

「これ……あの時の靴と同じものですよね？　でも、これは右足の靴……私が割ったのは確か左足でしたよね？」

「そうだったな」

恭平に手を貸され、璃々はガラスの靴に見惚れながら、ゆっくりと立ち上がった。

「あの時の靴は、出来上がっていた左足用を先に空輸してもらったものだったんだ」

「空輸……って事は、海外で作ったものなんですか？」

「作り手は日本人だが、今はフランスに住んでいてね」

作り手の男性は、もとは日本でステンドグラスなどを扱うガラス工房を開いており、恭平とは旧知の仲であるらしい。

「ようやく右足ができたと先日連絡が来て、昨日届いたんだ。今日に間に合ってよかった」

「え……間に合ったって？」

テーブルの横にはラタン調のガーデンソファが置かれており、恭平が璃々をそこに導いていく。

「璃々のお母様に結婚の挨拶《あいさつ》を済ませたら、改めて言おうと思ってたんだ」

璃々がソファに腰かけると、恭平が璃々の足元に片膝を立てて跪《ひざまず》いた。そして、右足の靴を脱がせて自分の立てた膝の上に載せる。

恭平がテーブルの上からガラスの靴を取り、璃々の右足に履かせてくれた。

それはひんやりとして心地よく、まるであつらえたように璃々の足にフィットしている。

「ガラスの靴、私の足にぴったりです」

「当たり前だ。右足の靴を作り始める前に、先方に璃々の足のサイズに合わせて作ってくれるよう頼んだんだ」

「私の足のサイズに？　いつの間に――」

「璃々のサイズは、とっくにチェック済みだし、甲の高さとかは、つま先にキスをしてる時にじっくり観察させてもらってたからね」

恭平がニッと笑い、軽く片目を瞑《つぶ》った。

「璃々、君は僕の光であり喜びの源《みなもと》だ。璃々を愛してる……僕と一緒にこれから先の人生を歩んでくれないか？」

一変して真剣な表情を浮かべ、恭平が璃々の目をじっと見つめてくる。

嬉しすぎる言葉とともに真摯《しんし》な視線を注《そそ》がれ、璃々の胸は感動に打ち震えた。

「はい。もちろんです……！」

恭平を見つめ返す璃々の目から喜びの涙が零れ落ちた。

出会ってから今日までの間に、いったい何度彼に心震わせられただろうか。

「ありがとう、璃々。君には何度でもプロポーズしたい。それくらい愛してるんだ」

恭平は璃々の足をそっと床に下ろすと、おもむろに立ち上がって璃々を椅子から立ち上がらせてくれた。彼の手が璃々の頬の涙をそっと拭い、その優しい感触に今度は微笑みが零れる。

「恭平さん、ありがとうございます。私も、恭平さんを愛してます……。何度プロポーズされても、『はい』って即答します――」

唇が合わさり、にっこりと微笑み合ってから、またキスをする。

ちょうどキスと同じタイミングで、テラスの左側の夜空に色鮮やかな花火が上がるのが見えた。

「えっ!? 花火？」

ギュッと強く抱きしめられ、彼の胸に頬を当てたまま連続して打ち上げられる花火を見る。

「まさかこれ、恭平さんが頼んだんですか？」

「さあ、どうだったかな？」

「きゃあっ！」

突然膝裏をすくわれ、お姫様抱っこをされた。

有無《うむ》を言わさずベッドルームに連れていかれ、二人してベッドの上に倒れ込む。

璃々の脚を挟むようにして膝立ちになった恭平が、次々に着ているものを脱ぎ捨てていった。

「きょ、恭平さんっ……シャ、シャンパン……まだ飲んでませんよ」

「そんなのはあとだ。今感じている渇きは、璃々じゃないと潤《うるお》せないからね」

あらわになった逞《たくま》しい上半身を目の当《ま》たりにして、璃々は思わずごくりと唾を呑んだ。続いて雄々しい下半身を見せつけられ、知らず知らず舌なめずりしてしまっていた。あわてて口を一文字に閉じるが、もう遅い。

璃々を見た恭平が、ニンマリと笑みを浮かべた。

「璃々、もう待ちきれないって感じかな？」

「そっ……ま、待ちきれないなんて、そんなはしたない――」

「そうか。璃々は、そんなにはしたない子だったんだな」

恭平がベッドに両手をつき、璃々をじっと見据えてきた。まだ服を着ているのに、丸裸にされたように息が弾《はず》む。

彼は手を交互に前に出して、四つ足の獣のようなしなやかさでじりじりと距離を縮めてくる。

「違っ……ん、ふ……ぁ……」

キスをされ、すぐに舌先で唇をこじ開けられた。こうなったらもう、恭平のなすがままだ。

璃々は着ているものを脱がされ、裸になった身体に恭平の体温を感じた。

恭平の指が、璃々の花房を割って左右に押し広げる。花芽から蜜窟の入口までを丁寧に愛撫《あいぶ》され、たちまち身体中に淫欲の火が宿った。

「あ、んっ……あ、あっ……」

とろりとした蜜が溢《あふ》れ、会陰《えいん》を伝って後孔を濡らすのがわかった。我慢できずに声を上げると、恭平が垂れた蜜を指の腹で捏《こ》ねるように弄《もてあそ》び始める。

「璃々……いつからこんなにグチュグチュになってたのかな？　正直に言ってごらん」

「い……いつからなんて……わからないっ……」

「本当に？　この濡れ具合だと、少なくとも部屋に入ってすぐかな。璃々は、部屋に入るなり淫《みだ》らな事を考えていた――そういう事でいい？」

「そんな……あ、あああああんっ！」

確かにエグゼクティブフロアの廊下を歩きながら、早く二人きりになりたいと思っていた。

もしかすると、歩きながら脚の間を濡らしていたのかも……

そう考えるなり、自分のいやらしさにまた声が漏れた。

恭平が璃々の唇の先を、そっと噛んだ。ゾクゾクするような甘い戦慄《せんりつ》が身体の中心を走り抜け、花芽がジィンと熱くなった。

「僕が欲しい？」

耳元でそう囁《ささや》かれ、すぐに息が上がった。蜜窟の入口に熱塊の先をあてがわれ、そこをマッサージするようにゆるゆると捏《こ》ね回される。

「欲しいならそう言うんだ。そうでないと、おあずけだよ」

彼の舌が璃々の唇の端をチロリと舐《な》めた。

キスをされると思ったのに、唇が離れそのまま放置される。

期待を裏切られた璃々は、焦《じ》れて頬を膨らませた。

同時になぜかいっそう息が弾《はず》み、胸の先や花芽が熱を持ったようにジンジンしてくる。

「……おあずけ……嫌っ……。きょ……恭平さんの、意地悪っ……」

言いながら唇が尖り、眉間に力が入った。

「なんだ、その可愛い顔は。璃々は焦《じ》らされるのが好きみたいだね。ほら……どんどん濡れてきてるよ」

蜜窟の縁を愛撫《あいぶ》する切っ先が、わざとらしくぴちゃぴちゃと音を立てる。今にも中に沈み込みそうなのに、熱い先端は、そこを撫でさするばかりだ。

焦《じ》れったさが募《つの》り、唇が小刻みに震えてきた。

「そういえば、璃々は前に割れたガラスの靴の弁償をしたいと言っていたな。結婚するんだし、お金での弁償はなしとして、その償《つぐな》いはベッドでしてもらう事にしようかな」

「な……なんですかそれっ……あ、あんっ！」

蜜窟の中に、ほんの数センチだけ屹立《きつりつ》が沈んだ。一瞬で身体が蕩《とろ》けたように戦慄《わなな》いた。

ず、ず、と腰を進められ、一瞬で身体が蕩けたように戦慄いた。

もっと奥まで挿れてほしい――そう願う気持ちが、璃々の目を潤《うる》ませる。

「今みたいに、焦《じ》れて拗《す》ねた顔を見せてくれたり、可愛い声を聞かせてくれたりすればいいんだ。璃々はそういうの、上手だろう？」

「ひ、ぁっ……あ、あ――」

蜜窟の上壁を突き上げられ、目の前が一瞬ぱあっと明るくなる。目蓋《まぶた》の裏にさっき見た花火のような色が飛び交い、意識が朦朧《もうろう》となった。

「今ちょっとイッたみたいだね。ふっ……可愛いな――ご褒美《ほうび》に、少しだけ突いてあげようかな」

屹立《きつりつ》が一気に璃々の中に沈み、切っ先が隘路《あいろ》を押し広げながら奥へ進んだ。中が悦《よろこ》びに震え、恭平のものをきゅうきゅうと締め付けるのがわかる。

「あああああんっ！　あ、あっ！」

「璃々っ……きつ……い……締め付けすぎだぞ」

恭平が眉をひそめ、困ったような表情を浮かべた。

そんな事を言われても、どうしようもできない。蜜窟の中は勝手に蠢《うごめ》くし、入口がひくひくするのを自分でコントロールしようもなく――

「あんっ！　あんっ！」

声はひっきりなしに出るし、性的な快感がとめどなく押し寄せてくる。

もはや頭の中は恭平の言う〝はしたない子〟そのものであり、思い浮かぶのはもっと激しく抱かれたいという淫《みだ》らな願いばかりだ。

「璃々、もっと欲しいんだろう？　だったら、どうお願いすればいいかな？」

ゆっくりと腰を振りながら、恭平がそう訊《たず》ねてきた。

もっと欲しいに決まっている――

璃々は恭平の腰に手を回し、そこに思いきり強く指を食い込ませた。

「も……もっとほし……、もっともっと奥……いっぱい突いてっ……お願い――」

あまりの恥ずかしさに全身が焼けるように熱くなる。

けれど、それに報いるように、恭平のものがググ、と太さを増して蜜窟の奥を突き上げた。

「ぁ……あああああっ！　あ、あぅ、あ――」

広げた両脚を高く掲《かか》げられ、二人の腰がぴったりと密着する。

腰を何度となく強く打ちつけられ、身も心も彼でいっぱいにされた。

内奥《ないおう》の少し手前に切っ先をねじ込まれ、璃々は一気に至福の時を迎える。

「ひ……」

抱き寄せられた腕の中で身体が浮き上がり、ビクビクと跳ねるように痙攣《けいれん》する。奥がギュッと窄《すぼ》まると同時に、屹立《きつりつ》が蜜窟の中でドクンと脈打った。

「璃々っ……」

耳元で恭平のくぐもった呻《うめ》き声が聞こえた。

先端から続けざまに精が迸《ほとばし》り、璃々の下腹の奥を満たしていく。

璃々は十分に掻き混ぜられたクリームのように、恭平の腕の中で柔らかく蕩《とろ》けた。

「恭平さん……」

身体にまるで力が入らない。それでもまだ彼のキスが欲しくて、喘《あえ》ぎながら顎《あご》を上に持ち上げる。

「キス……して」

ようやくそう言った唇に恭平の舌が入ってくる。

うっとりと目を閉じていると、キスをしながら彼が呟くのが聞こえた。

「まだ終わりじゃないよ」

甘く淫《みだ》らな時間が、また始まる――

璃々はふしだらな期待で胸をいっぱいにしながら、彼の舌にそっと吸い付くのだった。

夏の最も忙しい時期が過ぎ、ホテル内を賑《にぎ》わせていた子供達の声も少なくなってきた。ホテルの繁忙期は主に国内の長期休暇シーズンと重なる。特に子供達の休みが長い夏の時期はイベントも満載で、各部署のスタッフはそれぞれの対応に大わらわだ。

そんな忙しさもあり「ホライゾン東京」社長と派遣客室清掃係の婚約の余波も、だんだんと小さくなりつつあった。

最近の恭平はこれまで以上に多忙になり、海外出張に出かける事も多くなった。

それというのも、かねてから打診を受けていたハワイの高級ホテルの運営受託契約が正式に締結される事になったからだ。

先方は恭平の経営者としての手腕に大いに期待しており、それに応《こた》えるべく彼自ら現地に出向いて交渉を重ねている。

そんな事もあり、ろくにデートもできず、会えてもほんの数時間という日々が続いている。

(でも昨日は、清掃作業中に会えたんだよね)

日曜日の午前中、璃々はいつもどおり「ホライゾンスイート」の清掃にあたっていた。

その日は友達との約束があったようですぐに出かけてしまったが、恭平に見守られながらの作業はやけにドキドキした。

（だって、うしろからジロジロ見てくるんだもの……。落ち着かないったらないよ）

思いがけない出会いから新幹線並みの速さで婚約に至った。二人して選んだ結婚指輪は、ネームと日付を入れてもらい、恭平がしっかり保管してくれている。

婚約指輪は璃々が持っているが、さすがに仕事中はつけられないので自宅の棚の上に大切に飾っていた。在宅時はそれをつけて幸せに浸《ひた》ったり、眺めては二人の絆《きずな》を再確認したりしている。

仕事に関して言えば、恭平が璃々の意を汲《く》んでくれて、引き続き「ホライゾン東京」で働ける事になった。

忙しい恭平に会えるのは一週間に一度程度だ。けれど以前にも増して連絡は密にしているし、特に心配事もない。今は二人で歩む将来のための準備期間であり、璃々も焦る事なく比較的落ち着いた日々を送っていた。

「おはようございます！」

九月に入ってすぐの月曜日。璃々はいつものとおりランドリー部の窓口を経てロッカー室のドアを開けた。

中にいる同僚達と挨拶《あいさつ》を交わし、制服に着替えて準備を整える。

「川口さん、いる〜？」

璃々が髪の毛をお団子にまとめていると、ロッカー室の入口から河北の声が聞こえてきた。

「はーい！　います」

璃々がロッカーの角から顔を出すと、河北が小さく手を振る。

「始業時刻になったら、オフィス棟六階の企画部の谷村課長のところに行ってくれる？　割り当ての仕事は、とりあえず春日さん一人で対応してもらっとくから」

「えっ……は、はい、了解です」

返事をしてロッカーのドアを閉めると、璃々は目をパチパチさせて首を傾げた。

（ん？　企画部の谷村課長って、もしかして、この間洗面所の前で会った人？　あの人、課長だったんだ――）

その時の事を思い出し、さらに首をひねる。

あの時はすぐあとに恭平からのメッセージを受け取り、彼女についてはそれきり深く考えずに終わっていた。

思い返してみれば、いったいどうしてあんなふうに自分を見たのだろう？

なんにせよ、緊張する。

同じ敷地内にあるとはいえ、派遣の客室清掃係の璃々が本社を訪れる事などめったにない。実際、企画部に行くのは今回がはじめてだし、なんとなく気後れする。

「あ、詩織。おはよう。河北さんに聞いた？」

「おはよう。うん、今聞いた。とりあえず一人で作業してねって。何？　なんかあったの？」

「なんかあったっていうか……ねえ、詩織。谷村課長って知ってる？」

河北と入れ違いにやってきた詩織に訊《たず》ねると、彼女はすぐに首を縦に振った。

「知ってるわよ。美人だし、デキる女って結構有名だよ。実際超綺麗だよね。何度か見かけた事あるけど、まだ若いのに課長職に就いてて、キャリアウーマンって感じで」

「へえ……そうなんだ。有名な人なんだね」

確かに美人だったし、詩織の言うとおり、いかにも仕事ができそうな雰囲気だった。

「でも、ちょっときつい感じがするんだよね。半年くらい前だったかな。たまたま業務用エレベーターの中で一緒になった事があって――」

詩織が声のトーンを落とし、周りを気にしながら話し始める。

「その時、持ってたモップがすごく汚れてて、さらに、運悪くそれが谷村課長の足に当たっちゃったの。すぐに謝ったら笑って許してもらえたんだけど、一瞬顔が般若《はんにゃ》みたいになったの見ちゃったんだよね」

詩織が指で両方の眉を吊り上げて、怖い顔をする。

「そうなんだ……」

璃々の知る冴子は、終始訝《いぶか》し気な顔をしていた。いったい何がそうさせていたのかわからないし、今回彼女に呼ばれた理由も思い当たらない。

「でも、急にどうしたの？　谷村課長がどうかした？」

「実は、始業時刻になったら谷村課長のところに行くようにって言われたの」

壁の時計を見ると、始業時刻まであと十分ある。

「へえ？　だから、とりあえず私一人で作業なのね。でも、企画部の課長がいったい璃々になんの用なの？」

「さあ、それがわからないんだよね。河北さんに行くようにって言われた時に聞けばよかった」

「璃々は谷村課長とは面識ないの？」

「ううん、少し前に一度だけ顔を合わせた事があって――」

璃々は以前彼女と顔を合わせた時の事を、かいつまんで詩織に話した。

ぜんぶ聞き終えた詩織が、眉根を寄せて難しい顔をする。

「それって、いつの事？」

「確か、七月の半ば頃だったような」

「じゃあ、三上社長と璃々の婚約が発表される前か……」

「そうだけど……え？　何？　それと今回の呼び出しと、何か関係があるって事？」

「ううん、もしかしてって思っただけ。でも、発表前なら関係ないよね。だけど、なんか引っかかるなぁ……まあ、女の勘ってやつだけど」

そうこうしているうちに、始業時刻が近づいてくる。

璃々は詩織に見送られて、ロッカー室を出た。

連絡通路を経て、緊張しつつオフィス棟に向かう。

冴子の事はさておき、恭平の婚約者である璃々は、今や全社中に顔が知られた有名人だ。ホテルスタッフに関しては、社長通達の効果が顕著で、今は璃々に対して好意的でない態度を取る者はいない。

しかし、事務方の本社従業員に関してはどうだろう？

普段社員食堂を利用していたら、まだ彼等との接点が多少なりともあっただろうが、お弁当派の璃々にはそれもなかった。

（ううん、行く前からあれこれ心配してどうするの）

璃々はマキに言われた言葉を思い出し、俯《うつむ》きそうになる顔を上げて前を向いた。そして今一度背筋をシャンと伸ばし、ドアをいくつか通り抜けてオフィス棟に入る。

本社は私服勤務だから、制服姿の璃々はかなり目立つ。

案の定、エレベーターホールに着くなり、その場にいた人達の注目を集めてしまった。

「おはようございます」

ぎこちないながらも笑顔で挨拶《あいさつ》をすると、そのうちの数人が「あっ」と声を上げる。

「おはようございます」

それぞれに挨拶《あいさつ》を返され、やってきたエレベーターに乗り込んだ。

「何階ですか？」

先に乗り込んだ女性社員に訊《たず》ねられ、六階のボタンを押してもらう。

「お先に失礼します」

六階に到着し、降りる際に一声かけて速やかにエレベーターを降りた。いつの間にか肩に力が入っているのに気づき、歩きながら肩甲骨を動かしてみる。幸いデスクについている人達は、皆仕事に集中しており、通路を歩いていても誰とも目が合わなかった。

進行方向に「企画部」のプレートを見つけ、歩く足を速めて部署の入口に立つ。

すると、璃々が一声かける前に一人の女性が椅子から立ち上がり、視線を合わせてきた。

（あっ……谷村課長だ）

スタイルがよくてスレンダーな彼女は、細身のスーツがよく似合っている。

掌《てのひら》で廊下の突き当りを示され、璃々は指示された方向へ進んだ。

通路に出てきた冴子が璃々を見て、取ってつけたような微笑みを浮かべる。

「おはようございます」

「おはようございます。とりあえず、中にどうぞ」

長テーブルと八脚の椅子が置かれたミーティングルームのドアを開けられ、璃々は彼女のあとについて中に入った。ミディアム丈のスカートから見える脚がすらりとして綺麗だ。

身のこなしもきびきびしており、詩織の言ったとおり、いかにもキャリアウーマンといった風貌をしている。

「急に呼び出してごめんなさい。以前会った時は、きちんと挨拶《あいさつ》しなかったわよね。企画部の谷村冴子です。川口璃々さん、あなたとは一度ちゃんと話したいと思ってたわ」

右手を差し出され、璃々は一瞬面食らったものの、すぐに彼女と握手した。

手を握り返してくる冴子の力が、思いのほか強い。璃々が目を瞬《またた》かせると、冴子がパッと手を離してにっこりする。

「どうぞ、かけて」

窓際に導かれ、冴子と隣り合わせになって椅子に腰を下ろす。ストレートのボブヘアが揺れた時、微かにエキゾチックな香水の香りがした。

間近で見ると、肌のきめ細かさが際立って見える。

「それにしても驚いたわ。てっきり質《たち》の悪い冗談か、忙しすぎて一時的に頭がおかしくなっちゃったのかと思ったけど、あなた、本当に恭平と婚約してるのね」

「えっ……」

社長の事を親し気に〝恭平〟と呼んだ上に、いきなり棘《とげ》のある言い方をされて面食らう。

詩織の女の勘は当たっていたようだ——そう思うものの、いったいなんの用で呼ばれたのかはいまだ不明のままだ。

璃々はどう答えていいかわからず、戸惑いの表情を浮かべた。

「さっそくだけど、あなたがどんないきさつで恭平と婚約するに至ったか、説明してもらえる？　非婚主義者の彼に一介の派遣客室清掃係がどうやって取り入ったか、詳しく聞かせてもらいたいの」

冴子がテーブルを指でトンと弾《はじ》いた。それをきっかけに彼女の顔から笑顔が消え、片方の眉尻が怖いくらい吊り上がる。

けれど、璃々はもうそれくらいの事で怯《ひる》むわけにはいかなかった。

「なぜ、谷村課長にそんなプライベートな事をお話ししなければならないんでしょうか？」

璃々はできるだけ穏やかな声のトーンで、そう訊《たず》ねた。

恭平の婚約者として恥ずかしくない対応をするのは当然として、意味不明のクレーマーには冷静な対応が必須だ。

「私が聞きたいと思ったからよ。別に隠すような事じゃないでしょ」

冴子の答えは、璃々の〝なぜ〟に対する答えになっていない。

客室清掃を担当していると、たまにわけもなく理不尽な事を言ってくるゲストがいる。

今の彼女はそれと同じだ。立場上即反論はしないが、毅然《きぜん》とした態度を取らなければ相手の非常識な態度を助長させてしまいかねない。

「ふん……前に会った時とはずいぶん反応が違うわね。社長の婚約者って事で、女王様にでもなったつもり？」

ここで相手の煽《あお》りに反応してはいけない。

璃々は努めて心が波立たないよう、静かに「いいえ」とだけ言って口を閉じた。

「ずいぶん冷静なのね。まあいいわ――実はね、私、前に恭平と付き合ってたの。でも彼って結婚しない男だと思ってたし、彼自身もそう言ってたから、割り切った関係だったのよ。だからこそ、あと腐れなく付き合いを終わらせたし、今も普通に接してるわ」

いくら璃々でも、彼女の言っている事の意味くらいわかる。けれど、きちんと確認しておきたいと思い、あえて質問を投げかけた。

「割り切った関係、というのは――」

「言わなくてもわかるでしょ。当然、身体だけの関係――つまり、セフレって事」

冴子の答えが刃となって璃々の胸にざっくりと突き刺さる。しかし、ここで取り乱すわけにはいかなかった。

「聞きたいなら、私と恭平がどんなふうに愛し合ったか教えてあげてもいいわよ。でもその前に、あなた、恭平と『ホライゾンスイート』でセックスした？　私、彼があの部屋に住んでるのは知ってるのよ。もちろん、あなたがあの部屋の清掃を担当してる事もね」

冴子が話す言葉のひとつひとつが、璃々の心に衝撃を与えた。思考が停止し、どうしていいかわからなくなる。

「まあ、婚約したんだからしてるわよね。私とする時はたいてい別のシティホテルのスイートで、『ホライゾンスイート』では一度も……」

璃々の顔を見ながら、冴子が悔しそうな表情を浮かべた。

「だいたい、どうしてあなたなの？　恭平は一生誰とも結婚しない。彼にとって恋愛はただのゲーム――そう思ったから、深入りして傷つく前に関係を終わらせたのに……なんで急に婚約なんて言い出すのよ？」

顔を近づけられ、射るような目つきで睨《にら》まれる。

ショッキングな話をされた上に冷たい視線を浴びせられ、璃々は一瞬冴子の勢いに呑まれそうになった。けれど、何があろうとここで引くわけにはいかない――そう思い、まっすぐ彼女の目を見つめ返す。

「終わらせたという事は、もう今は関係ないという事ですよね？」

璃々が訊《たず》ねると、冴子は吊り上げた眉をピクリと動かして天井《てんじょう》を仰いだ。

「さあ、どうでしょうね。ともかく、あなた、どう見ても恭平にふさわしくないわ。特別美人でもなければスタイルがいいわけでもない。セックスアピールもほぼゼロだし、いったい恭平はあなたのどこがよくて――ああ、わかった」

冴子がパチンと手を合わせ、ようやく合点《がてん》がいったというふうにニッと笑った。

「もしかして、お情け？　あなたの経歴、ちょっとだけ調べさせてもらったわ。不幸な身の上話で彼の同情を引いたんでしょ。もしくは清掃係を利用して、裸で待ち伏せて関係を迫ったとか？　……ねえ、まさか妊娠とかしてないでしょうね？」

一方的にまくしたてられ、あげくの果てに妊娠の有無《うむ》まで問われた。

さすがに怒りが込み上げてきたが、ここで感情に任せた言動を取ってはいけない事は重々承知している。

「お答えする必要はないと思います。業務の予定があるので、お話がそれだけなら、もう失礼させていただきますね」

璃々が椅子から立ち上がろうとすると、冴子が腕を掴んで無理に引き留めてきた。

「待って。さっき聞かれた事に答えるわ。……ふっ……おあいにく様。私、今もまだ恭平とは完全に切れてないの」

この人は、いったい何を言い出すのだろう？

璃々は目を大きく見開いて、冴子の顔を凝視した。

「実はね……私、ついさっきまで彼の執務室にいたのよ。急に呼び出すから何かと思えば、久しぶりに私とセックスしたくなったって――」

冴子がシャツブラウスのボタンを外し、璃々を見て思わせぶりな表情を浮かべる。

「業務時間内だし、いつ誰が入ってくるかわからないからダメって言ったのに、恭平ったら無理矢理……。彼、ちょっとSっ気あるでしょ？　ほら、見て」

冴子が璃々にデコルテについた赤くうっ血した部分を示した。

「さっきつけられたばかりのキスマーク。もちろん、恭平につけられたのよ。ダメだって言ったのに、どうしてもつけたい——自分の印《しるし》を刻んでおきたいんだって」

璃々の動揺に気づいた冴子が、勝ち誇ったように目を三日月型にして笑う。

「獅子が戯《たわむ》れにネズミに手を出した——そんなところね。彼にとって、あなたとの関係は一時的な戯《たわむ》れにすぎないのよ。婚約だって、鼻先にぶら下げたチーズと同じ——」

「いいえ……恭平さんは、そんな人じゃありません！」

璃々のきっぱりとした物言いが気に入らなかったのか、冴子の微笑みに憎悪の色が混じった。

「嘘だと思うなら、明日のランチタイムに『ホライゾンスイート』を覗いてみたら？　私、明日はあの部屋に呼ばれてるから。目的は言わなくてもわかるわよね？」

用事は済んだとばかりに、冴子が椅子から立ち上がった。チラリと璃々と目を合わせ、フンと鼻で笑う。そのままミーティングルームから出ていき、璃々は一人部屋に取り残された。

（そんなの嘘……ぜったいに嘘に決まってる……！）

信じるべきは恭平であり、彼女ではない。

璃々は自分にそう言い聞かせながらミーティングルームを出た。そして、来た時と同じように背筋をシャンと伸ばし、しっかりとした足取りで通路を歩き出すのだった。

◇◇◇

「それでは、よろしくお願いいたします」

恭平は「ホライゾン東京」の十九階にあるボードルームでの商談を終え、取引先の社長達をエレベーターホールまで見送りに来ていた。

商談は終始穏やかに進められ、予定していた話し合いはすべて滞《とどこお》りなく終わらせる事ができた。

ここ最近ビジネスに関しては概《おおむ》ね順調で、このままいけば、今期もすべての経営指標を右肩上がりにする事ができるはずだ。

見送りを終えてボードルームに戻り、同席した部下達にそれぞれ必要な指示を出して解散する。

彼らが退室したあと、恭平はL字型の窓辺に佇《たたず》んで部屋の中を見回した。

「ホライゾン東京」には、ここを含め六部屋のゲスト用ミーティングルームがある。中でも一番広いこの部屋は、高級感溢《あふ》れるロココ調のテーブルと椅子が配されており、各業界のエグゼクティブのリピーターも多い。

今日はたまたま予約のキャンセルがあり、特別にこの部屋を商談に使った。おかげで数年ぶりに自ら使い心地を調べる事ができたし、新しくした椅子の座り心地を実感できてよかった。

「さて、そろそろ行くか」

時刻を確認したのち、恭平は執務室に戻るべく部屋の入口に向かって歩き出した。

「ん？」

ちょうど廊下に出る寸前、仕事用に使っているスマートフォンに着信があった。

画面を確認し、受電して話し始める。

かけてきたのは谷村冴子だ。用件は、今後開催予定のブライダルフェアに関していくつか確認したい事があるらしい。

執務室で対応すると答えると、「ホライゾンスイート」の近くまで来ていると言われる。

「ホライゾンスイート」は自身の自宅として使っている部屋であり、今まで仕事に関する用件で使った事はなかった。

そうでなくても、プライベートな場所で女性と二人きりになるのは好ましくない。再度執務室での話し合いを促《うなが》すが、璃々に関する要件もあると言われた。

仕方なく応じる事にして、足早に廊下を歩き出す。

（いったいなんだ？）

冴子は極めて優秀なビジネスパーソンであり、企画部でいくつも実績を上げている。

縁あって僅《わず》かな間だけ付き合いはしたが、同じ職場にいる事もあり、別れる時に今後一切過去の話には触れないという約束を交わしていた。

それはこれまでずっと守られており、今後もそうだと思っていたのだが……

気になるのは、先日の会議後に呼び止められた時の冴子の言動だ。

付き合っている間ですら一定の距離を置いて接していたのに、どうして急にあんな態度を取ったのだろう？

明らかに感情的になっていたし、妙に突っかかるような口調も彼女らしくなかった。

もし万が一、彼女が過去に付き合ったほかの女性達のような態度に出るとしたら――

冴子は人一倍冷静な女性であるはずだが、その可能性がゼロとは言えない。そんな懸念があり、やむを得ず「ホライゾンスイート」での話し合いに応じた。

（ブライダルフェアに関して確認したい事か――おそらく、僕と璃々の結婚式に関わる事だろうな）

業務用エレベーターに乗り込み、二十三階に到着する。

フロアに出ると、冴子がすでに文字盤の横で待機していた。無言で頷き、彼女とともに「ホライゾンスイート」に向かう。

部屋に入り、当然ながらドアストッパーで入口のドアを大きく開け放ったままにしておく。

それは、自分や冴子のためであるのは言うまでもないが、一番は璃々を思っての事だ。璃々を悲しませるような真似だけはしたくないし、その可能性が少しでもあるなら、できる限り排除すべきだった。

「それで、確認したい事というのは？」

リビングに入ると恭平は冴子にソファを勧め、自分はテーブルを挟んで一人掛けの椅子に腰を下ろした。

「ブライダルフェアに先だって、リハーサルを兼ねてご自身の結婚式を挙げる計画があると聞きました。その時に撮った映像を広告宣伝に使うとか」

やはり、そう来たか――

恭平は、いつも以上の冷静さを保ちながら首を縦に振った。

「そうだ。これは広告部の正式なプロジェクトとしてもう準備段階に入っている」

冴子が言ったとおり、恭平はブライダルフェアのリハーサルと宣伝を兼ねて自分達の結婚式を挙げる予定だった。

それを企画立案したのは広報部であり、そのきっかけは、先日行ったホテル紹介のプロモーション映像が思った以上に好評だったからだ。

サプライズ的な演出の関係もあり、璃々にはまだこの件について知らせていないし、諸々《もろもろ》の準備を極秘裏に進めている。

「そのようですね。ですが、どうしてブライダルフェアに企画段階から携《たずさ》わっている私に話が回ってこなかったんでしょうか？」

冴子の声のトーンが高くなり、顔には激しい憤《いきどお》りの色が浮かんでいる。ここまで感情的になる彼女を前に、恭平は自分の憶測が当たっていた事を悟った。今の彼女は、明らかにビジネスではなく個人の感情で話している。

「プロジェクトの演出上、この企画は必要最小限の人数で行う事になったからだ」

ブライダルフェアの一環ではあるが、自身の結婚に関わる事でもあり、この件に関しては特殊業務と考えて企画部ではなく広報部が中心になって動いている。

責任者も広報部の部長が務めており、実質、ブライダルフェアとは一線を画していた。

「今後、広報部が必要と判断すれば追って連絡が行くだろうが、おそらく君が直接関わる事はないだろうと思う」

冴子が僅《わず》かに眉根を寄せ、ほんの少し唇を噛みしめる。

「つまり、私は蚊帳《かや》の外、ってわけですか？」

「そうは言っていない」

「私には、そう聞こえます！」

冴子が恭平の話を遮《さえぎ》るようにして声を荒らげた。

今の発言は完全に感情に流されたものであるばかりか、公私混同しているとしか思えない。

「そもそも、どうして非婚主義者のあなたが、急に結婚なんかしようと思ったのよ？いくら考えてもわからない……。なんでなの？　何かそうしなきゃいけない理由でもあるわけ？」

「谷村課長、今は就業時間内だ。少し冷静になってくれないか」

「ホライゾンスイート」は、同フロアにあるほかの部屋から離れており、よほど大声を出さない限り誰かに聞かれる恐れはない。しかし、今は入口のドアが開いたままになっているし、可能性は低いとはいえ誰か通りかかって話を聞かれないとも限らない。

「私は冷静よ……！　ただ、理由を知りたいだけ」

冴子の眉間に、深い縦皺《たてじわ》が寄る。話す唇が歪《ゆが》み、時折目蓋《まぶた》の下が痙攣《けいれん》している。

今の冴子は、過去、恭平が付き合った女性が最終的に見せた姿に酷似していた。

「仕事の話じゃないなら、次の予定があるから出ていってくれ」

冴子と別れた時、彼女は終始冷静だった。何より終わらせたいと言い出したのは彼女自身だ。それなのに、今さらこのような態度を取る理由が、まったくわからない。

「ねえ、どうして？　私が理解できるように、きちんと答えて！」

詰め寄られ、恭平はそれまで以上に自分が冷静になっていくのを感じた。

感情的になっている人間に対して、同じような態度を取るのはもっとも愚かしい行動のひとつだ。それは昔、激高して怒鳴り合っている両親の姿を何度となく見るうちに心と頭に刻み込まれた真理だった。

「純粋に彼女と結婚したいと思ったからだ。確かに以前の僕は徹底した非婚主義者だったが、その考えが彼女に会った事で百八十度変わった」

「……は？　どうして……理由は何なの？」

「理由はただ、一生かけて彼女を守り、愛し愛されたいと願ったからだ」

冴子がテーブルに手をつき、グッと身を乗り出してくる。

「愛し愛され、ですって？　今まで誰も愛した事なんかないあなたが？　嘘よ……あなたは誰と付き合っても表面だけ……。恋愛なんてしたくてもできない人だったじゃないの！」

「ああ、これまでの僕は君の言うとおりの男だった。だが、彼女と出会ってはじめてどうしようもなく感情が動いたんだ」

「感情が動く？　それも変だわ。あなたって相手が感情的になると、その分クールになる。相手がどれだけ感情に囚《とら》われても、あなたは決して同調しない。今だって、そう」

「それは否定しないし、自覚もある。だが、彼女にだけは違う。自分でも驚いているが、彼女といると、いろいろな感情が湧いてきて気持ちが抑えきれなくなるんだ。僕は彼女を、心から愛している――」

「そんなの認めない！　私だって、本当はあなたと結婚したかった。だけど『結婚』を口にしたら関係が終わると思って言えなかったのよ」

「だが、君は、ほかに結婚したい男性ができたと――」

「そんなの嘘に決まってるじゃない！　そう言えば、もしかしたらあなたが、私を追ってきてくれるかもしれないと思ったから……。それに、そうでも言わなきゃ自分に対して恰好がつかなかったからよ！」

冴子がソファから立ち上がらんばかりに、さらに身を乗り出してくる。

恭平は彼女が近づいてきた以上に身体を椅子の背もたれに預け、距離を保った。

「私は私なりに、本気であなたが好きだったわ。だって、あなたほどゴージャスな男性はいないもの。私なら、あなたにふさわしい女になれる。だけど、川口璃々はダメよ。どこを取っても平凡だし、いったい彼女の何がよくて結婚しようなんて思ったのか、まったく理解できないわ！」

冴子がイライラした様子で、テーブルに拳《こぶし》を振り下ろした。

　彼女がますます感情をあらわにする一方で、恭平はいっそう気持ちがフラットになっていく自分を感じている。

「過去の女性との関わり方について僕に問題があったのは認める。だが、もう一度よく考えてみてほしい」

「何を？」

「君の本当の気持ちを。君が今ここにいるのは、なぜだ？　君の気に入らない女性が、昔君と関わりがあった男と結婚すると知って、急に取り返したくなった――そんなところじゃないのか？」

　恭平の顔をじっと見ていた冴子が、ついと目を逸らしてふっと笑った。

「ひどい人ね……どうしてそうやって人の感情まで的確に判断してしまうの？」

「性分だ」

　恭平が言うと、冴子は乾いた笑い声を漏らした。

「私を含め、多くの女性があなたのルックスとステイタスに惹かれて近づいた。だけど、それの何が悪いの？　そこから本当の恋愛が始まるかもしれないじゃない。実際に私だって本気であなたを想い始めた――そう判断しなかったの？」

　恭平は冴子の目をまっすぐに見つめ、黙ったまま首を横に振った。

「ふっ……あなたって、とことん冷たい人ね。それだけ冷たいのに、なぜ彼女にだけは熱くなったの？　彼女の何があなたに火を点《つ》けたのかしら？　なんでそれが私じゃないの？　あなたには感情なんてなかったはずなのに……。社員に対してはおもてなしの心が大事とか言っても、本当のあなたはいつも冷めていて無感動だったくせに！」

「いい加減にしたまえ。君がここで何を言おうと、過去も現在も変わらない。さあ、もう仕事に戻りなさい」

恭平は立ち上がり、冴子に向かって部屋の入口を示した。彼女は一度下を向いたのち、ゆっくりと顔を上げて深いため息をついた。

「わかったわ。取り付く島もないとはこの事を言うのね」

呟くようにそう言って、冴子が入口に向かってのろのろと歩き出す。

表情からして完全には納得してはいないだろう。けれど、とりあえず冷静さは取り戻したようだ。

恭平は自分も仕事に戻ろうと冴子と距離を保ちつつ、一歩前に踏み出す。

次の瞬間——突然振り返った冴子が、勢いよく抱きついてきた。

勢いあまって身体が半回転し、入口に背中を向ける恰好になる。

「谷村課長、こんな事はやめるんだ！」

恭平は抑えた声で冴子を制し、背中に回っている彼女の腕を解こうとした。しかし、全体重をかけて抱きつかれているせいで、安易に引き離すと彼女もろとも床に倒れ込んでしまいそうだ。

「ねえ、せめて最後にキスして……！ そうしたら、もうあとは一切余計な事は言わないから――」

冴子に顔を近づけられ、恭平は即座に顔を背《そむ》けた。どうにか体勢を整えて彼女の腕を解くと、毅然《きぜん》とした態度で距離をとった。

「無理だ。君がなんと言おうと、金輪際関係を持つ事はないと思ってくれ。さあ、もう出ていくんだ」

これ以上ないほど厳しい声でそう言い放つと、恭平は問答無用で冴子に退室を促《うなが》した。

「ぜったいにおかしいわ。きっと、すぐに間違いだったって気づくに決まってる。もう一度考え直して……私、いつでも待ってるから……」

彼女はなおも何か言い募《つの》ろうとしたが、結局はそれ以上何も言わず歩き出した。ほどなくして、入口のドアが閉まる音が聞こえた。

恭平は深いため息をついて、眉間に皺《しわ》を寄せる。

今後は仕事上であっても、冴子との付き合い方には注意する必要がある。それにあの調子では、璃々に対しても何かしらアクションを起こす可能性大だ。

冴子に投げつけられた言葉の数々は、ある程度言われても仕方がない部分があった。

今思えば、過去の自分は女性との付き合いをあまりにもビジネスライクにし過ぎていた。

恭平は璃々の顔を思い浮かべ、憂《うれ》い顔になる。

(自業自得だ)

昔の自分の行いが、今のような事態を引き起こした。それは事実だし、意図せずして冴子の歪《ゆが》んだ嫉妬心を煽《あお》ってしまったのは確かだ。

だがそのせいで、自分と璃々の関係に影が落ちるのだけは避けなければならない。

恭平は強い危機感を抱きつつ、そう固く決心する。

璃々だけはなんとしてでも守らねばならないし、彼女を傷つけようとする者がいれば容赦などするつもりはない。

ただ、冴子の場合は仕事が絡んでおり、どう対処するにしても慎重にする必要がある。

(璃々……)

一連の騒動で、精神がざわついて仕方がない。けれど、そんな時でも璃々を想うと自然と気持ちがほぐれ、笑みが浮かぶ。

璃々の顔を思い浮かべるだけで、激しく波立っていた心が一気に凪《な》いで静かになる。

(ぜんぶ璃々のおかげだ……璃々がそばにいてくれるから、僕はここまで変わる事ができたんだ)

かつての自分はビジネスをする上で熱く語る時ですら、どこか冷めていた。

ホテルやゲストに対する思いや姿勢も、しかり。

璃々と接してみてはじめてそれがわかったし、今後は頭だけではなく心でもゲストや部下に接していきたいと思うようになった。

璃々は自分にとって女神にも等しい存在だ——そう考えると、無性に彼女に会いたくなった。

恭平は相変わらず忙しくしており、思うように璃々に会えない日が続いている。だが、二人で住む家は引き続き探しており、すでに璃々とともにいくつかの候補を見て回っている。しかし、すべてにおいて完璧な物件はそう簡単には見つからないのが現状だ。

だが、璃々とともに住む家に妥協などできるはずもなく、恭平は忙しい時間の合間を縫《ぬ》うようにして新居探しに奔走《ほんそう》していた。

「璃々、会いたい……今夜も取引先との商談を兼ねた食事会か……」

あと数日したら、今よりは時間的な余裕ができるから、それまでの辛抱だ。璃々となら、何を食べても美味《おい》しいだろうし、何より一緒にいるだけで元気になれる。

（璃々は僕にとってエネルギーの素《もと》だ。最近、つくづくそう感じるな……）

時計を見ると、ちょうど午後零時二十分だ。

ランチタイムが終わるまでには、まだ少し時間がある。商談時に使用したボードルームにはリフレッシュメントコーナーがあり、そこで商談前に部下達と話しながらチョコレートを摘まんだ。

そのせいか、あまり空腹は感じない。それよりも、少し横になりたいような気がする。恭平はドアノブに「起こさないで」のドアプレートをぶら下げ、ベッドルームに向かった。そして璃々を想いながら目を閉じて、残りのランチタイムを過ごすのだった。

◇　◇　◇

冴子に呼び出された次の日、璃々はランチタイムを返上して彼女の言葉が嘘であると確かめるために、こっそり「ホライゾンスイート」に向かった。

業務用エレベーターを利用して二十三階に到着したのが、午後零時十分頃。しばらくエレベーターの前でウロウロしたあと、思い切って部屋の入口に行ってみる。すると、なぜかドアが大きく開いたままになっていた。

『彼にとって、あなたとの関係は一時的な戯《たわむ》れにすぎないのよ』

頭の中に、昨日聞いた冴子の声が蘇《よみがえ》る。

恭平に限って、そんなはずはない。

なぜかといえば、自分達は深く愛し合っているからだ。

彼は、生涯をかけて璃々を守り、必ず幸せにすると母の墓前で約束してくれた。

意を決して部屋に入ると、リビングに人の気配がした。

やがて見えてきた光景は、今思い出しても心が破れてしまいそうなほどショッキングなものだった。

冴子が言ったとおり「ホライゾンスイート」で二人は抱き合ってキスをしていた――その時の光景が頭に思い浮かび、璃々は激しく頭《かぶり》を振りながら身を震わせた。

恭平の前屈《かが》みになった体勢。その背中にしがみつく冴子の手。チラリと顔を向けてこちらを見た時の彼女の勝ち誇ったような微笑み――

どうやって「ホライゾンスイート」から出てきたか覚えていない。ただ、仕事中は頭を空《から》っぽにしてひたすら作業に没頭した。そうしなかったら、どうしていいかわからなかっただろう。

ただ黙々と仕事をこなし、話しかけられれば笑顔で受け答えをするだけで精一杯だったような気がする。

仕事が済むと逃げるようにホテルをあとにして、気がつけば灯りもつけないままアパートのベッドに倒れ込んでいた。

今、何時なのかわからないが、時計を見る気力もない。

目を閉じても眠れないし、そうかといって起き上がる気にもなれなかった。

「恭平さん……」

小さな声で彼の名前を呟くと、堰《せき》を切ったように涙が溢《あふ》れて止まらなくなった。

思い出したくもない光景が何度となく頭の中に浮かんでは消え、恭平と出会ってからの記憶が映像となってその隙間を埋めるように流れてくる。

「やっぱり、ぜんぶ夢だったのかな……」

不思議と怒りの感情はなかった。

ただただ悲しくて、ベッドに横たわったまま涙を流し続け、そのまままんじりともせずに朝を迎える。

幸い、今日明日は休みだった。

カーテン越しに朝の光を感じながら、璃々はのろのろとベッドから起き上がった。

顔を洗ったあと鏡を見ると、あり得ないほど目蓋《まぶた》が腫《は》れている。

途端にまた悲しさが胸に押し寄せて泣き出しそうになった。

(どうしてあんな事に……わからない……)

いくら理由を考えても答えなど出るはずもなく、悩むほど心の苦しさが増していくばかりだ。

きっと何かわけがあるはず――

あんなにも想いを確かめ合った恭平が、自分を裏切るなど考えられない。

ただ、目にした事実はどうにも否定できず、恭平を信じようとすればするほど、あの時の冴子の微笑みが蘇《よみがえ》って璃々の心を引き裂いてくる。

恭平を信じている。

だが、今は彼の顔をまともに見られる自信がない。

恭平を心から愛している。

けれど、実際に見てしまったあの時の映像が恭平とともに歩む未来に暗い影を落とす。

彼と話したこれからの生活が、璃々の中でいくら手を伸ばしても届かない場所に去っていこうとしている。

ぜんぶ誤解だと切り捨てられたら、どんなにいいだろう……！

璃々はリビングに戻り、ベッドの前に座り込んで痛む胸を掌《てのひら》で押さえた。

（恭平さんを信じてる……ぜったいに信じてるし、ずっと信じ続ける……！）

そう自分に言い聞かせるが、そうすればするほど思い出したくもない映像が目蓋《まぶた》の裏に蘇《よみがえ》ってくる。

一晩経って幾分冷静にはなったものの、心が同時に正反対のほうに引っ張られ、今にも千切れそうだ。

ふと横を見て、ラグの上に置いたままになっていたスマートフォンを手に取る。チェックしてみると、夕べ恭平からのメッセージが数件届き、一度着信もあったみたいだ。

普段は仕事を終えるなり、いつ恭平から連絡があってもいいようにしている。けれど、昨日に限ってはサイレント設定にしたまま一度も画面を見る事はなかった。

思い切ってメッセージを開けてみると、表示されたのはいつもと同じ思いやりに溢《あふ》れた文面だ。

『璃々、ちゃんと晩御飯を食べたか？　今度美味《おい》しい中華料理を食べに行こう』
『今、取引先との会食が終わった。璃々はもう寝たのかな。おやすみ。心から愛してるよ』
（恭平さんっ……）

今すぐに駆けて行って彼に抱きつきたい。けれど、それと同じくらい彼に会うのが怖かった。

部屋に一人でいると余計にあれこれ考えて気分が落ち込むばかりだ。
（だけど、どこへ行こう？　詩織は今日仕事だし……そうだ、事務所に行ってみようかな）

どうせ近々事務手続きのために顔を出すつもりだったし、行けば社長の栗山がいるはずだ。念のため事前に連絡を入れ、彼女の在社を確認する。
（よし、頑張って出かけよう）

白のカットソーにベージュのスカートを合わせ、履き慣れたスニーカーを履いて玄関のドアを開ける。

電車に乗る頃には、少しだけ気持ちが落ち着いてきて車窓からの景色をぼんやりと眺めた。

事務所の最寄り駅に到着し、改札を出る。

「クリーニングワーク」は駅から徒歩七分の場所に建つ雑居ビルの五階にあり、同じフロアには学習塾と歯科医院があった。

前回ここを訪れたのは、璃々が恭平との婚約を報告に来た時だ。

あれから二カ月も経たないうちに、まったく別の気分でここを訪れる事になるとは思わなかった。

駅前で手土産《てみやげ》のシュークリームを買い、ビルの前で立ち止まって事務所を見上げる。

事務所の窓には内側から一枚ずつ「クリーニングワーク」の九文字と、電話番号を載せたフィルムが貼ってある。

かつて璃々が高校生だった頃、アルバイト先を探していた時に偶然この前を通りかかった。

窓を見てすぐに連絡を入れると、栗山が自ら対応してくれて無事派遣登録する事になったのだ。

(栗山社長には、本当にお世話になりっぱなしだよね)

建物にはエレベーターがなく、事務所に行くには階段を上るしかない。

璃々は一段一段踏みしめるように階段を上っていった。

栗山は現在五十代で、事務所近くのマンションで一人暮らしをしている。彼女は璃々が高校卒業を機に叔父宅を出る際、馴染《なじ》みの不動産会社を紹介してくれた。その上、引っ越しまでの短い間だったが璃々を自宅に住まわせてくれたのだ。

『どうしてこんなに親切にしてくださるんですか？』

璃々がそう訊《たず》ねた時、栗山はカラカラと明るい笑い声を上げた。

『別に理由なんてないわよ。でも強《し》いて言えば、あなたの笑顔が見たいからかな』

当時、璃々はまだ十八歳で、まったく笑わないばかりか表情も極端に乏《とぼ》しかった。

璃々は生まれながらに明るく元気な性格だったが、叔父達の家では必要に迫られて常に存在を消しながら暮らしていた。

転校の繰り返しで、学校でも親しい友達は一人もいない。

おそらく、そんな生活がいつしか本来の性格を変えてしまっていたのだと思う。

『私もあなたと同じような育ち方をしたの。何かあれば、いつでもここに来なさい』

栗山にそう言われ、璃々はその後事あるごとに彼女のもとを訪れた。そして彼女と接するうちに、本来の性格が蘇り、今のように明るく元気な自分に戻る事ができたのだ。

その時の事を思い出すと、今でも感謝で胸がいっぱいになる。

彼女の生き方を間近で見ていたおかげで、璃々は常に前向きでいる事の大切さを知り、それを実践するようになった。

そんないきさつもあって、璃々は栗山を親戚のおばさんのように思っているのだ。

「いらっしゃい、璃々ちゃん。待ってたわよ〜」

璃々が「クリーニングワーク」の事務所に入るなり、栗山がテイクアウトしてきたらしい二人分のコーヒーの容器を手に駆け寄ってきた。顔見知りの女性事務員にシュークリームを渡し、周りにいる人達と挨拶《あいさつ》を交わす。

ここにいる人達は全員顔見知りだし、皆いい人ばかりだ。栗山は手土産《てみやげ》のシュークリームを皿に載せ、奥のミーティングルームに璃々を誘導する。

「事務手続き、とっとと終わらせてお喋《しゃべ》りしましょ」

部屋に入ると、栗山が窓辺で立ち止まって璃々に手招きをしてくる。そして、二つの椅子をくっつけるようにして璃々と隣り合わせになって腰を下ろした。

「じゃ、ここととこに押印して名前書いてね」

書類とボールペンを渡され、記名と押印を済ませる。

皆がいるところでは、なんとかいつもどおりの笑顔を作り、それを保っていた。けれど栗山と二人きりになるなり、自然と表情が本来の気持ちに沿ったものに変わっていったみたいだ。

「璃々ちゃん……何かあったの？　よかったら、話してみない？」

書類を脇に置くと、栗山が心配顔で璃々の顔を覗き込んでくる。

璃々はコーヒーを飲みながら、冴子に言われた事や、昨日見た事実をありのままに話した。

「恭平さんがそんな事をするはずないんです。でも、実際に二人でいるところを見てしまったからか、なんだか急に、これからどうしたらいいかわからなくなってしまって……」

璃々はすべてを話し終えて、空《から》になったコーヒーの容器をテーブルに置いた。いつの間にか涙が零れており、栗山にそっとティッシュペーパーを手渡してもらう。

「そうだったの……。でも、私も璃々ちゃんと同じ考えよ。仕事をとおして三上社長とは何度かお会いしたけど、話してみて真面目で誠実な人だって事はすぐにわかったし、璃々ちゃんの話を聞いて、ぜったいにいい人だって確信したもの」

もともとより人を見る目だけは確かだと自負している栗山だ。それだけに、璃々同様恭平と冴子の件に関しては、いろいろな意味で信じられないと首を傾げる。

「璃々ちゃんにとっては、はじめての恋愛だものね。しかも、相手が天下の『ホライゾン東京』の三上恭平社長だもの。いろいろと気苦労や悩みがあったと思うし、今だってそう」

栗山に背中をさすられ、璃々はゴチャゴチャになっていた気持ちがほぐれていくのを感じた。

問題はまったく解決していないし答えもわからないが、彼女がそばにいてくれるだけでホッとする。

「いずれにせよ、一度、ちゃんと事情を聞いて話し合ったほうがいいわね。だけど、まずは気持ちが落ち着くまで私のところに来たらいいわ。アパートだと三上社長が訪ねてくるかもしれないでしょ」

「いいんですか？」

「もちろん、いいわよ。どうせ寂しい一人暮らしだし、無駄に部屋数が多いからむしろ来てくれると嬉しいわ。仕事のシフトは調整できるから、少しの間ゆっくり休みましょ。でも心配するだろうから、三上社長には一度連絡を入れておいたほうがいいわね」

テキパキと当面の身の振り方の提案をしてもらい、璃々は栗山の厚意に甘える事にした。

「ありがとうございます。すごく助かるし、話を聞いてもらってずいぶん気持ちが楽になりました」

「いいのよ〜。じゃ、当面必要なものを取りに帰らなきゃね」

璃々はそれからすぐにアパートに帰り、必要なものを持って事務所に戻った。その間に、栗山が璃々の勤務シフトの調整を済ませてくれていた。

「ありがとうございます。だけど、大丈夫でしたか？」

「人手はあるし、桂マネージャーが協力的だったからね」

栗山が言うには、シフト変更の件で桂に連絡を入れたところ、思いのほかスムーズに対応してくれたのだという。

「桂マネージャー、もしかして今回の事情を知ってたりする？」

「いいえ、直接お話はしてないし、詳しい事情は知らないと思います。でも昨日、私が『ホライゾンスイート』から出て、すぐに桂マネージャーと出くわしてしまって——」

彼に会ったのは、部屋を出た直後に乗った下りの業務用エレベーターの中だ。

その時の璃々はかなり動揺しており、表情もかなり強張っていた。

いったいどうしたのかと聞かれ、どうにか誤魔化したつもりだったが、璃々の様子から何かしら感じ取ったのかもしれない。

「なるほど……。勘のいい人だから、きっと何かあったに違いないって思ったのね。特に何も詮索《せんさく》されなかったのは、そのせいだったかもしれないわね」

きっと、そうだ。

そう考えると、いろいろと申し訳ないし恥ずかしくなってくる。

璃々が「ホライゾン東京」で働くようになって以来、桂には何かと世話になりっぱなしだ。

「明後日《あさって》からのシフトは組み直したから、ひとまずそこから十日間は休めるわよ。仕事が減った分お給料が少なくなるけど、その点は心配しないで」

栗山は、親切にも璃々を家に置いてくれる上に臨時の家政婦として自費で雇うと言ってくれた。

諸々《もろもろ》の経費を差し引いてだから日給は決して高くない。けれど、いろいろとわかった上で住まわせてくれるだけで、ありがたすぎてまた涙が出そうになる。

栗山に見送られ、事務所から歩いて五分の彼女のマンションにお邪魔させてもらう。

荷物を置き、散歩がてらひとまず最寄りの商店街に買い物に出かけた。

栗山と話してかなり気持ちは落ち着いてきたし、ふいに涙が出そうになる状態からは脱した感じだ。

買い物を終え、再び栗山のマンションに戻って食材を冷蔵庫に入れる。日常的な動作をしていると、気持ちがまた少し落ち着いてきた。

けれど、一人になるとやはり考えるのは恭平の事ばかりになってしまう。

（なんて連絡しよう……）

さっき栗山と話した時、なるべく正直に——けれど今すぐに彼が飛んできそうな言い方はやめたほうがいいとアドバイスされた。

悩んだ結果「少し一人になって考えたい事ができました。必ず連絡をしますから、心配しないでください」と書いたメッセージを送信した。

これで、とりあえず一人でじっくり考える時間は確保できた。

栗山に話した事で頭の中はかなり整理できたし、その上で改めて恭平との関係について想いを巡《めぐ》らせてみる。

その結果、導き出されたのはやはり恭平への強い愛情と信頼だった。

彼と愛を誓い合った時もそうだったが、たとえ何があろうと、この気持ちが揺らぐ事はないと確信している。

これから先にどんな結果が待っていようと、恭平を恨んだり嫌いになったりする事はぜったいにない。そう思えるほど、彼という人を深く愛している。

窓辺に立ち、薄雲がかかっている空を眺めた。

太陽は今、雲に隠れて見えなくなってしまっている。けれど、必ず晴れて日が差す時がやって来るはずだ。今はただ自分の心と向き合いながらその時を待つだけ——

璃々はそう思いながら、目の前に浮かぶ恭平の顔をじっと見つめ続けるのだった。

◇◇◇

九月半ばの木曜日、恭平は執務室で文字どおり頭を抱えていた。

デスクの端には、ついさっき男性秘書が持ってきてくれた栄養補助食品が載せられている。

時刻は午後零時半。

恭平は、もう二十分近く今の体勢のまま苦悶《くもん》の表情を浮かべ続けている。

璃々に会えなくなって、今日で七日目だ。

彼女は先週火曜日のシフトを終えて二日間の休日に入る予定だったが、いつの間にか今度の日曜日まで十日間の休みに変更されていた。

（くそっ！　自分がこれほど大馬鹿野郎だったとは知らなかった）

できる事なら迂闊《うかつ》で隙だらけだった自分を殴りつけたい。

今思えば「ホライゾンスイート」で冴子に会った事が間違いの始まりだった。なかば強引に押し掛けられた時に、きっぱりと拒絶すべきだった。

彼女の真意を探ろうとしてあえてそうしたのだが、璃々を想うあまり、冴子の隠された思惑にまったく気づかずにいたのだ。

（せめて、桂マネージャーにもっと早く折り返しの連絡を入れていたら……）

自分の失態に気づいたのは、先週水曜日の午前中だ。

前日のランチタイムに「ホライゾンスイート」にやってきた冴子から復縁を打診された。

当然きっぱりと断って彼女には帰ってもらい、それで終わったと思っていた。

だが、それが罠だった――

『お時間ができた時に、ご連絡ください』

恭平がランチタイムの残り時間を睡眠に当て眠っていた間に、桂マネージャーからそんなメッセージが届いていた。

しかしその後すぐに外出して、夜は取引先との会食に向かい、終了後は十数年ぶりに帰国した友人から連絡があり、急遽《きゅうきょ》会いに行った。

その間にも桂マネージャーからメッセージをもらっていたが、結局詳しい話は明日改めてとやり取りを終えてしまったのだ。

翌日、朝一で彼に話を聞き、血の気が引いた――

あの時の感覚は、今思い返しても膝が折れそうになる。

『昨日のランチタイムに、川口さんと何かありましたか?』

そう訊《たず》ねられ、はじめは何を言われているのかわからなかった。

『いや、彼女には会っていない』

桂にブライダルフェアの件で「ホライゾンスイート」で冴子と話をしていたと告げた時、彼はすぐに何かを察した様子だった。

桂から話を聞き、何が起こったのかを理解した時は、璃々の心情を思って心臓が抉《えぐ》られたように痛んだ。

おそらく璃々は、自分が「ホライゾンスイート」で冴子と二人きりでいるところを見たのだろう。

その上、冴子が自分に抱きついているところを見て、二人の仲を誤解したのだと思われる。

かくなる上は、一刻も早く冴子とはなんでもない事を弁明し、「ホライゾンスイート」に別の女性を入れてしまった事を謝罪しなければならない。だが璃々は『しばらく一人になって考えたい、必ず連絡はする』とメッセージを送ったきり、連絡を絶ってしまった。

こちらからの応答に答える気配はないし、アパートを訪ねても帰ってきている様子もない。

前から親しいと聞いていた春日という同僚や「クリーニングワーク」の栗山社長に訊《たず》ねても、行き先はわからないと言われてしまった。

完全に八方塞がりで、どうにも対処の仕様がない。

このまま大人しく待っているだけで、璃々は自分のもとに帰ってきてくれるだろうか？

もし万が一、璃々がこのまま離れていくような事があれば——

そう考えると、居ても立っても居られない。

(どこにいるんだ、璃々……。お願いだから連絡をくれ。無事でいるかどうかだけでも、知らせてほしい……)

恭平はそう願いながら、何度目かわからない璃々へのメッセージを打ち始める。

璃々のいない人生など、もはや考えたくもない。今の状態ですら、まるで真っ暗な闇の中にいるようだ。

考えたあげく、ようやく入力した画面をじっと眺める。

『璃々、愛してる』

これを送ったとしても、果たして璃々がメッセージを読んでくれるかどうか……

いずれにしても、今の自分はやるべき事をして璃々の帰りを万全の体勢で待つ事しかできない。

恭平は璃々との未来を早急に整える決心をするとともに、想いを込めてメッセージの送信ボタンをタップするのだった。

◇◇◇

「璃々ちゃん、おやつ食べない？」

璃々が「クリーニングワーク」の事務所で書類整理をしていると、栗山が声をかけてきた。

時計を見ると、ちょうど午後三時になったところだ。

「はい、ありがとうございます。じゃあ私、紅茶を用意しますね」

璃々はやり終えた書類を片付け、給湯室に向かった。

栗山宅の臨時家政婦として家事に当たっていた璃々だったが、昼間あまりにも手持ち無沙汰であるため、今週の頭から事務所の雑用もさせてもらっているのだ。

そのほうが余計な事を考えずに済むし、気も紛れる。

「クリーニングワーク」は栗山が三十代の頃に起業して作った会社で、事務所に常駐する従業員は二十五人いる。そのうちの三分の二が女性で、アットホームな社風もあって社歴の長い人が多い。

見よう見まねで事務仕事をやらせてもらっているが、新しい事に脳味噌を使うとその時だけは辛さを忘れられた。

それでも、いつまでもこうして現実逃避してはいられない。

その後、恭平からのメッセージで、冴子と抱き合ってキスをしていたというのは璃々の誤解だとわかった。

あれは冴子の言っていたような逢瀬《おうせ》ではない。そう確信できたのは、恭平からの誠意あるメッセージを読んだからだ。

彼は一切言い訳をせず、事実だけを伝えてくれた。

やはり恭平は真面目で誠実な人だった。しかし今回の事で、恭平との未来に不安を抱いたのは確かだ。

彼ほどの男性なら、いつ何時、強引に近づいてこようとする女性が現れないとも限らない。果たして自分は、その都度ダメージに耐えられるかどうか……

（恭平さんの気持ちを疑うつもりはないけど、どうしたって気になるし、心が揺れちゃいそう……）

『三上社長、詩織ちゃんにも璃々ちゃんの行方を知らないか直接聞きに行ったらしいわよ』

桂と連絡を取り合っている栗山から、恭平が必死になって自分を探していると教えられた。

恭平が詩織のところに行ったと聞き、一瞬勢いに任せて彼に会いに行こうと思った。

本当は彼に会いたくてたまらない。

出会って間もないとはいえ、恭平の人となりについては正しく把握できているつもりだ。だからこそ彼を好きになり、はじめての恋愛をするに至った。

恭平ほど魅力的な男性はほかにいない——ほとんどの女性がそう思うに違いない。

そんな彼の周りに才色兼備な女性がいるのは当たり前だし、自分と出会う前に複数の女性とお付き合いがあったのもぜんぜんおかしくない。

今の恭平は、さまざまな過去があってこそのものだ。

そして、今は自分だけを愛し、溢《あふ》れるほどの想いをぶつけてくれている——

『僕は璃々さんと一生をともにしたいと心から願っています』

『璃々さんを愛しています』

『僕が生涯をかけて守り、必ず幸せにすると約束しますから、どうか安心して見守っていてください』

恭平が母の墓前で誓ってくれた言葉が、璃々の頭の中に次々と浮かんできた。

自然と、胸に彼への想いが溢《あふ》れてくる。

（恭平さんを心から愛してるし、恭平さんとともに生きていきたい……。恭平さんが向けてくれた愛情に応《こた》えたいと思うし、恭平さんを幸せにしたい――）

そう思うのなら、取るべき行動はひとつだ。璃々はハッとして立ち上がった。

彼と離れたくない。

信じるべきは愛する人の真心であり、自分自身の本当の気持ちだ。

「恭平さんっ……！」

璃々は小さく彼の名を呟く。

もう迷わない。

自分のいるべき場所は、恭平の隣だ。

今後どんな事があろうと、それだけは変わらないという自信を胸に、璃々は紅茶を載せたトレイを持って給湯室を出た。

「栗山社長、私、恭平さんのところへ帰ります」

璃々がデスクに着いていた栗山にそう告げると、彼女はにっこりと微笑みを浮かべた。

「そう。決心がついたのね」

「はい」

「もう、大丈夫？」

「大丈夫です。きっとこの先も迷ったり不安になったりすると思います。でも、恭平さんを信じて変わらずそばにいられるように、もっと強くなりたいと思ったし、どんな事があっても恭平さんから離れるなんてできないってわかったんです」

「よかったわ。そこまで言い切れるならもう平気ね。じゃ、さっそく三上社長に連絡してあげなさいな。なんなら、今すぐ会いに行ってもいいわよ」

「はいっ、ありがとうございます……！」

　璃々が栗山と話していると、急に事務所内がざわつきだした。何事かと振り返って見ると、何人かが窓を開けて外を見ている。

「外で何かあったのかな？」

　璃々は事務所の丸テーブルにトレイを置き、窓に向かった。すると先に窓辺に辿《たど》り着いた栗山が、目を大きく見開いて璃々を振り返る。

「璃々ちゃんっ！　早く、こっちこっち！」

　栗山が璃々に向かって、何やら必死の形相《ぎょうそう》で手招きをする。

　璃々はあわてて彼女に駆け寄り、彼女に肩を抱き寄せられるようにして窓の外を見た。

ビルの前の道路に恭平の車が停まっている。

そして、スーツ姿の恭平がその屋根の上に立ってこちらを見上げているのが見えた。

「……きょ、恭平さん!?」

「璃々！」

璃々と目が合うと同時に、彼は持っていた薔薇《ばら》の花束を大きく左右に振った。

「璃々！　愛してる！　いろいろと誤解させてごめん。ぜんぶ僕が悪い。だが、君を心から愛しているのだけは本当だ！」

恭平が近所中に響き渡るほどの美声で、そう言った。道行く人が次々に足を止め、野次馬と化す。しかし彼は周囲の目をまったく気にする事なく、璃々に愛を訴え続ける。

その姿は、まるで姫君を迎えに来た白馬の王子様みたいだ。

璃々は大きく目を見開いて、喜びに心を震わせた。

「恭平さん！」

そう叫ぶなり、璃々は窓辺を離れ事務所を出た。そして転がる勢いで階段を駆け下りて、ビルの前の道に出た。

その際、勢いがつきすぎて前につんのめり、咄嗟《とっさ》に駆け寄ってきた恭平にぶつかるようにして抱き留められる。

「璃々……！」

「恭平さんっ……！」

ハタと顔を見合わせると、璃々は恭平の首に抱きついて彼に頬ずりをした。

「璃々、愛してる……。誤解させて本当に悪かった。もう二度と璃々を不安にさせないと誓う。これから先、何があっても信じてもらえるように、もっと努力するし、これまで以上に璃々を大切にする」

恭平が言う一言一言が、璃々の心にダイレクトに伝わってくる。互いを想う気持ちに嘘がないのがわかるし、嬉しすぎて胸が痛いくらいだ。

「もう何も心配しなくていい。僕には璃々しかいないし、全身全霊をかけて璃々を一生愛し続ける——今、この場にいる人達に、僕の誓いの証人になってもらおう」

恭平がそう言って周囲を見回すと、周りにいる人々が頷きながら手を打ち鳴らし始める。

やはり自分の決断は間違っていなかった。

璃々は心の底から湧き上がってくる恭平への想いを胸に、いっそう強く彼にしがみついた。

「恭平さん、私も愛してます！　ずっとそばにいたい……もうぜったいに恭平さんのそばから離れたりしません」

「璃々……！　ありがとう。じゃあ、今すぐ結婚しよう。いいね？」

「はいっ！」

ギュッと抱きしめられ、璃々は頷きながら返事をした。

その直後、恭平が璃々の唇にキスをする。

周囲からワッと歓声が上がり、人々が口々に祝福の言葉をかけてくれた。

「おめでとう、璃々ちゃん！」

窓辺から祝ってくれている栗山達に手を振り、皆に見守られながら助手席に乗り込む。

車が動き出し、璃々は幸せな気持ちで運転席を見た。

「璃々、本当にすまなかった。先週の火曜日の事だが、改めて説明させてもらってもいいか？」

赤信号で停車したタイミングで、恭平がそう訊《たず》ねてきた。ハンドルを握る彼の手には、いつも以上に力がこもっている。

「はい」

璃々が返事をすると、彼は一度深呼吸をして静かに語り始めた。

あの日、冴子が仕事を口実に強引に「ホライゾンスイート」に押し掛けた事、非婚主義だった恭平の心変わりを責めて復縁を迫られたが即断った事、などを聞かされた。

そして、その時の状況を説明されるうちに、璃々が見たのはちょうど冴子が無理矢理恭平に抱きついた時だった事がわかった。

「そうだったんですね」

話を聞いたあと、璃々はその前日に冴子から呼び出された時の話をした。

二人の話をすり合わせると、事の顛末《てんまつ》が見えてくる。

「僕が不用意に谷村課長を『ホライゾンスイート』に入れたのがいけなかった。仕事の話とはいえ、女性と二人きりになるのは避けるべきだったんだ。本当に申し訳ない」

傷ついていないと言えば嘘になる。

けれど、嘘や誤魔化しをしない彼だからこそ、二人で歩む未来が見えてくるのだ。

ホテルに到着し、地下一階の従業員用の駐車場に車を停める。

璃々はシートベルトを外して助手席から出ると、車の前で恭平と向かい合った。

「改めて言うよ——僕は璃々と一生をともにしたい。僕との結婚を承諾してくれるか？」

璃々はすべてを承知した上で、まっすぐに恭平を見た。

そして、自分の心に浮かんだ言葉をはっきりと口にする。

「もちろんです。私が一生をともにしたいのは恭平さんだけです。それは、この先どんな事があっても変わりません。愛しています……恭平さん、私と結婚してください」

「璃々、ありがとう。もちろんだよ」

どちらからともなく抱き合い、そっとキスを交わした。幸せが胸に込み上げてきて、見つめ合う二人の顔に笑みが零れる。

「さあ、行こうか。みんな待ってるぞ」

「みんな？」

「そうだ。もう結婚式の準備はできてる。璃々はこれから僕と『ホライゾン東京』のチャペルで結婚式を挙げるんだよ」

「えっ!?　こ、これから？」

璃々が驚いている間に、地下駐車場から従業員用エレベーターに乗り、チャペルがあるホテルの二階に連れて行かれる。

エレベーターを出ると、ホテルのウェディング会場に勤務するスタッフが二人を待ち構えていた。

二階のウェディングエリアには、チャペルのほかに神殿と五つの披露宴《ひろうえん》会場がある。

シャンパンゴールドをメインカラーにしたフロアは天井《てんじょう》が高く、廊下は大人数が並べるほど横幅が広い。

璃々は恭平に連れられてチャペルに向かい、そのうしろをスタッフ達がぞろぞろとついてくる。

「今度休みが合った時に、新居の予定地を一緒に見に行こう。周りは静かな住宅街で近くに大きな公園がある。子供を育てるにもいい環境だし、気に入ってもらえるといいんだが」

恭平が話してくれた事には、当面同居する物件を探すと同時に、新居を建てるにふさわしい土地も見つけようと奔走《ほんそう》していたらしい。

そして、ようやく理想的な場所が見つかり、つい先日諸々の手続きを済ませたのだ、と。

「ただでさえ忙しいのに、そんな事まで……すごく嬉しいし、気に入るに決まってます！

でも、恭平さん、そんなに忙しくして大丈夫ですか？」

璃々は喜びで胸をいっぱいにしながらも、心配顔で恭平を見た。

「ほんとに、その点は注意していただかないと困りますよ」

廊下の途中にある通路を通り過ぎた時、ふいにひょっこりやってきた桂が話に加わってきた。

「川口さん、今後は三上社長から目を離さずに、そばに張り付いて監視してください。そうでないと、また点滴を打ちに行く事になりますから」

「え？　て、点滴？」

「桂マネージャー……！」

恭平の渋い顔をよそに、桂が璃々に告げ口をする。

「あれやこれやで忙しくして、ここのところランチタイムは栄養補助食品ばかりだそうで。その上、川口さんがいなくなってからは、それも食べなくなったと秘書が嘆いててね。あげく、貧血になってランチの時間に点滴を打ちに行ったんですよ」

「おかげで元気になったし、問題はない――」

恭平が口を挟み、璃々は歩きながら彼のほうを振り返った。

「問題大ありですよっ！　もう、恭平さん――じゃなくて三上社長ったら――」

「今日は結婚式だから〝恭平さん〟で」

桂に助言され、璃々は頷いて再度口を開く。

「恭平さん、自分をもっと労《いた》わって大切にしてください。これからはそうするって、約束してくれますね？」

「ああ、約束する。璃々がそばにいてくれるなら、喜んでそうするよ」

「ぜったいですよっ！」

璃々が怖い顔をすると、恭平がわざとらしく肩をすくめた。

「璃々が怒ってくれて嬉しいよ。その泣きべそをかいたような顔、最高に可愛い」

「なっ、泣きべそって――」

文句を言おうとしてふとうしろを見ると、ついてきているスタッフがニヤニヤと笑っている。

聞かれていたと思うと恥ずかしくて仕方ない。

しかも、いつの間にか人数がかなり増えているような気がする。

新郎新婦それぞれの控室の前で立ち止まり、恭平と顔を見合わせた。

「じゃあ、あとで」

「はい」

見下ろしてくる目がいつになく、優しい。

ついつい離れがたく、やってきたマキに花嫁の控室に連行される。

「愛しの花婿さんとはしばしのお別れ。ほら、花嫁専用のカメラマンと音声さんがお待ちかねよ」

「え？　カメラマンと音声さんって……」

「今日の結婚式の様子を、チャペルリニューアル記念兼ブライダルフェア用に撮影するそうよ。いわゆる販促動画ってやつ？　編集してホームページに載せたりして、大々的に『ホライゾン東京』でのホテルウェディングをアピールするんだって」

「え……えええっ？　わ、私が？　恭平さんならわかるけど、私なんかがそんな大役を務められるとは――」

「大丈夫よ〜！　璃々ちゃん、常々もっと自分に自信を持っていいって言われてるでしょ？　今こそ堂々と二人の幸せっぷりを見せつけてやりなさい。そうすれば、恭平に寄ってくる女なんて誰もいなくなるわよ」

マキの言葉に、璃々はハタと目を瞬《またた》かせた。

「わ、わかりました！　幸せっぷりをアピールして、恭平さんを誰にも取られないように頑張ります！」

「その意気よ！」

部屋に入ると、中にはすでに女性の撮影スタッフが待ち構えていた。

「本日は、おめでとうございます」

「ありがとうございます。今日は、どうぞよろしくお願いいたします」

璃々は彼女達一人一人と挨拶《あいさつ》を交わし、式に携《たずさ》わってくれる事に対して心から礼を言った。

「マキさんがいるって事は、もしかして今日のヘアメイクはマキさんがしてくださるんですか？」

ウェディングプランにはヘアメイクもついており、通常なら専任の担当者がその仕事に当たる。

璃々が訊《たず》ねると、マキは上品なワインレッドのスーツを着た肩をそびやかした。

「そうよ。実はリニューアルオープンで発表される特別プランのひとつに、私がヘアメイクを担当する超ゴージャスなコースができたの。ヘアメイクはもちろん、希望すればウェディングドレスも一緒に選んであげるわよ」

つい最近知ったのだが、マキはヘアメイク業界ではかなりの有名人で、女性向けのファッション誌で毎月美容に関するコラムの執筆を頼まれるほどの人気美容家だった。

「すごい。きっと大人気で申し込みが殺到しますよ！」

璃々がキラキラと目を輝かせると、マキが自信たっぷりといったふうにニコニコ顔になる。

「じゃ、さっそく準備に取り掛かりましょうか。ちなみに、これからするのは今言った超ゴージャスなコースだからね」

「え！　ほ、ほんとですか。わ、わぁ……！」

マキが微笑み、驚いている璃々を連れて部屋の奥へ進んだ。

そこにはたくさんのウェディングドレスが準備されており、璃々はマキとともにその前に立った。

よく見ると、どれも見覚えのあるものばかりだ。

「あれっ？　もしかして、ここにあるドレス、私が前に恭平さんと一緒に見て候補に挙げたものじゃ……？」

以前恭平と結婚について話をしていた時、ウェディングドレスの話題になった。

彼はその時、さまざまなウェディングドレスが掲載されているサイトをパソコンに表示させ、璃々の好みのドレスを選ぶよう言ってくれた。

璃々は嬉々としてドレスを選び出したのだが、そのすべてが目の前に並んでいる。

「そうみたいね。璃々ちゃんって結構センスいいじゃない～」

ドレスはざっと見ても三十着以上ある。璃々はマキとともに、その中から一番繊細でクラシカルなデザインを選び出した。

「じゃ、ヘアメイクに取り掛かるわね～」

一声かけられたあと、しばらくの間、顔とデコルテのマッサージをされる。ソフトタッチなのに、ものの三分でみるみる肌が柔らかくなり艶《つや》が出てきた。続いてドレスのイメージに合わせたメイクをし、髪の毛をアップスタイルにする。

最後にドレスとヴェールを身につけると、幸せなオーラ全開の花嫁が出来上がった。

「そのドレス、璃々ちゃんにぴったりね」

美しいシルエットが印象的なそのドレスは、上品なサテン生地《きじ》にレースとクリスタルで花模様が描かれている。ヴェールはチュール素材のシンプルなもので、そこに以前恭平からプレゼントされたパールのネックレスとイヤリングを合わせた。

用意された純白のハイヒールを履いて立ち上がる。

「これで準備は整ったわね。はい、これ。私自らがプロデュースしたブーケよ」

マキが手渡してくれたのは、白とアプリコットピンクの薔薇《ばら》や芍薬《しゃくやく》をふんだんに使ったラウンド型のブーケだ。

それを持って壁一面の鏡の前に進んだ。

明るく柔らかな印象の顔は、今までマキにメイクしてもらった中で一番自分らしさが出ているように思う。

今の自分は、間違いなく世界一幸せな花嫁だ。

そう確信するほど、鏡の中の自分は嬉しそうに微笑んでいる。

「璃々ちゃんをイメージして作ってみたんだけど、どう？ 気に入ってくれた？」

「はい、とっても……！」

「オッケー！ じゃあ、思う存分幸せをだだ漏れさせてちょうだいね」

「はいっ！」

鏡の中でマキと顔を見合せた時、背後に見える部屋の入口から恭平が中に入って来た。

「あら、グッドタイミングね」

マキはそう言うと、一歩退いて恭平に璃々の隣を明け渡した。

「璃々、今日は一段と可愛くて綺麗だ」

恭平が心底感じ入ったように、ほうっと感嘆のため息をつく。そういう彼こそ、物語の世界から出てきた完璧な王子様のようだ。

「ほらほら、こんなところで二度惚れし合ってないで、チャペルに移動しましょ」

マキがクスクス笑いながら二人を急《せ》き立て、璃々は恭平の左腕にそっと手を回した。

双方とも両親が不在という事もあり、ヴァージンロードは新郎新婦が二人で歩く。

挙式にもさまざまな形式が取り入れられている昨今、こんなスタイルもスタンダードになりつつある。

恭平にエスコートされて控室を出ると、男女のカメラマンが、それぞれの位置で二人を待ち構えていた。それからすぐに今日のウェディング全体を取り仕切る女性スタッフと挨拶《あいさつ》を交わし、彼女から式の段取りについて教えられる。

何せ、リハーサルなしのぶっつけ本番だ。

一気に緊張が高まり、人生最大級のイベントを前に足が震えてきた。

「璃々、笑って手を振ってごらん」

恭平にそう言われて、照れながらカメラに向かって手を振る。けれど、慣れない身振りに照れてすぐに下を向いてしまった。

「いいわねぇ、すっごく初々《ういうい》しいわ～」

背後でマキが歌うように言うのが聞こえて、ちょっとだけ緊張がほぐれた。

そのまま歩き進み、チャペルの入口で立ち止まる。

サッとドアが開くと同時に、チャペルの前方の横に控えた奏者達がオルガンの音に合わせてヴァイオリンを奏で始めた。

大幅にリニューアルされたチャペルは、入口がある壁を除いた全面がガラス張りだ。祭壇の向こうには都会の景色が広がり、来賓席を囲む天井《てんじょう》と壁は羽を模した摺りガラスが降り注《そそ》ぐ陽光を柔らかに受け止めている。

親しい身内など一人もいない璃々だ。

てっきり、新婦側の席には誰もいないと思っていた。だが、白大理石のヴァージンロードの両側には、たくさんの人がいて、それぞれが今日にふさわしい服装に身を包んでいた。

「みんな……」

こちらを振り返ってにこやかに拍手をしている顔の中には、詩織や河北のほか、璃々と親しいホテルのスタッフ達が多く交ざっている。

さらに前を見ると、一番前の席で桂と栗山が璃々の両親さながらにかしこまっていた。

胸が熱くなり、自然と笑みが零れた。

壮麗かつ温かな雰囲気に包まれたチャペル内の全景を見渡し、璃々は恭平とともに深々と一礼する。来賓席から送られる祝福の拍手と言葉を聞きながら、ヴァージンロードを一歩一歩ゆっくりと歩く。

生涯をかけて愛したいと願う人と出会い、「ホライゾン東京」で結婚式を挙げるという夢が現実になった。

到底叶わないと思っていた夢なのに、恭平と出会って璃々の人生は一変した。幸せはどこまでも広がる空のように、無限に存在すると思えるようになっている。

祭壇の前で並んで立ち止まり、歴史ある教会から招いた専属の牧師の前で互いに永遠の愛を誓い合った。

指輪の交換をしたあとは、いよいよ誓いのキスだ。

幸せっぷりを見せつけるとは言ったものの、さすがに恥ずかしい。

璃々が頬を赤く染めていると、牧師が二人を向かい合わせにして微笑みながら誓いのキスを促《うなが》してきた。チラリと来賓席を見ると、全員が期待を込めた目で二人を見ている。

嬉しいやら恥ずかしいやら――

恭平にリードされ、大いに照れながら誓いのキスをしたあと、牧師が二人の手を重ねて祝福の祈りを唱えた。

再び聞こえてきたヴァイオリンとオルガンの音とともに来賓席のほうを向き、二人揃ってお辞儀をする。

「おめでとうございます！」

誰かが声を上げたのを機に、その場にいる人達が拍手をしながらそれに続いた。一歩歩くごとに感動が込み上げ、我慢していた喜びの涙が璃々の頬を伝う。

挙式後はチャペルに隣接された広々としたテラスに移動し、純白の花びらのフラワーシャワーを浴びた。

大小の花びらが、まるで青空を飛ぶ羽のようだ。

そのうちの一枚が、風に乗って喜びの涙に濡れる璃々の頬に舞い降りる。

「わっ……」

璃々は驚いてパチパチと瞬《まばた》きをした。

うっかりよろけそうになり、仰《の》け反《ぞ》った背中を恭平に抱き留められる。

「前に似たようなシーンがあったな」

恭平がそう言い、璃々が頷く。

思えば、すべてはガラスの靴が割れた時に始まったのだ――

なおも舞い降りるたくさんの花びらを浴びながら、璃々はそっと目を閉じて恭平のキスを頬に受けるのだった。

恭平と結婚式を挙げて、璃々は「川口璃々」から「三上璃々」になった。

すでに引っ越しも済ませ、現在は彼とともに「ホライゾン東京」から数キロの距離に建つタワーレジデンスに住んでいる。

地上二十四階のそこは、少し前まで恭平が住んでいた『ホライゾンスイート』とほぼ同じ高さだ。

窓の外を見ると「ホライゾン東京」が右側に見える。

間取りは違うが広さもほぼ同じくらい。建物内にはフィットネスルームやスカイラウンジもある。

けれど、ここはあくまでも仮の住まいで、夫婦は今購入した土地に建てる新居の間取りや設備などを話し合いながら決めているところだ。

「璃々、もう行くのか？」

月曜日の今日、夫婦は通常どおりの出勤だ。

「うん、もう出ないと間に合わないし」

「そうか。気をつけて行くんだぞ。特に男性の視線には注意するようにな」

「はーい。では、お先に行ってきまーす」

食べ終えた朝食の後片付けを恭平に任せると、璃々は一足先にマンションを出た。

結婚後も変わらず「クリーニングワーク」からの派遣客室清掃係として勤務する璃々は、仕事がある日は雨でもない限り今日のように歩いて出勤する。

早足だと四十分もかからないし、健康的で交通費も抑えられる。

（まったく恭平さんったら、トンチンカンな心配を毎日するんだから……）

『璃々、最近人妻の魅力が駄々漏れだな』

『その恰好は少々ヤバくないか？　通りすがりの男に惚れられたらどうする』

はじめは冗談だと思って聞き流していたけれど、どうやら彼は本気で言っているらしい。そうと気づいてからは、自分が妻として恭平に愛されているという自信に繋がった。

立場は違えども、一応職場結婚だ。

安易に夫婦の話を同僚にするわけにはいかないが、以前少しだけ話したところ、詩織に「三上社長って、案外可愛いところあるんだね」と言われた。

それが広まったわけではないが、ここ数カ月の間に恭平の人柄が格段に丸くなったと評判らしい。

もともと誰に対しても分け隔てなく接する人だったたし、概《おおむ》ねいつも穏やかな表情を浮かべている。

それでも、生まれ育った環境のせいか、どこか人を寄せ付けないような雰囲気があったようで、社長に就任して四年経っても、部下との間に距離があったようだ。

それが、徐々に変わり始め、今ではフレンドリーといっていいほどの距離感になったと聞く。

ちょうどそれが結婚した時期と重なっているとわかって、璃々に対する評判もホテル内でうなぎのぼりだったりする。

「おはよう、璃々」

ロッカー室で着替えをしていたら、背後から詩織に声をかけられた。

「おはよう、詩織――あっ、その指輪……もしかしてプロポーズされたの？」

サッと顔の前に持ってきた彼女の左手薬指には、キラキラと輝くダイヤモンドが光っている。

「うふふっ、バッチリ！　彼、実はもうだいぶ前からプロポーズするつもりでこれを用意していたみたい」

「わぁ、おめでとう！　よかったね、詩織～」

「ありがとう。彼、なかなかプロポーズのきっかけが掴めなかったんだって。だけど、璃々達の話をしたのがいい刺激になったみたい。何せ、ラブラブだものねぇ～」

詩織に腕をつつかれ、璃々は照れてにやけてしまう。

「ところで、谷村課長の話、聞いた？」

「うん、転職して渡米するんだってね」

これについては恭平から事前に聞かされていた。冴子は「ホライゾン東京」を退職してアメリカの大手ホテルに再就職するらしい。

冴子については、故意に璃々達の仲を裂こうとした不適切な言動について、内々に注意されたと聞いた。その上で、同じ課長職で別部署への異動を提案されたようだが、冴子が選んだのは「ホライゾン東京」を離れる事だった。

「デキる人だから、きっと向こうでも活躍するだろうね」

冴子にはいろいろと悩まされたし、正直言ってもう二度と会いたくない。けれど、彼女との事があったおかげで恭平のそばにいる覚悟ができたと言えなくもなかった。

辛い思いはしたが、冴子には転職先で頑張ってほしいと思うし、きっと彼女ならそうなるだろう。

「ところで、璃々はこの先もずっとここで客室清掃係を続けるの？」

「うーん……実はまだ考え中なの。……その……今後、子供とかできるかもだし」

璃々が言うと、詩織がニヤリと笑ってまた腕をつついてくる。

「なぁるほどね。そりゃそうだ。いいわねぇ、幸せオーラ全開って感じで」

「ほんとね～。私にも分けて分けて。今や三上さんは歩くパワースポットだもんね～」

やってきた河北が璃々にすり寄ってくる。

「あ、私も。彼と早くゴールインできますように～」

別の同僚が河北を真似て璃々に身を寄せてきた。

璃々は大いに照れながら、今の幸せを噛みしめるのだった。


秋も深まる中「ホライゾン東京」のチャペルが、ついにリニューアルオープンの日を迎えた。

それに先駆けて行われたブライダルフェアには予約が殺到し、いまだ追加開催を希望する声が途絶えないほどの大盛況ぶりだ。

そんな十月も半ばの土曜日。璃々は恭平とともに、自宅リビングで広報部が新しく制作した「ホライゾン東京」のチャペルウェディングのプロモーションビデオを観ていた。

「すごい……いつの間にこんなシーン撮ったのかな？　あっ、マキさんだ！　ふふっ、詩織ったらかなり緊張してるなぁ」

カメラが追っているのは、新郎新婦や来賓のほかに結婚式を支えるスタッフ達だ。ドレス選びのアドバイスとヘアメイクを担当したマキはもとより、式をスムーズに進行してくれた各シーンのスタッフ達。そのほかにも、会場の準備などに携《たずさ》わった裏方的な役割を果たしてくれた人達が映像の中にたくさん映っている。

笑顔と喜びの涙で包まれる結婚式を成功させるために、これほど多くのスタッフが動いてくれていたのだ。

画面の中を生き生きとして動き回る彼らは、璃々の目に新郎新婦と同じくらい輝いて見えた。

「皆さん、こんなに一生懸命頑張ってくれてたんだ……。知らなかった……。ううん、そういう人達がいるのは知ってたけど、実際に働いている現場をここまでちゃんと見るのははじめて――」

映像が終わるなり、それを待ち構えていたかのように、恭平が璃々とテレビ画面の前に割り込んでくる。

「ちょっ……恭平さんっ、私、もう一回はじめから観ようと思ってるのに――」

「それはちょっと賛同しかねるな。観るのは次で三回目だぞ？　このあとさらにもう三十分、僕にお預けを食らわせるつもりか？　却下だ」

「ひゃっ！　恭平さ……んっ……あんっ……ふ……」

「璃々……これはなんの香水だ？　すごくいい匂いがする」

恭平が璃々をカウチの上に押し倒し、Aラインのワンピースの裾《すそ》から中に手を忍ばせてくる。

「な、何もつけてないですよ。強《し》いていえば石鹸《せっけん》の香り――ぁんっ！」

「ふぅん。じゃあ、これは璃々自身の香りか……。柔らかで甘い……もしかしてこれがフェロモンってやつなんじゃないかな？」

「フェ……そんなもの、発してませんっ……」

くるりと背中を向けたはいいが、その拍子《ひょうし》にブラジャーのカップを上にずらされて、胸の先を指の間で挟み込まれた。クリクリとねじるように転がされ、早々に脚の間が湿ってくる。

「そうかなぁ？　璃々と暮らすようになってから、香りには敏感になった気がするんだが……。夫婦ってだんだんと似てくるって言うし、璃々は普通の人よりも鼻が利くほうだろ？」

恭平がクンクンと鼻を鳴らしながら、ブラジャーもろともワンピースを脱がしにかかる。

それを阻止しようともう一度身体をねじろうとしたが、バランスを崩してカウチから上半身がずり落ちてしまった。

そのまま下りようにも、恭平が璃々の腰を抱き止めて逃げられないようにしている。ワンピースの下は下着のみで、ほかは何も着ていない。

もうすでにブラジャーとワンピースは肩までずり上がり、ショーツを穿いたヒップを彼に突き出すような恰好になってしまった。

「璃々、なんていやらしいんだ。これじゃ暴走するしかないじゃないか」

恭平が璃々のショーツをゆっくりと剥《は》ぎ取り、秘裂の中に指を差し入れてくる。溢《あふ》れ出る蜜を指でくちゅくちゅと混ぜられ、かすれた喘《あえ》ぎ声が漏れた。

「うん、十分すぎるくらい濡れてるね」

そう言うが早いか、璃々の脚の間に唇を寄せ、そこをぴちゃぴちゃと音を立てて舐《な》め始めた。

「やぁああんっ！　だ……そんなとこ、舐《な》めちゃ……ぁ、んっ……あ……」

璃々は恥ずかしさのあまりくねくねと腰を振った。

「こら、動かないで……璃々のここを気持ちよくしてあげてるのに。それに、璃々だってそうしてほしいと思ってる――そうだろ？」

低い声でそう言われ、まったく否定できない自分が恨めしい。

それどころか、もうすっかり三回目のビデオ視聴は諦めモードになってしまっている。

璃々の抵抗が弱まったのに気づいたのか、恭平の小さく笑う声が聞こえてきた。彼の指が花房をゆっくりと左右に押し広げる。

「やんっ……」

璃々は小さく悲鳴を上げ、床に手をついて恭平のほうを振り返った。

彼は身体を傾けるようにして、そこに見入っている。

蜜窟の入口はもとより、その周りの見られてはいけない部分をじっくりと観察され、身体中が熱く火照《ほて》ってきた。

「見ちゃ、嫌ぁ……」

璃々が喘《あえ》ぎながらそう頼むと、恭平は璃々と視線を合わせ、窘《たしな》めるような表情を浮かべながら首を横に振った。

「璃々、嘘をつくのはよくないな。本当は、もっと見てほしいんだろう？　僕に璃々のぜんぶをさらけ出して、もっともっといやらしい事をしてほしい――そう思ってるんじゃないかな？」

優しく諭されるようにそう言われ、璃々は彼を見つめ返しながら唇をギュッと噛みしめた。

頭の中をすっかり見透かされ、心が蜂蜜漬けにされたように甘く蕩《とろ》ける。

「……な……なんでわかっちゃうの？」

「なんでって、璃々のここがぜんぶ教えてくれているからかな？」

蜜窟の中に恭平の指が沈み、尾てい骨の近くを内側からこすり上げる。

「ひぁっ！　あっ……あっ……」

途端に身体中に快楽のさざ波が立ち、立てた膝がガクリと崩れた。腰から下もカウチからずり落ちそうになる寸前、恭平が璃々の身体をうつぶせの状態のまま腕にすくい上げてくれた。

そのままカウチの前の毛足の長いラグの上に下ろされたかと思ったら、彼の腕の中で身体がくるりと反転する。

そして、恭平がおもむろに着ているものを脱ぎ捨てた。

それを見ているだけで胸の先が硬くなり、花芽がパンパンに腫《は》れるのがわかる。呼吸の間隔が短くなり、短距離を走り抜けた直後のように息が乱れた。

「璃々、前からもちゃんと見せてごらん」

恭平はそう言うと、璃々の両方の膝を左右に大きく広げた。そして、璃々の全身を愛おしそうに眺めながら、唇の端に濡れた舌先を覗かせる。

「もっと見てほしい？　そうするには、どうしたらいいかわかるね？」

恭平がラグの上に置いた璃々の手を、そっと撫でた。

彼の視線が璃々の手から、広げた両方の膝に移る。

璃々は小さく頷くと、踵《かかと》を上げて左右の膝をそれぞれ腕に抱え込んだ。上向いた秘部が、窓の外からの陽光を浴びてキュッと窄《すぼ》まる。

そうでなくても、璃々の脚の間には恭平の男性器が硬くそそり立っているのだ。そして、これ以上ないというほどエロティックな曲線を描き、璃々の性的な興奮を掻き立ててくる。

ついそれに見惚れているうちに秘裂からクチュと音が立ち、恥ずかしさに全身の肌が熱く粟立《あわだ》つのがわかった。

こんな姿勢を取れば、隠しておくべきところが丸見えになってしまう。それを恭平に見られていると思うと、言い難いほどの高揚感が璃々の全身を包み込んだ。

「あ、ふ……」

しどけなく開けた唇から、甘い声が漏れた。我ながら煽情的《せんじょうてき》すぎるその声に、恥ずかしくて唇を固く引き結ぶ。けれど、敏感になった身体のあちこちがさらなる刺激を求めて璃々の肌を熱くざわめかせていた。

「璃々、暑いのか？　産毛が汗でキラキラしてるね」

璃々はもともと体毛が薄く、まるで脱色したように金色に近い色をしている。柔毛に至っては、申し訳程度にしか生えていない。

「や……ぁんっ……」

恭平には自分のすべてを詳《つまび》らかにしたいが、いくらなんでもこれは恥ずかしすぎた。

どうにかして隠したいと思った璃々は、気がつけば恭平に向かって両手を差し伸べていた。

「そばにきて……。お願いっ……」

震える声でそう言うと、恭平がゆっくりと璃々の上に覆《おお》いかぶさってくる。

「それはどういう意味かな？　ちゃんとわかるように言ってごらん？」

喘《あえ》ぐ唇の隙間を舌でなぞられ、身体がガクガクと震えだした。

確か、ついさっきまでは違う理由だったような気がする。けれど、もはやそれがなんだったのかも思い出せなくなっていた。

「……い……挿れてほしいの。……恭平さんに抱いてほしー—ああああっ！」

話し終えるのを待たずに、彼のものがずぶずぶと璃々の中に入ってきた。

動くたびにじゅぷじゅぷと音が立ち、璃々はたちまち昇りつめて恭平の腕の中で身を震わせる。

「璃々、もうイッたのか？　ほんの数回突いただけなのに……。仕方ないね。まだまだ教えてあげる事がたくさんあるから、楽しみにしておいで」

耳元で優しく囁《ささや》かれ、さらに数回腰を振られる。

恭平の甘い声と腰の動きに誘われ、璃々の中がさらなる快楽を求めて蠢《うごめ》きだす。

つい今しがた達したにもかかわらず、璃々はまたしても淫欲の沼に身を投じ、甘い息を吐き始めた。自然と声が漏れ、唇がキスを欲しがって尖る。

もっと欲しくて仕方なくなり、璃々は我知らず腰を揺らめかせた。

「いいね……璃々……。すごくエッチだよ。こうしていると、自分が飢えた狼になった気分になる。璃々……愛してるよ。いくら愛しても愛し足りないくらいだ——」

ギリギリまで屹立《きつりつ》を引き抜かれ、蜜窟の入口を熱い切っ先でくすぐられる。硬く括《くび》れた部分で恥骨の裏側を引っ掻かれ、身体がビクリと跳ね上がった。

伸びてきた手に乳房を掴まれ、先端を指先で押し潰すように愛撫《あいぶ》される。

「あああんっ！　あんっ、あああっ——」

込み上げる快感に涙目になっていると、恭平が腰を強く打ちつけながら唇を合わせてきた。同時に両方の耳を掌《てのひら》で塞がれ、外の音が聞こえなくなる。その代わりに、自分が喘《あえ》ぐ声や二人の舌が絡み合う音、肌が合わさる音や蜜にまみれた屹立《きつりつ》が中を掻き混ぜる音が耳の奥に響き始めた。

恭平が腰の動きを緩め、屹立《きつりつ》をゆっくりと抜き差しする。

じゅぷじゅぷ……ちゅぷん——

聞こえてくる水音が、うっとりするほど卑猥《ひわい》だ。

璃々は、たまらずに恭平の肩に腕を巻きつかせ、思いきり嬌声《きょうせい》を上げた。

もはや身も心も恭平とのセックスにどっぷりとはまり込み、理性など欠片《かけら》ほども残っていない。

彼の背中に指を食い込ませ、息をするのも忘れて貪《むさぼ》るように彼の舌に吸いつく。

「も……っとっ……！」

ねだる声に応《こた》えて、恭平が璃々の腰を引き寄せて、内奥《ないおう》をこれでもかと攻めたててくる。

「あ……あ、あああああっ！」

全身に強い衝撃が走り抜け、璃々の中が不随意《ふずいい》に痙攣《けいれん》する。激しすぎる愉悦《ゆえつ》に呑み込まれ、一瞬にして天地がわからなくなった。

「あ……っ……」

身体の奥に恭平を取り込んだまま、璃々は何度となく内奥《ないおう》をキュンキュンと窄《すぼ》ませる。

まるで、一度に数回分の絶頂を味わったみたいだ。

「璃々っ……」

固く閉じていた目蓋《まぶた》を上げると、恭平が快楽に眉根を寄せているのが見えた。

屹立《きつりつ》が激しく吐精すると同時に、蜜窟の奥が悦《よろこ》びに震える。

「恭平さんっ……」

互いを想う気持ちが、交じり合う身体を溶かしてひとつにする。ふたりはもう、永遠に一緒だ。

璃々は、自分の中に彼の分身がたっぷりと注《そそ》ぎ込まれるのを感じながら、両脚を恭平の腰にきつく絡みつかせた。


十一月になり、ホテル業界は年末に向けて客室稼働率が低下する時期を迎えた。

その分忙しさも緩和され、璃々は自らシフト調整を申し出て、久々に三連休をもらっていた。

休みは、火曜日から木曜日の三日間。

当然恭平は仕事だし、璃々自身も特別何をするわけでもなかった。

けれど、璃々にはこの三日間のうちに、ひとつだけどうしても確かめておきたい事があった。

「……遅れてる……」

毎月規則正しい周期で来ていたものが、来ない。

そう気づいたのは、自宅でハロウィンの飾りつけをしまった時の事だ。

まだ病院に行くには早すぎる。

けれど調べてみると、検査薬を使っての自己判定なら、もう確認はできるみたいだった。

時刻は午後零時十二分。

今自宅にいるのは自分一人だけだ。

「よし！」

璃々は一人気合を入れて、密かに買い込んだ検査薬を持ってトイレに向かった。

説明書を見ながら、待つ事一分。

正しく検査ができている証拠となるピンク色の確認サインは出たけれど、いくら待っても判定サインが出るはずの部分は白いまま。

つまり、妊娠していないという事だ。

「……なぁんだ……。違ったんだ……」

璃々はガックリと肩を落とし、深いため息をつく。

子供を持つ事については、恭平と話し合っていつでも大歓迎というスタンスになっている。

（恭平さん、ものすごく赤ちゃん欲しいみたいなんだよね）

きっとプレッシャーをかけまいとしてくれているのだと思う。けれど、日々一緒に暮らしていると、そうであるのが丸わかりなのだ。

（私だって、早く恭平さんとの子供が欲しい）

結婚当初は、自然にできるままに任せればいいと思っていた。けれど、ともに暮らすうちに、彼との愛の結晶を望む気持ちが日に日に強くなっているのだ。

「どうしよう……。もしこのままできなかったら……」

まだ新婚だし、人に言えば心配するのが早すぎると笑われるかもしれない。

けれど、二人がともにそう望んでいるのだから、一日でも早く妊娠という新しい夢を叶えたいと思う。

(なんでだろう。あれだけしてるのに……やっぱり一度検査してもらったほうがいいのかな?)

忙しさもあって、二人の結婚はブライダルチェックなしで進められた。

一般的に、ブライダルチェックは結婚を前にした女性を対象とした婦人科検診の事を指すが、この頃では男女ともに調べるケースも増えつつあると聞く。

(一度、恭平さんを誘って一緒に検査をしに行ってみようかな? だけど、もし何か言われたらどうしよう……)

璃々はあれこれと思い悩み、部屋の中をウロウロする。

だが、仮に二人だけの人生を歩む事になっても、幸せである事に変わりはない。そう思えるほど、夫婦は強い絆《きずな》で結ばれていると信じている。

(だって、恭平さんと愛し合っているんだもの)

そう思う璃々の口元に、いつしか幸せそうな笑みが浮かぶ。

恭平と出会い、璃々はこれ以上ないくらい幸福になった。

今思えば、自分は彼に出会い、夫婦になるために生まれてきたのだとすら思う。

日頃の言動からすると、恭平も同じように考えてくれているに違いない。

そう言い切れるほどに、結婚後の彼は璃々を溺愛しているのだ。

（だけど、やっぱり欲しいよね……赤ちゃん……。よし、こうなったら今日からでも本格的な妊活をスタートさせよう！）

璃々はそう決めると、さっそくスマートフォンで妊活についての情報を集め始める。

（基礎体温に、排卵日……やっぱり、私だけでも先にブライダルチェックをしたほうがいいんじゃないかな？）

そう思うが早いか、今度は最寄りのレディースクリニックの場所を調べ始める。

「璃々、何をそんなに必死になって調べているんだ？」

「わあああっ！」

突然背後から声をかけられ、璃々は持っていたものをぜんぶ放り出してうしろに転がった。

「きょ、恭平さん！　お、お仕事は？」

「今から取引先に向かうんだが、ちょっと忘れ物をしてね。ちょうど昼時だし、取りに寄ったんだ」

「またですか！」

璃々の頭の中に、かつて「ホライゾンスイート」に忘れ物を取りに帰ってきた時の恭平が思い浮かぶ。

一方、思っていた以上に大声を出された恭平は、訝《いぶか》し気な顔をして璃々の周りに散らばったものを拾い上げた。

「璃々、これは——」

恭平が拾い上げたのは、箱にしまった状態の使用済み妊娠検査薬だ。

「あっ……そ、それは……」

見られたのなら、仕方がない。

璃々は、毎月のものが遅れている事と検査の結果を恭平に伝えた。

「そうか。だが、どうして僕に隠れてコソコソと検査していたんだ？」

「だって、もし違ったらがっかりさせてしまうと思って……」

璃々は項垂《うなだ》れて肩をすぼめた。そして訊《たず》ねられるままに、自分だけでもブライダルチェックをしようと思っていた事を話す。

「そうか……璃々、気を遣わせてすまなかった。今度、二人で一緒にチェックをしてもらいに行くか？　それとも、もうしばらく頑張ってみる？　当然回数は増やしたほうがいいな。排卵日は特に集中して狙い撃つとか——」

「ね、狙い撃つ……」

真昼間から、ついうっかりエロティックな妄想をしそうになり、璃々はあわてて咳払いをして誤魔化す。

「えっと、その……じゃ、じゃあ、とりあえず、そ、そうしてみましょうか」

「了解だ。さっそく今夜から回数を増やすとするか」

恭平がニンマリと笑い、璃々はその横で顔を真っ赤にして下を向いた。

「おいで」

そんな璃々を、恭平がリビングの飾り棚に置いたガラスの靴の前に連れていった。

それは、ブライダルフェアのシンボルとしての役割を果たしたのち、夫婦の宝物としてここに大切に飾られているのだ。

「璃々との出会いは、僕がランチタイムに忘れ物を取りに帰って璃々を驚かせたのがきっかけだった。今日、僕はまた昼時に忘れ物をして璃々をびっくりさせてしまった。もしかすると、これがきっかけで二人にとってまた嬉しい事が起こらないとも限らない」

「そっか……」

璃々は頷きながら、希望に胸を膨らませた。

「だけど、赤ちゃんは授かりものだって言うだろう？　できるできないは自然に任せて、今は二人きりの時間を楽しもう」

恭平が時計を見ながらそう言い、璃々の腰を強く抱き寄せる。

「はい――」

頷く璃々の唇を、恭平がそっとキスで塞いだ。

彼のランチタイムが終わるまで、あと二十分ある。

璃々は微笑みながらつま先立ち、愛する夫の唇にキスを返すのだった。

書き下ろし番外編

カリスマ社長との激愛妊婦生活

璃々が恭平と結婚して二年目の夏。

夫婦は晴れて、妊活に終止符を打った。

結婚後は、すぐにでも子供ができる事を望んでいた二人だったが、コウノトリがやって来るのは、それぞれのタイミングだ。

そのため、璃々は妊娠がわかるまでの間は毎月のように一喜一憂していたし、月のものが来るたびに落ち込んでため息をつく日々を送ってきた。

けれど、愛する夫に心配をかけるのは本意ではない。

璃々はそんな時でも努めて明るく振る舞っていたが、常に妻を気にかけている恭平にバレないはずがなかった。

それだけに、懐妊を知った恭平は大いに喜び、今まで以上に妻に愛情を注いでくれている。その溺愛ぶりは相当なもので、二人の仲の良さを知る人たちも目を丸くするレベルだ。

『三上社長って、本当に優しいわね。うちの旦那なんか、お腹が大きくなった妻を見てオロオロするばかりなのよ』

璃々達よりも半月遅れで結婚した詩織も、ほぼ同時期に赤ちゃんを授かった。

お腹の子は、ともに女の子。

四月下旬の今、二人は妊娠九カ月で、詩織は先週から里帰り出産のために地方にある実家に帰っている。

彼女は璃々同様、結婚後も引き続き「クリーニングワーク」で働いており、先月まで時短勤務をしていた。

二人は妊娠してからもしょっちゅう連絡を取り合っており、月曜日の夜である今もスマートフォンのアプリを利用してビデオ通話中だ。

「詩織の旦那様だって、いろいろと気を遣ってくれているじゃないの」

『まあ、そうなんだけど……。たしかに、彼が義実家との間に入ってくれなかったら、今ここにいられたかどうかわからないしね』

「実家はどう？　お腹の張りは治った？」

『実家は快適そのものよ。うちにいると、お義母《かあ》さんがしょっちゅうアポなしで訪ねてくるのがストレスだったし、二言目には『妊娠は病気じゃないんだから』とか『次は男の子を産んでね』とか、うるさいのなんの。それがないだけでもずいぶん気が楽になったし、お腹の張りも嘘みたいになくなったのよ』

「それは、よかったわね」

詩織の義両親はともに健在で、姑は医療関係の仕事に就いているらしい。それもあってか、結婚当初から妊活についてあれこれと口を出し、妊娠発覚後はさらに過干渉になって嫁を悩ませ続けてきた。

出産のために実家に帰るのにも最後まで反対していたらしく、詩織との関係は決して良好とは言えないようだ。

一方、璃々は義両親とは会った事もないし、恭平と二人の絶縁状態は今も続いている。

そのため、嫁姑問題とは無縁だ。けれど、ともに妊娠を喜んでくれたはずの母は亡く、父親とはもう何年も連絡を取っていない。

当然、璃々の結婚も知らないし、仮に知らせても何の興味も示さないだろう。

それを悲しいと思わなくもない。

だが、今は恭平との間に子供を授かり、親子三人で新しい生活をスタートさせる喜びのほうが遥《はる》かに勝っている。

「あともう少しで、赤ちゃんに会えるね。それを楽しみにして、お互いに頑張ろう！」

『うん。赤ちゃんの一カ月健診が終わったら戻るから、また折を見て会おうね！』

詩織との通話を終え、璃々は妊婦に良いといわれているハーブティーを淹れるためにキッチンに向かった。それは恭平が愛妻のために取り寄せてくれたもので、璃々の大のお気に入りだ。

コンロでお湯を沸かし、ティーポットにたっぷりと茶葉を入れる。そこに熱湯を注ぐと、キッチンに柔らかな香りが広がった。

結婚したのち、夫婦は都内に一戸建てを建てて、それまで暮らしていたタワーレジデンスから移り住んだ。新居は二階建てで、敷地面積が二百坪近くある。家の周りには外壁があってプライバシーは保たれているし、防犯対策も万全だ。

庭は広く、木が植えられた場所や花壇のほかにも、空いているスペースがたっぷりある。

璃々の妊娠がわかり安定期に入ると、夫婦は庭の一部に柔らかな芝を張り、そこに屋根付きのキッズスペースを作った。外はもう暗いが、庭のところどころに設置されているガーデンライトのおかげで美しくライトアップされている。

璃々はハーブティーを持ってリビングルームに向かい、ソファに腰掛けて緑がいっぱいの庭を眺めた。

砂場にブランコ、滑り台に窓付きのプレイハウス。

まだ少し先になるだろうが、璃々は親子で庭遊びする日を想像して、にこにこと頬を緩めた。

「ただいま」

ちょうどその時、恭平が仕事から帰ってきた。相変わらず忙しくしている彼だが、極力残業なしで帰宅して璃々のために何くれとなく世話を焼いてくれる。

「おかえりなさい。今日も、お仕事お疲れさまでした」

「璃々も、お疲れさまだったね。愛しのベビーは元気にしてるかな？」

洗面所で手洗いとうがいを済ませると、恭平がいそいそと璃々のそばに来て膨らんだお腹をそっと撫でさする。それに応《こた》えてか、お腹の中の子が内側から押すような動きをした。

「ああ……なんて賢いんだ。ちゃんとパパの声を聞いて返事をしてくれたんだな」

恭平が言い、せり出したお腹に頬ずりをする。彼は蕩《とろ》けるような笑みを浮かべながら立ち上がり、背後から璃々をゆったりと抱き寄せてきた。

臨月を控え、今やバックハグは夫婦のスタンダードになっている。

「体調はどう？」

「まったく問題ないわ。お昼もちゃんと食べられたし、散歩だってできたし」

これまで大きな病気もせず元気だった璃々だが、妊娠してからは一気に体調が不安定になった。つわりはもちろん、一日のほとんどをベッドで過ごさねばならないほどの頭痛やめまいにも悩まされた。

その結果、結婚後も続けていた仕事も早々に休職する事になってしまい、それが今も続いている。大好きな仕事なだけにショックだったが、恭平がそばにいて寄り添ってくれたおかげで本格的なマタニティブルーに陥《おちい》らずに済んだ。

身体が辛い時期は、思いのほか長かった。けれど、今はもう体調を取り戻し、夫婦ともども出産まで残り少なくなった日々を満喫中だ。

「そうか。お腹空いただろう？　すぐに用意するから、待ってて」

璃々の妊娠がわかったのをきっかけに、恭平は料理に目覚め、自らキッチンに立つようになった。もともと器用だし、やると決めたらとことん突き詰める性格の彼だ。

あっという間に基礎を習得して、今ではレシピさえあればたいていのものは作れるようになっている。

「ありがとう、恭平さん。疲れているのに、ごめんね」

「なんで謝るんだ？　これくらい当然だし、璃々とお腹の子のために料理を作るのは、僕の喜びでもあるんだ」

そう言って笑う恭平は、心底嬉しそうだ。

彼に誘われて一緒にキッチンに向かい、椅子に座った状態で野菜の皮を剥《む》くなどして調理の手伝いをする。できあがった料理をテーブルに並べ、それを食べながら今日あった出来事を話し合った。

「詩織さんも順調で、なによりだ。明日の健診は午後一時からだったね。間に合うように帰るから、準備しておいて。終わったら、気になってるって言っていたスイーツショップに寄ろうか。どの店も、車なら一時間もかからずに行けるだろう？　もちろん、璃々の体調がよければの話だけど」

「わぁ、すっごく嬉しい！　……でも、いいの？　あの店のチョコレートケーキ、ものすごく高カロリーなんだけど」

妊娠をきっかけに、璃々は無類の甘党になった。つわりで辛い時期も甘いものだけはいくらでも食べられたし、そのせいで一気に体重が増えてあわてた事もある。

特に好きなのはチョコレートを使ったスイーツで、時折それが食べたくて居ても立ってても居られない事があるくらいだ。

「確かに高カロリーだけど、我慢ばかりしてストレスが溜まるほうが心配だよ。それに、その分夕食を軽めにすれば大丈夫だ。そのためのメニューも考えてあるしね」

恭平の作る料理はどれも美味《おい》しくて滋味《じみ》があり、その上カロリーもきちんと計算されている。璃々がなんとか妊婦の適正体重を保ち続けていられたのは、恭平のサポートと気遣いのおかげだ。

話しながら料理をすべて食べ終え、二人揃って後片付けを始める。

食洗器はあるが、璃々は自分の手で洗うほうが好きだった。そのため、今日のように洗い物がさほど多くない時は、手洗いをしている。

恭平もそれに付き合ってくれているし、おしゃべりしながらの家事は夫婦にとって楽しいひと時でもあった。

とはいえ、もうかなりお腹が前にせり出している璃々は、恭平が洗い終えた皿を受け取ってふきんで拭く係だ。

「ちなみに、明日の夕食はどんなメニューなの？」

「鮭と枝豆の炊き込みご飯と、豆腐と小松菜の煮浸し。それと、璃々の好きなしらすの玉子焼きと野菜たっぷりのミネストローネだ」

「なんだか、聞いているだけでお腹が鳴りそう」

「ついさっき夕食を食べたばかりなのに、もうお腹が鳴るのか？」

メニューを聞いて目を輝かせる璃々を見て、恭平が愉快そうに笑い声を上げる。

「だって、恭平さんの作るものって、どれも美味《お》しいんだもの。心がこもってるのがわかるし、一口食べるごとに愛情を感じるっていうか。私が幸せなのは、ぜんぶ恭平さんのおかげよ。ありがとう、恭平さん。……もう、大好きっ！」

璃々は感極まり、小さく地団太を踏みながら恭平に向かって両手を差し伸べた。

「僕も大好きだよ、璃々」

恭平が璃々の背中を抱き寄せて、こめかみにキスをする。

璃々は少し身体を横に向けるようにしてうしろを振り返ると、かがみ込んできた彼と目を合わせ、にっこりと微笑み合った。

「璃々、僕と結婚してくれて本当にありがとう。璃々がいるだけで十分すぎるほど幸せなのに、その上二人の子供まで宿してくれて……。いくら感謝しても、しきれないくらいだ。今の璃々は世界一綺麗だし、お腹に僕達の赤ちゃんがいると思うと愛おしくて胸がいっぱいになるよ」

恭平が囁《ささや》き、璃々をじっと見つめてくる。

彼の深い愛情を感じて、璃々は嬉しさのあまり涙ぐみそうになった。

「私のほうこそ、恭平さんには心から感謝してるわ。恭平さん、ありがとう……。私、本当に幸せ……」

恭平のキスが璃々の唇に移った。

キスがだんだんと熱を帯び、見つめ合う互いの目に小さな欲望の炎が灯る。

あとひと月で出産を迎える璃々だが、恭平と睦み合いたいという気持ちは日増しに強くなっていくばかりだ。

それは彼も同じで、できる範囲ではあるけれど、夫婦のスキンシップは今も変わらずに続いている。

「璃々、愛してる。あとで一緒に風呂に入ろう。いつもどおり、今夜も僕に身体を洗わせてくれるね？」

「うん、お願いする……」

結婚し、妊婦になった今も璃々のシンデレラストーリーは終わらない。

夫婦と生まれくる子供の未来を思いながら、璃々はうっとりと目を閉じて、改めて微笑みを浮かべるのだった。

本書は、2022 年 7 月当社より単行本として刊行されたものに、書き下ろしを加えて文庫化したものです。


この作品に対する皆様のご意見・ご感想をお待ちしております。

おハガキ・お手紙は以下の宛先にお送りください。

【宛先】

〒 150-6019 東京都渋谷区恵比寿 4-20-3 恵比寿ｶﾞｰﾃﾞﾝﾌﾟﾚｲｽﾀﾜｰ 19F
（株）アルファポリス　書籍感想係

メールフォームでのご意見・ご感想は右のＱＲコードから、
あるいは以下のワードで検索をかけてください。

アルファポリス　書籍の感想　検索

ご感想はこちらから

エタニティ文庫

カリスマ社長《しゃちょう》の溺愛《できあい》シンデレラ～平凡《へいぼん》な私《わたし》が玉《たま》の輿《こし》に乗《の》った話《はなし》～

有允《ゆういん》ひろみ

2025年4月15日初版発行

文庫編集－熊澤菜々子・大木 瞳
編集長－倉持真理
発行者－梶本雄介
発行所－株式会社アルファポリス
〒150-6019 東京都渋谷区恵比寿4-20-3 恵比寿ｶﾞｰﾃﾞﾝﾌﾟﾚｲｽﾀﾜｰ19F
TEL 03-6277-1601（営業） 03-6277-1602（編集）
URL https://www.alphapolis.co.jp/
発売元－株式会社星雲社（共同出版社・流通責任出版社）
〒112-0005 東京都文京区水道1-3-30
TEL 03-3868-3275
装丁イラスト－唯奈
装丁デザイン－AFTERGLOW
（レーベルフォーマットデザイン－hive&co.,ltd.）

印刷－中央精版印刷株式会社

価格はカバーに表示されてあります。

落丁乱丁の場合はアルファポリスまでご連絡ください。

送料は小社負担でお取り替えします。


ISBN978-4-434-35612-4 C0193